諜戰上海灘（下）

萬墨林著　蔡登山編

目次

下冊

第三部 汪偽派系之爭

第四部 汪精衛之死與日本投降

第三部　汪偽派系之爭

漢奸鬥法花招百出

自從汪精衛的漢奸偽組織成立，始終都偏處東南一隅，仰日本皇帝的鼻息。同時，在汪精衛、周佛海攜手合作，同流合污，搞垮了南京維新政府的梁鴻志，北平「天下第一號」巨奸王克敏以後，以汪精衛為首的「公館派」，和周佛海領頭的周派，又稱「館外派」，幾乎是立刻就展開了明爭暗鬥，自相火拚。這個局面一直持續到抗戰勝利，日軍投降為止，其間刀光劍影，喋血苦戰，最熱鬧、最富戲劇性，最最醜陋百出的，首推汪周二派的拚命爭取偽組織的偽特工。

汪精衛怕老婆；舉世聞名，所以他的所謂公館派，實際指揮者是他的醜家主婆陳璧君，而非汪精衛本人，這也就是所謂的牝雞司晨，套句上海人的俗語：「簡直熱昏。」陳璧君、汪精衛之下，「公館派」的大將還有三位廣東同鄉：汪精衛的左右手陳公博，心腹林柏生，和乾女婿褚民誼，這是三個是放得出去的「方面大將」，再次一級的則為陳春圃、胡蘭成、陳君慧等。事實上陳璧君對「公館派」第二號人物陳公博，就採取敬鬼神而遠之的態度，並非陳璧君和陳公博之間有任何歧見，完全是出於私衷的疑忌，因為陳公博太喜歡搞女人，他的風流豔事層出不窮，喧騰於世，使得陳璧君不惜公然的對人說：

「就怕他帶壞了汪先生！」

另兩名「公館派」的「方面大將」，林柏生兩夫婦誠然在汪精衛、陳璧君跟前裝呆賣乖，拍足了馬屁。但是一離開汪公館就要為他們自己的利益打算，林柏生一心想當「公館派」的參謀長兼秘書長，亟於內外事一把抓。因此反而使他只顧眼前，見事不遠。褚民誼呢，根本就是無用的廢物，他是汪精衛的出氣筒，畏陳璧君如虎，縱使見面也只有搖尾乞憐的份，他當然沒有膽量在汪精衛把上海極司非爾路七十六號偽特工總部從「館外派」周佛海的手裡奪過來，成為「公館派」的一股助虐為惡「大力量」，這一樁汪偽組織的大事，方始會由新近投效汪精衛不久的胡蘭成加以促成。

胡蘭成是浙江嵊縣人，小時候到杭州蕙蘭中學去讀書，讀到了二年級，考取杭州郵政局郵務生，一個月拿三十五塊大洋的薪水，待遇算得上是很優厚的了，而且郵政局的差事一向被稱為鐵飯碗，但是胡蘭成只做了三個月，便因為對於局長不服而被開除。二十一歲那年他到了北平，在燕京大學副校長室擔任抄寫文書工作，工作閒暇也曾旁聽過幾門功課。一年後國民革命軍第一期北伐成功；蔣委員長親率北伐大軍擊敗吳佩孚，打垮孫傳芳，前鋒連克南京、上海，胡蘭成也從北平南下回到嵊縣家鄉。他一度到南京謀職，一無所成頹然而返，又到杭州他的一個同學家裡住下，當時他早已娶妻生子，但是他卻很不安分，對他同學的一個妹妹起了壞心思，而那個女孩子才只有十六歲。事為伊母所知，也不說破，只是即日設宴給他餞行，臨別時還送他五塊錢路費。

然而胡蘭成真不愧為厚臉皮，他回家鄉賦了半年的閒，亟於謀個出路，重出杭州，又到這為同學的家裡住下。直到第二年上他才被介紹到中山英文專修學校教書，學校就在杭州馬市街。辭出他同學家的那一天，他同學的母親還為他新製一床棉被，再設一次酒饌送他的行，全家大小包括他同學的一位庶母范氏，全體上桌相陪。殊不料，二十餘年後，抗戰勝利，胡蘭成身為大漢奸，畏罪逃亡，這位范氏仗義掩護他通過一段路程，他竟會把這位老世伯的姨太太勾上了手，生米成為熟飯，當了他逃亡時期的情婦。

一滴眼淚都沒有了

胡蘭成在中山英專教了兩年的書，又愛上了一位于姓同學的胞妹，于家四小姐，由於于家是杭州大戶，他又是有婦之夫，這一段單戀，當然也就形成了癩蛤蟆想吃天鵝肉之局。後來他轉赴蕭山湘湖師範任教只好再回家鄉孵豆芽，偏巧和他結髮七年的妻子生了病，他迫不得已到他乾媽家裡去借錢，但是一見他乾媽的面，只是說起他妻子病了，並不曾提起借錢的話。他家裡左等右等不見他回去，派人去催，胡蘭成這才無可奈何的跟他乾媽開了口，他乾媽聽後便冷冷的說：

「家裡哪還有錢？」

碰了一個大釘子，胡蘭成悶聲不響，起身而出，他向他家裡來催的人說：

「我去一趟紹興，就回胡村。」

他原本是想到紹興找兩位舊日同學借錢的，打算三天之內打個來回。他乾媽見他一聲不吭，直往胡村相反的方向走，也曾追出門來，喊了他幾聲。但是那時胡蘭成正在氣頭上，他對他乾媽的喊叫，置若罔聞，根本就不屑加以理睬。

可是，他才走了十幾里路，天色向晚，驟然來了一陣雷雨，把他渾身上下，淋成通濕。胡蘭成也不怕他乾媽家裡人的恥笑，就此打了回轉，又到他乾媽家住著。錢借不到，他爽性把心一橫，在他乾媽家裡篤篤定定的住下來。三天後，他妻子在家裡等他不到，一命嗚呼，當時他正在乾媽家吃早飯，飯後忽然說起要回胡村，他乾媽還是不肯借錢給他，只說：

「真是的，你也該回去看看了，放著你的老婆在家裡生病。」

胡蘭成悶悶悒悒，回他胡村的家，才走了十里，便看見他的四哥趕來，告訴他說：

「玉鳳今天早晨歿了！」

胡蘭成也不哭，他和他的四哥同赴章鎮，他四哥去看棺木，他去找一個曾經借用他家廳堂酒店、藥店起家的成奎借錢，那成奎是個放高利貸的，聽說他妻子方故，想借六十塊錢辦喪事，當下就一口回絕的說：

「沒有！」

胡蘭成束手無策，只好在成奎的家裡喝杯茶，歇歇腳，就在這個時候，他親眼目睹，從外面來了兩個人，向成奎借五百塊錢，利息長年一分半，成奎毫無難色，當著胡蘭成的面，取出五百塊錢來當場付清，胡蘭成一氣，站起來就要走。成奎卻留他吃飯，吃便吃，飯飽後，胡蘭成關照了他的四哥一聲，錢沒借到手，再急急趕回他乾媽家，一路上，他怒火中燒，以至情不自禁的，失口高喊了一聲：

「殺！」

再度折回他的乾媽家，胡蘭成在簷頭下見到他的乾媽，直截了當的說：

「我要六十塊錢去辦喪事。」

照說，她一聽就該曉得胡蘭成的妻子已逝，然而，這位老太太，卻仍舊無動於衷的說：

「你說話好新鮮，家裡那兒有錢呀？」

胡蘭成著急不過了，便逼著他的乾媽，一疊聲的脅迫著說：

「你拿鑰匙來！」

於是，他拿他乾媽的鑰匙，自己去打開了錢櫃；往裡一看，錢櫃裡竟有七百塊大洋，整整齊齊的包著。胡蘭成取了六十元，拔步便走。他乾媽眼睛一紅，聲音都變了的說：

「到底還是我被你打敗了。」

從此以後，胡蘭成便不時的說：

「我對於怎樣天崩地裂的災難，與人世的割恩斷愛，要我流一滴淚，總也不能了。我是幼年時的啼哭，都已經還給我了母親，成年的號泣，都已還給了玉鳳。此心已回到了如天地之不仁！」

陳春圃帶親筆信來

胡蘭成的妻子出殯落葬才兩個月，他便又從他乾媽那裡，得了一百二十元，留三十元給他母親安家，九十元帶在身上當路費，他萬里迢遙的到了南寧，人家事先答應了他的工作又落了空，兼以水土不服，就此病倒，異鄉落魄，甚至不曾延醫服藥。在那個時候，他只想一旦病好就去江西，投奔共產黨。

在南寧臥病二十日，竟然不藥而癒，又由廣西教育廳李任仁，介紹他到廣西省立第一中學去任教，和一幫共產黨員混在一起，上課的時間居然相互角力，打架為戲。有一次喝醉了酒，被人一激，當眾高喊：「打倒白崇禧！」嗣後，他從南寧到百色，到柳州，當了五年的中學教員，拚命的研究馬克思主義，後來，他又追求廣東將領李揚敬的堂妹，跟同事打賭，闖進那女孩子的房裡，抱起她來就親了個嘴，被那位李小姐，一狀告到校長那裡去。學期結束，便解了聘。

民國二十五年兩廣事件，胡蘭成在柳州日報上極力鼓吹，他說：「發動對日抗戰必須與民間起兵開創新朝的氣運結合，不可被利用為地方軍人對中央相爭、相妥協的手段。」居心險惡，可想而知，所以兩廣事件圓滿解決，胡蘭成旋即在桂林受到軍法審判，坐了三十三天的牢。其後還是他寫信到南寧，向他一度醉呼打倒的白崇禧求救，方始獲得釋放。

胡蘭成從廣西逃出了性命，立刻就輾轉回到嵊縣家鄉。那時候，他已經娶了一房續絃，名叫全慧文，生有一男一女。到家時方知他母親已於兩年前去世，家中只剩下他前妻生的一個兒子，和一名二十歲的姪女。

二十六年三月間，胡蘭成又到上海，在上海《中華日報》當主筆，七七事變，抗戰爆發，上海淪陷了，他又被調到香港《南華日報》任總主筆，用「流沙」的筆名寫社論，同時，還在蔚藍書店兼個差。從那個時候起，他跟汪精衛一系的林柏生、梅思平、樊仲雲等漸漸接近。林柏生對於部屬一向是很嚴苛的，胡蘭成在香港，他只給他一個月六十元港幣。

胡蘭成的投入漢奸陣營，時在民國二十八年二月，汪精衛「豔電」發表兩個月後。有一天，在他來說，自是「一朵春雲自天而降」，汪精衛的親信陳春圃突如其來的約見他，當面遞交給他一張汪精衛的字條，這張字條上簡單明瞭的寫著：

「茲派春圃同志代表兆銘向蘭成先生致意。」

當時，陳春圃便對胡蘭成說：

「你最好寫封信給汪先生，因為前次的那一封信你不曾覆，汪先生很掛念。」

胡蘭成不由怔了一怔，愕然答道：

「以前我並沒有接到過汪先生的信呀？」

陳春圃一聽這話，頓時就不言語了——事後方知，汪精衛的那一封信是林柏生故意扣留不發，不曾轉到。陳春圃歇了半晌，方始問道：

「你現在月薪多少？」

胡蘭成據實回答：

「港幣六十元。」

陳春圃面現驚訝的說：

「那怎麼可以呢？你的薪水這麼少，汪先生確實是不知道。倘使他知道了，一定會心中不安的。」

彼此又略談數語，胡蘭成方始告辭離去。過了幾天，陳璧君到了香港，她派她的「女官」，林柏生之妻，去把胡蘭成接到她的住處，見了一次面。從這一天起，胡蘭成的收入一增將近四十倍，他的月薪加到三百六，另有兩千元的機密費。

至此，胡蘭成業已一腳陷入泥淖，「拿人錢財，與人消災」，他唯有被汪精衛、陳璧君牽著鼻子走，一道落水當漢奸了。

落水沒頂多言賈禍

果然，不久之後，汪精衛自河內潛抵上海，飛往東京，賣身投靠，認賊作父。當他再到上海與日方開始「內約談判」，拍個電報到香港，命胡蘭成剋期前往，胡蘭成也就心甘情願的啟程北上。由「中華日報總主筆」、汪精衛的隨從秘書，而偽宣傳部政務次長，成為大漢奸的「十二金釵」之一。由於他是由汪精衛派人把他拖下水的；而平時他也只跟陳璧君、汪精衛接近，所以他也被列入「公館派」的一員。

「公館派」與「周佛海派」一直都在狗搶骨頭，爭權奪利，雙方面誰都看誰不起。只不過，「周佛海派」有所謂「三位一體」，除開周佛海本人之外，還有綽號「閻羅王」的羅君強，綽號「小鬼」的丁默邨，這三個都是湖南同鄉，沆瀣一氣，臭味相投。他們行動一致，彼此不分。相形之下，「公館派」反而顯得各自為「政」，勢孤力單。所以，在比比群奸之中，才會冒出胡蘭成這樣「半路出家」、「非其族類」的打手。

胡蘭成在汪陳面前，純粹是以一種「客卿」、「素人」、「新進者」的姿態出現，早在汪記偽組織開鑼的四五年前，上海淪陷以後，胡蘭成在《中華日報》當主筆，挈妻攜兒逃進法租界，一個月只能領到四十塊的生活維持費，那年冬天他的續絃分娩，小嬰兒得了肺炎，一連兩次去向林柏生借錢，兩次只借到十五元，小嬰兒終告不治夭折，那一幕慘痛的記憶；自是他永難忘懷的。因此之故，他一旦驟為偽朝新貴亟於建立功勞，爭取表現，那種心理必然迫切之至。

要想為「公館派」立功，博得主子的歡心，唯一捷徑便是硬起頭皮，破釜沉舟，去跟綽號「財神爺」的周佛海鬥一鬥。起先，他抓住汪精衛「豔電」裡的漢奸理論，開始跟周佛海唱反調。周佛海為了討好日本主子，口口聲聲的說什麼：「中國敗戰的程度，已瀕臨被征服，日本有滅亡中國的力量。」胡蘭成便利用「豔電」中的「日本亦不能滅亡中國」一語，強調其所謂的：「中國雖已敗戰，但程度遠不至於被征服，故其可以和平。縱或有所讓步，亦非城下之盟，遠不至於作國體之屈服，且此有限度的敗戰尚可曉以道義及遠大之計，或者可能使日本不以戰勝者自居，中國不以戰敗者自處，而達成雙方資格完全對等的和約。」

胡蘭成竭力的跟周佛海唱反調，使得這次蠻勁十足的大漢奸終於因之光火了。有一次，胡蘭成在周佛海的面前發表議論，他說：

「如今我們實際上只有革命政府，而無革命運動，我們應該發動民眾團體，好像工會、農會、學生會、婦女會、商會、工廠聯合會等等，利用這些民眾團體使和平運動革命化！」

他再也想像不到，出身早期共產黨，慣搞運動的周佛海，竟會當眾駁斥他說：

「革命又怎麼革法，說實話，今天的民眾團體又能有什麼用？」

胡蘭成一心想鬥周佛海，經常的在唱反調，反調越唱越多，就難免唱豁了邊，寫出使汪精衛也覺得為難的文章。同時他也忽略了周佛海「館外派」的力量，以及汪精衛也不得不遷就周佛海的事實。在為大漢奸汪精衛做鷹犬爪牙的道行上，胡蘭成當然要比林柏生差得遠。林柏生揣摩透了汪精衛的處境和心理，他為迎合汪精衛的心意，不惜濫用革命二字，把汪精衛的投降賣國當漢奸也稱之為革命的行動。此所以，周汪鬥法的頭一個回合，周佛海不費吹灰之力，先就叫螳臂擋車的胡蘭成栽了個大跟斗，多半是汪精衛「實偪處此，無可奈何」，偽組織開鑼之初汪精衛命胡蘭成以偽宣傳部政務次長，兼領偽中華日報總主筆，擔任他的發言人，為時方只兩三個月，便罷了他的偽中華日報總主筆一職，胡蘭成「多言賈禍」，不再是汪精衛的發言人了。

直言無隱摑他耳光

由於這一次重大挫折，乃使胡蘭成的反調越唱越高了，希特勒進軍波蘭，汪精衛召集群奸檢討國際局勢，人人都在為汪精衛壯膽，報喜不報憂，唯獨胡蘭成力稱英法必定參戰，世界大戰無可避免。他又在日本海軍報導部長間直顯之前大澆冷水的說：

「現在凡事都還沒成定局呢，一切等到日美開戰以後再看吧。」

甚至他和偽中央社社長郭秀峰打賭，用他的一件皮袍子賭郭秀峰的一隻手錶，預測美日兩國在一年之內必定開戰。當日軍發動太平洋戰爭，戰爭初期日軍推進頗速，捷報頻傳，天真有邪的汪精衛顯得分外興奮，胡蘭成卻指明了說：

「太平洋上備多力分，英美等國的弱點今後將轉為日本的弱點。尤其日本武力如今已經到了極限，現有的戰果焉能確立？」

據說，汪精衛聆言之下，頓時就怫然變色，抬頭望著天花板，顯然是不願再跟胡蘭成談下去，話不投機半句多，這比清代官吏的一語不合，端茶送客，更加使人難堪。胡蘭成只好起立告辭，他自己也知道，這一下他跟汪精衛無話可談了。

胡蘭成一心報效，弄巧反成拙。未幾，日本開國二千六百年紀念，汪精衛派偽農礦部長趙毓松為偽團長，率領偽組織的「慶賀使節團」前往東京，他把胡蘭成也列入團員名單，遣他到日本去走一趟。抵達日本的第一天，日方竟派憲兵「陪同」前往參拜明治神宮和靖國神社。下午分訪各省（部），到海軍省時，日本海軍省會派一名課長接見。胡蘭成認為欺「奸」太甚；拂袖而去之外，還大聲的說：

「那就不必見了！」

第二天「遙拜」日本皇宮，漢奸代表們要排隊，要攝下影來立此存照。而奴顏婢膝的偽滿洲國代表，和偽華北政府代表和汪偽組織的偽代表們，還在為誰該站在前列的問題爭執不下。求「榮」反辱，滿腹牢騷的胡蘭成便一聲冷笑的說：

「爭些什麼，有本事就不拜！」

言迄，他獨自一人離隊走了。

第三天，正式舉行慶祝典禮，日本皇宮前面的廣場上，麕集了六萬群眾，由日本首領近衛文麿領導三呼萬歲，胡蘭成又使汪精衛下不了台，他隨眾站了起來，但他一聲不出。

第四天，他更有「驚人之筆」，拖著郭秀峰，往晤日本外務省顧問白鳥敏夫，問他對於中日和平的構想，白鳥敏夫悍然的說：

「必須使中國人奉天皇陛下，天皇陛下不單是日本人的，也是中國人的。」

胡蘭成當下就反唇相譏的道：

「日本政府與德國、義大利親善，你當著德國人和義大利人的面，也說天皇陛下是德義兩軍的麼？」

郭秀峰情不自禁的駭怕起來，他不敢傳譯，唯有顧左右而言他。

這個偽組織的訪問團一回到南京，胡蘭成的一言一行，當然有人會向汪精衛打小報告，使汪精衛聽了又是一驚。照說，汪精衛為使胡蘭成不再「闖禍」，牽連他自己，就該把他一腳踢開，甚至抓起來坐牢或殺頭。然而，這時候胡蘭成卻羽翼已豐，他先已有了實力派的靠山，使汪精衛也難免有投鼠忌器的心理了。因此，當胡蘭成完成訪日之行循例謁汪，向汪提出報告時，連林柏生都在「善意」的叮嚀他說：

「你見汪先生報告的時候，不可以刺激汪先生啊！」

然而，胡蘭成卻把林柏生的叮嚀，當作了耳邊風，他仍還是在汪精衛面前，將日本主子的倨傲驕橫，偽組織代表的備受輕視，一一據實直陳。「處在矮簷下，不得不低頭」，對當年的汪精衛來說，胡蘭成的直言無隱，無異是在摑他的耳光。可是，汪精衛依然隱忍不發，他只是對胡蘭成嗒然無一語。

七十六號搭李士群

胡蘭成無兵無勇，無權無勢，他在漢奸群中，腰桿子怎會驟然之間硬起來了呢。套一句俗話，那正是「有心栽花花不發，無意插柳柳成蔭」。

起先，胡蘭成心甘情願當「公館派」的過河卒子，以唐・吉訶德的姿態挺身而出，和「館外派」的首領周佛海鬥法，殊不料，一來自己「官」卑「職」小，實力不夠。二來唱起反調，多言賈禍，反被周佛海一巴掌摑下來。當民國二十八年夏，他初被解除汪精衛代言人的職務，只當偽宣傳部政務次長，曾有一段時期，駐在上海的漢奸頭目紛紛到南京「公幹」，黃浦灘只留下兩名次長的巨奸，一名是侷處周佛海之下的極司非爾路七十六號首腦，偽警政部次長李士群（偽警政部部長由周佛海兼），一名是正走霉運，岌岌可危的胡蘭成。

當時，雖然李士群掌握得有偽組織裡最大的一股力量，七十六號的特工，但是，他卻由於出身微賤，自慚形穢，只能受到周佛海的控制，而無從借步登「高」，搭上一點漢奸「正主子」汪精衛的關係，由而形成了相互利用，一拍即合之勢。有一天，胡蘭成「閒來無事」，「偶然」逛逛七十六號，七十六號的首腦李士群卻彷彿是從「天上掉下來的寶貝」，恰似「周瑜打黃蓋」，一個願打，一個願挨。李士群亟於利用胡蘭成「上達天聽」的那條路線，胡蘭成渴望從舉足輕重的偽特工勢力，扳回他頭一回合的敗下陣來。所以他坦然表示他很愛重李士群這個「可愛的人才」，當面拍下胸脯，他願意為汪精衛與李士群之間搭一搭線。

驟然佳音，李士群自是喜出望外，他千恩萬謝，百依百肯，也曾許下了胡蘭成若干往後雙方「推誠」合作的條件。於是，胡蘭成欣然入京，他去看「公館派」的實際首領陳璧君，力陳七十六號的極具潛力，大可利用，主張七十六號應該直隸於「公館派」之下，由汪氏夫婦駕馭，進而形成「公館派」的一大政治資本。

叵耐陳璧君對七十六號的印象壞透了，她一聽七十六號便濃眉緊鎖的下了斷語：

「七十六號，那是個帶血腥氣的地方！」

一語峻拒，使得胡蘭成載興而去，興盡而返，幾於無顏無詞以對李士群。只是，當他鎩羽而歸上海，不三數日，陳璧君翩然來滬，胡蘭成就此把握機會痛陳利害，他振振有詞的說：

「除非我們乾脆把特工制度給廢掉。如果特工不能廢，那麼，特工則應歸諸『國家元首』。要是如像現在這樣，我們唯一的特工機關歸於財政部長、兼中央儲備銀行總裁、兼警政部長、兼特工委員會主席周佛海先生之手，只怕古往今來，世界各國，都不曾有此先例。」

背一遍周佛海的官銜，果然打動了「公館派」實際牽線人陳璧君的心，她沉思半晌，方始毅然決然，做了個決定說：

「好吧，那麼你就去告訴他，他可以來見我。」

我，係指陳璧君，你，係指胡蘭成，他，係指李士群。這是「公館派」實際首領陳璧君一生之中，很重要的一個決定。

李士群果然如願以償，在上海見到了陳璧君。同時，更由於胡蘭成穿針引線，迅速達成他多年以來的宿願。李士群當然會把胡蘭成視為陳璧君的心腹肱股，「公館派」中一言九鼎的人物。

周佛海飛京哭訴記

陳璧君一見李士群，聽他貌至恭謹，口若懸河的一次簡報，要言不緊，該說的全都說了；這才憬悟七十六號裡的鬼影幢幢，偽特工組織又是何等的重要。「七十六號之爭」，至此方始掀開序幕，陳璧君派胡蘭成到南京，向汪精衛當面報告。汪精衛對胡蘭成雖然已有芥蒂，但卻礙在閫命難違。於是又給了胡蘭成「矯旨」的可乘之機。他在汪精衛跟前進言，把他自己的奪權構想，當做陳璧君的急如律令來宣布。胡蘭成「假傳聖旨」，要汪精衛即日完成下列三事：

一、將周佛海兼任偽委員長的偽特工委員會，即日予以撤銷。

二、已撤銷之偽特工委員會，應改設偽軍事委員會調查統計局。

三、李士群係屬「不可多得的人才」，汪精衛應即日召見。

當著胡蘭成的面，汪精衛對上列之事固然一一頷首應允。只不過，胡蘭成躊躇滿志的辭出以後，汪精衛卻由於茲事體大，可能導致「公館派」和「館外派」的正面衝突，因此，趁陳璧君還沒有從上海回來，他要跟陳公博再商量一下。

「館外派」首領周佛海著實「神通廣大」，胡蘭成啣陳璧君之命，由滬抵京謁汪密談，不知怎的竟會被他偵得了消息。周佛海聞訊不敢怠慢，他快馬加鞭，迅即匆匆趕回上海，作緊急應變的部署。

與此同時，「公館派」人物也偵知周佛海的星夜赴滬之行，由而予胡蘭成的所言相印證，益發了然偽特工之必要爭取。於是，「公館派」第二號頭目陳公博也急起直追，到上海去。第二天晚上，周佛海乃設宴款待陳公博與李士群，水陸紛陳，酒色徵逐。那陳公博終於是意志薄弱，當場被粥粥群雄的鶯叱燕語，灌得酩酊大醉。周佛海把握機會，便挑撥的說：

「公博，你要當心點，莫讓你那位女寵莫國康給胡蘭成搭了去啊！」

莫國康，廣東人，時任偽立法委員，她早年在學校裡是大出鋒頭的女生領袖，性格好勝好強，是陳公博的舊歡，北伐時期，即已成為陳公博的膩友。莫國康的愛出鋒頭和陳公博如出一轍，所以兩人志同道合，儼若夫妻，陳公博對她的愛情也是真實不假，視同結髮夫妻一般的。周佛海在挑起這一場醋海風波其時，胡蘭成和莫國康，僅只有兩面之雅而已。

然而，周佛海的存心挑撥卻有如立竿見影，頓時就生了效。陳公博喝醉了酒，徒知針鋒相對，但卻口無遮攔的答道：

「佛海，我看你還是當心你自己吧。你曉不曉得，胡蘭成正在製造中心勢力，馬上就要撤銷你的警政部和特工委員會呢！」

在座諸人，唯有李士群保持警覺，格外關心，所以他在曲終人散後，立即驅車胡蘭成家，把席間眾人所談的話，以及神情反應，一五一十的告訴了胡蘭成。當時，胡蘭成即已詗知周佛海對他業已到了圖穷匕見，公然攤牌的地步。他瞭然於事態的嚴重，因此，即夜和陳璧君通過一次電話，請陳璧君代他安排一下，讓他以最快的速度謁見汪精衛，俾免周佛海「惡人先告狀」，使汪精衛左右為難，難以應付。

當年京滬之間，最快的速度首推航空班機，於是，在第二天的頭班飛機上，便同時出現了兩名偽府「大員」，一個是周佛海，一個是胡蘭成，兩人同是急於赴京向汪精衛告「御狀」的。只不過，胡蘭成曉得周佛海此行的動機，周佛海對胡蘭成的南京之行目的何在，卻還矇在鼓裡，因為他不曾想到他的親信得力幹部李士群會變得這麼快，已經全部倒向胡蘭成的這一方，決心借步登高，由周佛海的工具升格為汪精衛的瓜牙，居然會向胡蘭成去告密。

財我所欲市亦所欲

周胡同時抵京，但卻由於陳璧君的巧妙安排，使胡蘭成搶在周佛海之前，先見到了汪精衛，這謁汪一舉的先與後，關鍵相當重要。倘使周先謁汪，汪精衛毫無心理準備，很可能會被一味蠻幹，只求達到目的，不惜採取任何手段的周佛海，鬧得當面下不了台，「公館派」爭取偽特工一事，十中有九將要胎死腹中。然而胡蘭成搶先一步，將昨天夜晚周佛海、陳公博的酒後戲言像汪精衛一報告，局面就大不相同了，陳公博既然出之於酒後之言，那麼，汪精衛正好矢口否認，推個一乾二淨，使周佛海也為之疑惑不定，誤以為果真是陳公博在跟他開玩笑，反倒後悔自己的不明究竟，小題大做了。因此，當汪精衛聆悉胡蘭成的報告，同時也就想好了應付之道，他竟開心得大笑不止說：

「哈哈，公博竟會把這件大事也說了出來，他真是糊塗到家了啊！」

胡蘭成的極機密情報剛剛說完，衛士來報周佛海到，這時候胡蘭成已走避不及，汪精衛便揮手，暗示他到樓上去避一避，胡蘭成前腳上樓，周佛海就後腳踏進了客廳，他果然是趕來向汪精衛哭訴的，他大罵胡蘭成，不該製造分裂，形成傾軋，動腦筋動到了他的「警衛部」來。然而這時候汪精衛先已曉得了周佛海告這一狀的來龍去脈，前因後果，他正好打幾個哈哈，從容應付，一口推說決無此事。汪精衛的做工之好那是可以登台演戲的，不由周佛海不相信，認定陳公博所洩露的天大機密，不過是酒後的一句反唇相譏而已，他很滿意的告辭而出，從此他被矇在鼓裡了。

周佛海一走，胡蘭成便和陳璧君一道從樓上下來，汪精衛三言兩語化干戈為玉帛，一場風波輕易過去，他正得意，仍然還哈哈大笑，再告訴陳璧君道：

「妳看，這樣一件機密大事，公博竟然會對佛海說出來了。」

由於胡蘭成這一次功勞建得不小，陳璧君便用「自家人」的腔調，擺出她那慣有的愛深責切的姿態，斥責胡蘭成道：

「你為什麼要跟莫國康那種女人來往？我看哪，你跟公博恰好配對，一個老糊塗，一個小糊塗，下次公博來，我也要罵他！」

周佛海對汪精衛的矢口否認，信以為真，他算是上了一次大當。不久，胡蘭成和李士群的部署完成，汪精衛立刻施出快刀斬亂麻的手段，霹靂一聲，在偽行政院之下設立一個偽調查統計部，任命李士群為偽部長。李士群的漢奸官職升了一級，七十六號不但規模擴大，而且從暗門子成為公開化。

這是周佛海當大漢奸以後，所受的最大一次打擊，他豢養已久的鷹犬爪牙李士群公然稱「叛」，手中握有的一股邪惡力量，輕輕易易的被汪精衛奪過去。他當然要氣得破口大罵，暴跳如雷。只是，李士群那一幫的特工「人心已變」，周佛海明知道即使回來也無益，他只好吞下這一杯苦汁，然後利用時機要求汪精衛，他想退而求其「次」，表示他想再兼偽上海市長一職，「公館派」的人則立予反擊，冷諷熱嘲的道：

「你已經由行政院副院長，兼了財政部長、中央儲備銀行總裁，如今又要兼上海市長。有了這麼許多兼職你還不夠，到底你要兼多少職呢？」

周佛海的答覆則是：

「我所兼的警政部長、特工委員會主席都撤銷了，換一個上海市長，似乎也不為過呀？」

於是「公館派」人便針對他死要錢的弱點，提出相對條件來說：

「這樣吧，如果你肯讓出財政部長，專任上海市長，那倒可以說得過去。」

這一下周佛海果然啞口無言了，因為在他的內心之中，誠然「財我所欲也，市亦我所欲也」，萬一「二者不能得兼，則寧捨市而取財」。

清鄉機關大權獨攬

李士群當上了偽調查統計部長，儼然一步登天，從前是周佛海呼來叱去的奴才，如今在職位上已與周佛海一字並肩。他對於從中穿針引線的胡蘭成，當然是衷心感激，引為平生知己的。尤其，胡汪鬥法，胡蘭成幫汪精衛和李士群獲得了重大的勝利，他自己和周佛海的怨恨卻越結越深。汪精衛要敷衍周佛海，讓他出一口氣，就不得不把胡蘭成作為犧牲。在周佛海的巨大壓力之下，到了民國三十年，汪記偽組織開張的第二年時，胡蘭成已經完全脫離了汪精衛的機關報——偽中華日報。李士群為了投桃報李，表示感恩不盡，他送了胡蘭成一筆重禮，包括館址、機器、生財、資金在內的全部報館設備一套，讓胡蘭成獨資辦一份「國民新聞」。

胡蘭成從此利用「國民新聞」為他個人的喉舌，變本加厲的唱他的反調，使日軍當局和漢奸們頗為頭痛，藉以引起這雙方面的注意，使他隨時能有捲土重來，東山再起的機會。胡蘭成的「國民新聞」重申汪精衛搞「和平運動」早期的主張，拒絕承認現狀，在「國民新聞」上，他不像其他漢奸報刊一樣，將淪陷區美其名為「和平區」，而仍稱淪陷區如故。同時公開指出抗戰區和淪陷區同是一個中華民國。汪精衛自食其言，把當初倡呼的「和即全面和」的口號，一改而為「以局部和平蘄致全面和平」，胡蘭成便抓住這一句話，開始高唱：「請日本從局面撤兵做到全面撤兵。」

在那一段時期，就表面上來看，似乎胡蘭成已經被汪精衛打入冷宮，摒諸十二金釵之外，然而，雙方面的關係卻非常之微妙，在汪精衛、陳璧君那邊，胡蘭成照舊可以登堂入室，參與祕勿。這種微妙關係的由來，大致可以分為兩點，其一是李士群還講點江湖義氣，他對胡蘭成飲水思源，感恩知己，願為胡蘭成撐腰。其二則是李士群和汪精衛、陳璧君之間終嫌關係不夠，淵源過淺。尤其汪陳夫婦檔對於特工人員終乏好感，也不願意和李士群之流太接近，遂使胡蘭成身為兩者間的傳話人。

胡蘭成在「國民新聞」上天天高呼「從局部撤兵做到全面撤兵」，實則日本亦正因太平洋戰區的越來越形擴大，也在渴望抽調在華兵力。胡蘭成把這一點看得很清楚，他是個野心奇大，一意孤行的人，並不以寫寫文章，喊喊口號便引以為滿足，他還在處心積慮多方策劃，希望他的論調能夠付諸實現。因此，有一天，他開門見山的向李士群道：

「如果能使日軍先從江蘇撤退，由我們自己來維持秩序，你是否有這樣多的武力可以接防？」

李士群當下就一拍胸膊說：

「我有特工和警察，只要你說得動汪先生，我一定能夠辦得到！」

大好機會當前，不容或失，胡蘭成得了李士群拍胸膊的保證，立即由滬晉京，謁見汪精衛，提出他的「局部撤兵」初步計劃，汪精衛也認為可行，便去和日本駐華派遣軍參謀長板垣修大將商量，果然一拍即合。只不過，板桓有一項修正意見：不可僅以特工和警察接收江蘇全省的日軍防務，他堅持須以偽軍接替日軍，這一來，反倒給了汪精衛擴編偽軍的藉口。

一項大規模的計劃在密鑼緊鼓的進行，另一個比偽國民政府「更有可為」的權力機構宣告產生，那便是使淪陷區同胞受盡財物損失，不勝其苛擾煎逼的偽清鄉委員會。汪精衛決定將此一權力機構交給胡蘭成和李士群，他自兼偽清鄉委員會委員長，內定胡蘭成為秘書長，李士群為參謀長。

李士群擺脫胡蘭成

胡蘭成和李士群這一來就更上層樓，大權在握了。他們可以利用汪精衛的名義，指揮全江蘇省境內的偽軍，從日本皇軍手裡接收富甲東南的江蘇一省，甚至，所有江蘇省境內的地方行政、經濟機關，一概都歸於他們的管轄之下。突然之間出現了這麼大的一塊肥肉，而且係由胡、李二人篤定泰山的分享。於是，在李士群的內心裡面，爭權奪利終於驅走了江湖道義，他決心把江蘇這塊地盤捏在他一個人的手裡，那就必須將他的搭檔、夥伴胡蘭成一腳踢開。事實上，胡蘭成也在以汪精衛的代理人、親信心腹自居，覺得李士群是他一手提拔起來的，他忽略了一件事，李士群在偽組織裡百尺竿頭，更進一步，他已能直接跟汪精衛、陳璧君打交道了。這也就是說：胡蘭成少不了李士群，李士群卻無須乎再利用胡蘭成。胡蘭成看不透這一點，他還跟以前李士群依託於他的那一段時期一樣，頤指氣使，盛氣凌人，事事都要李士群遵照他的主張。李士群一看這個主子可能會比汪精衛、陳璧君更難侍候，因而使他排開胡蘭成的決心愈為堅定，他開始暗中部署，而胡蘭成卻懵懂無知。

偽清鄉委員會成立之初，一應和日方的交涉，都由李士群負責辦理。日本方面也認為李士群是澈頭澈尾，唯利是圖的大漢奸，南京偽組織裡的實力派人物。他搭上了汪精衛的線，迅即一而再的掌握實權，那就顯見他在偽組織裡「前途遠大，光明無限」，和無權無兵，因人成事的胡蘭成一比，不用說日方是支持李士群，而不太願意支持胡蘭成的。汪精衛翻手為雲覆手雨，變了一輩子的政把魔術，當然更能把這一層關鍵看得透澈。於是，李士群和東洋主子，南京老闆之間的關係越來越見親密。聰明一世，懵懂一時的胡蘭成，漸漸的被他們撂在一邊了。

正因為胡蘭成自恃有「建立中心勢力」，提拔李士群的兩件大「功」，使他對於李士群毫無防備，認定李士群是絕對不會背棄他的。在偽清鄉委員會，胡蘭成自以為他是汪精衛的代表、化身，他曾說過他只忠於汪先生一人，凡事唯力是視，一切盡心。所以，他在偽清鄉委員會就難免發號施令，要李士群唯他之命是從。李士群呢，一面暗中部署，用最快的速度增強自己的實力，一面則在跟胡蘭成唯唯諾諾，虛與委蛇。

一日，李士群赴虹口日軍總部，和日軍首腦接洽從那一天起正式執行「清鄉」任務，亦即日偽兩軍何時換防。臨行之前，胡蘭成再三關照他說：「你一定要堅持，日本軍隊一地一地撤退時的程序，決定以後，就不容許再更改。」

李士群也再三再四的回答他說：

「那當然了，我自會堅持到底的。」

然而，及至李士群在虹口日軍總部辦好了交涉，又接受日軍方的款宴，喝得醺醺然的回來，胡蘭成一見到他就問：

「交涉辦得怎麼樣？」

李士群卻借酒三分醉，哈哈大笑，答非所問的說：

「我不覺得世界上的人有什麼難對付的，就連日本軍也很好對付。世界上頂難對付的人，只有一個胡蘭成！」

胡蘭成一聽他說這個話，在他而言，真是「劈開腦心八塊骨，澆下一盆冷水來」，他猛一下子驚了，醒了，更明白了。鳥盡弓藏，兔盡犬烹，李士群羽毛已豐，路線打通，已將特工、偽軍、行政、經濟大權齊集於一身，他早已用不著胡蘭成了。

周佛海一記殺手鐧

李士群是個道地的狠客，心黑手辣，唯力是視，連周佛海的蠻、羅君強的毒，梅思平的油，都鬥不過他的狠。胡蘭成不過是偽組織公館派的師爺、清客、客卿、幫閒腳色，他只知忠於汪精衛和陳璧君，在政治上過獨木橋，走單行道，焉能是李士群的對手？此所以，李士群利用胡蘭成搭線，跟汪精衛直接建立關係，李士群起先倒還很講江湖道義，和胡蘭成攜手合作，儼若知己。一旦偽清鄉委員會成立，胡蘭成喜孜孜的，也想來分一杯羹，甚至氣焰萬丈，以內定的秘書長，爬到內定參謀長頭上，利之所在，關鍵太大，李士群便深深感到「臥榻之旁，不容他人鼾睡」了。

李士群借酒裝瘋，說出了「世界上頂難對付的人，只有胡蘭成」，當下真叫胡蘭成大吃一驚，而且恰如「瞎子吃湯糰，肚皮裡有數」，認識清楚了李士群的廬山真面目，同時也應該感覺得到自身處境的危險李士群是出了名的笑面虎，平生殺人不眨眼，他既已說出胡蘭成頂難對付，倘使胡蘭成再要不識相，擋住他的大財路，那麼，李士群就會毫不考慮的對他下毒手，叫他白白的送掉一條性命。在這種猙獰面目顯露，殺機四伏的情況下，胡蘭成本身既無實力，當然無計可施，唯一的辦法，就只有出於退避三舍之一途。

因此，胡蘭成便決定退出由他始作俑者的清鄉計畫，他力辭偽清鄉委員會秘書長一職，於是，李士群正好放開手來大幹一場。他也取消了那個內定的參謀長，改任主任，使偽清鄉委員會的軍政大權，全部納於他一個人的掌握。

這一個偽清鄉委員會，成立以後，不但宗旨、目標，與胡蘭成當初的構想背道而馳，大相逕庭，而且一變而為日軍、李士群，和偽軍予取予求，濫肆劫掠的工具。偽清鄉委員會的任務，變成了偽軍下鄉，公開搜搶，以及李士群假清鄉之名，盡速擴充實力，直鬧得江蘇全省天怒人怨，雞犬不寧，淪陷區的同胞，日漸陷入水深火熱之境。抗戰勝利前夕，江南江北的中小資產階級全部破產，物資嚴重匱乏，物價一日數漲，使淪陷區同胞吃足了苦頭，大都與偽組織清鄉直接間接有關，也可以說這些都是李士群的「傑作」。

除了李士群的偽軍四出清鄉，公開洗劫之外，變了質的清鄉工作，無非為虎作倀，助虐為惡，幫忙日本皇軍「維持占領地區秩序」，防範游擊隊的展開攻擊，以及嚴密封鎖物資，使其不至運往大後方，僅此數端而已。對日本人來說，那真是幫了大忙，就中國人的立場而言，那才是不折不扣的賣國行為。

胡蘭成引狼入室，引火自焚，幫李士群一步登天，飛黃騰達，他自己卻在滿懷熱望全部落空以外，又平白無故的得罪了汪偽組織第二號權力人物周佛海。那周佛海有財有勢，連汪精衛都要讓他三分，一旦陰溝裡翻了船，羞愧交併，痛心疾首，自難免把個胡蘭成，恨之入骨，但想咬他幾口肉下來。正好，當周佛海的偽財政部，和日本簽訂了一個新經濟協定，消息一經公開發佈，胡蘭成自家當老闆，所辦的那一份《國民新聞》，便由鞠清遠執筆，寫了一篇社論，措詞嚴厲，痛加抨擊，直斥周佛海喪權辱國。這篇社論登出來的那一天，周佛海正巧在上海。偽中央儲備銀行的人員，當下就用紅筆圈了呈閱，周佛海一讀之下，直如火上澆油，怒不可抑。胡蘭成當著和尚罵賊禿，舊憾新仇，令他積忿難忍。於是，第二天他便匆匆趕返南京，見汪精衛，引咎辭職，就此掀起了汪偽組織的一場軒然巨波來。

周佛海「振振有詞」的對汪精衛說：

「汪先生也知道，財政部的處境，是整個政府處境的一部分，決策與作為，亦復如此。中日新經濟協定，尤其是財政部奉命洽商簽訂的，如今胡蘭成竟單獨以我為目標，公開罵我喪權辱國，為了顧全政府在國人之前的威信，只好請汪先生准我辭職。」

混世魔王數吳四寶

他這一番話裡，語語都帶機鋒，等於直截了當的告訴汪精衛說：我們兩個沆瀣一氣，休戚相關，「中」日新經濟協定的簽約，我固然有份，你也逃不脫關係。因此，胡蘭成罵我喪權辱國，實際上就等於是在罵你！——汪精衛心中明白，周佛海和胡蘭成積恨已深，無從化解，既然周佛海口口聲聲的要辭職，那就表示他已下定了排胡的決心，周去胡留，周留胡去，其間已無選擇餘地。所以。汪精衛迫不得已的下令，免除胡蘭成偽宣傳部政務次長的職務。

「免職令」下後，汪精衛畢竟也想起了胡蘭成「忠於一」的許多好處，他暗中囑咐偽宣傳部長林柏生，命他寫一封私函，予胡蘭成安慰，並且請胡蘭成到南京來一趟，見見汪精衛，而在信中暗示，汪對胡的未來出處，可能另有安排。

汪精衛命林柏生寫這一封信，用意無非「免職令」方下，他身為偽組織首腦，不便立予馳函致慰，免得又開罪了周佛海。但是，他忽略了林柏生和胡蘭成之間，原已存在矛盾，頗有芥蒂。林認為胡「非吾族類」，而且在偽府開鑼前後，未免竄得太快，浸假有取他而代的危險，利害攸關，因此，林柏生對胡蘭成罷黜，勢將摒諸「公館派」的大門之外，其實是私衷大悅，甚至於比周佛海還多幾分天從人願之感的。於是，在這種心情之下，他奉汪精衛面諭，溫語撫慰胡蘭成，所寫的那一封信，就只有冷冷淡淡，簡簡單單的如下數語：

「先生因你是自己人，你還是來京見先生，當有所面諭也。」

罷「官」於前，又收到林柏生這隔靴搔癢的寥寥數語於後，不用說，胡蘭成的滿心憤怒，當然是很難抑止下去的。數月之間，屢受打擊，以胡蘭成用心之深，計謀之多，與乎其報復心之重，他不滿汪精衛，不值周佛海，不齒李士群，只要他還有一口氣在，他是不惜一切犧牲代價，都要出這一口惡氣的，所以，他開始擇定目標，暗中活動，刨李士群的根，要李士群的命，讓汪精衛、周佛海之流，也看一看他的制敵之計，巧妙手段，重新估量一下，即令是無權無勢，無兵無勇的書生腳色，也不是輕易可以招惹的。

胡蘭成想用釜底抽薪之計，更進一步導致李士群的基本力量所在地，在極司非爾路七十六號偽特工總部裡，來上一次窩裡反。培植一股新興力量，乘李士群不備，猛一下子把他顛下來。

在七十六號，有兩名李士群的部下，引起過胡蘭成的注意。一個是萬里浪，一個是吳四寶，前文說過，這兩個人都曾和我交過手，尤其是吳四寶和他的老婆佘愛珍，兩夫婦在上海殺人如麻，作惡多端，上海人真是吃盡了他們的苦頭，稱之為「混世魔王」也不為過。

可是，在七十六號裡，這兩個人卻是李士群手下兩路人馬的首腦人物。七十六號開張之初，是由丁默邨、李士群和駐上海的日本軍官相勾結，想給日本人做一點情報工作。他們的基本幹部，就只有在等而下之，知識淺陋，意志薄弱，甚至可以說是愚昧無知的白相人中間去找。所以一找就找到了給我的朋友季雲卿開汽車的殺胚吳四寶。吳四寶身強力壯，體重恆在兩百磅以上，由於他是上海聞人之一季雲卿的司機，照季雲卿的牌頭，四處跑跑，倒也結交了不少四肢發達，頭腦簡單的小朋友，勉勉強強組成一個漢奸班底。

李士群為了拉攏這位不見經傳的小人物吳四寶，甚至跟他在菩薩面前磕頭，結拜為異姓兄弟，論年齡，吳四寶大，李士群小，所以李士群兩夫婦，都喊吳四寶夫婦為大哥大嫂。

張國震是強盜土匪

吳四寶被李士群拉到了七十六號，馬上就招兵買馬，嘯聚不法之徒，替李士群建立一支基本武力。首先，他找的是張國震，張國震是在上海郊區明火執仗，殺人越貨的強盜頭子，為人行事，大有水滸傳上拚命三郎的作風，論剽悍潑辣、悍不畏死，卻要比拚命三郎石秀更勝幾倍。張國震鋌而走險，帶了一批少不更事的小嘍嘍，在上海郊區橫行不法，打家劫舍，鬧得四郊風聲鶴唳，草木皆兵，連日本軍方都對他們頭痛萬分，時值李士群、吳四寶臭味相投，朋比為奸，正在急於拉些殺胚打手。李士群便跟吳四寶商量，既然你在上海市區的朋友，都不肯出頭幫你的忙，你何不下鄉跑一趟，把張國震那批強盜招了來，一則解決日軍維持市郊秩序的頭痛問題，二來以張國震他們「死脫外國人不管」的兇悍，正是七十六號所需要的「人才」，這豈不是一舉兩得的事嗎？

一聽這話，吳四寶覺得正中下懷。因為他正為找不到鷹犬爪牙，在急得哭出嗚啦，深怕自己無法向把弟老闆李士群交代。事實上，吳四寶在上海多年，所結交的下三濫朋友，並不在少，但當他一進七十六號，走遍各處請朋友出來幫忙，卻是，連那些下三濫的朋友都深知國家民族大義，不願意給日本皇軍當漢奸走狗劊子手，使得吳四寶到處叩頭，到處碰壁，正在不知如何是好，把弟老闆果然給他指了一條「明路」。

於是吳四寶硬起頭皮下鄉去，託人找到了張國震，雙方在一處秘密地點見了面。吳四寶便憑他的三寸不爛之舌，把進七十六號的好處，說得天花亂墜。其中最讓張國震聽得進的一點，便是一進七十六號，便有漢奸「官職」，日軍裝備，先前是當強盜土匪，往後就可以仗日本皇軍的勢，明目張膽，下手放槍。苦主受了損失，多半還不敢報案哩。

一席話打動了張國震，他心甘情願，淌趟渾水當漢奸。吳四寶見他乍一點頭，偏又拿蹻，他巧言令色，誘其深入的說：

「你既然肯幹，往後大家都是自己人，同生死，共患難，打下一片錦繡江山。不過，為了彼此信任，事事都有關照，最好還是按照江湖上的規矩，大家建立一層親密的關係。」

這些話，張國震一聽就懂，於是，他叫按照清幫的規矩，請吳四寶設香案，由他領頭拜先生，從此，張國震成了吳四寶的「開山門」弟子。只不過，直到那時為止，吳四寶那裡有開香堂，收門徒的資格呢？無非小孩學大人的樣而已。

吳四寶果然完成了李士群所交代的一項重大任務，招安了張國震，把張國震和他的嘍囉們，連人帶槍都引到七十六號來。李士群終於有一支基本武力了，吳四寶、張國震他們成為了七十六號的第一批行動幹部，殺胚打手。

上海市郊的強盜土匪被帶進了上海來，由於張國震一幫的賊心難改，見錢眼開。他們搖身一變，穿上了七十六號的「號衣」，就此殺人放火，無惡不作。而直接領導他們的，除了吳四寶以外，還有一位上海白相人阿嫂的後輩，吳四寶的老婆佘愛珍。

佘愛珍原藉廣東，自小生長在上海，她的父親名叫佘銘三，販賣茶葉、火腿賺了點錢，往後也做做出口生意。只能說是家道小康，衣食無虞而已，談不上什麼發達。所以佘愛珍小時候能夠讀書，但也只讀到啟秀女中畢業時為止。

佘銘三討了好幾房小老婆，平時還常到堂子裡去逛逛，上海名妓「四大金剛」裡的胡寶玉跟他有點交情，他可以把胡寶玉帶到家裡，陪他的姨太太搓搓麻將。佘愛珍是佘銘三的三姨太生的，在兄弟姊妹中最得她父親的寵愛，小時候叫妙珍，又改名秀芳，後來方以愛珍為名。她母親因為沒有生兒子，自小把她作男孩子打扮，直到十一二歲才穿上女孩子的衣裳，十五六歲她父親交了本錢莊摺子給她，叫她要用錢的時候只管提。十六七歲時長得面如銀盤，長身玉立，一派風流嬝娜，落落大方。有不少男孩子追求她，在那個年頭，佘愛珍不但不駭怕，反倒一見面就破口大罵：

「你們這幫人沒有爹娘教呀？不用功讀書，倒來盯女生？」

佘愛珍醉後失身記

十九歲那年出落得越發標緻了，便有一個通家之好的子弟，姓吳，父親在洋行裡當買辦，愛佘愛珍入了迷，追求不成，便串通了女眷，把佘愛珍灌醉，趁此機會，奪了她的童貞。但是第二天一早醒來，這十九歲的大姑娘，竟然說是她毫無知覺。

然而她卻有了身孕，肚皮一天天的大起來了。醉事終於敗露，她父親佘銘三很著急，為求家醜不致外揚，叫她去香港，把胎兒拿掉，然後再出洋留學。但是事為吳家所知，那個急色兒的母親，吳太太便跑來苦苦哀求佘愛珍，他說佘愛珍一旦遠走高飛，她的兒子必定自殺。到那時候，她無法向她丈夫交代，也唯有一死了之。因此她說她們兩母子的性命，繫在佘愛珍的身上。

就這樣，佘愛珍無可奈何的進了吳家的門，起先在外面租房子住，後來被吳家老頭子曉得了，方才接到家裡，做了十二年吳家的媳婦，她從此孝順翁姑，服侍丈夫，撫養兒子，把那個私生子當做了自己的性命，不幸的是，孩子在九歲那年，得了猩紅熱，就此夭折。孩子一死，佘愛珍便認為她和吳家業已恩斷義絕，她孑然一身，回到娘家住下，不論她丈夫怎樣再三再四的求她回去，佘愛珍只是推託不見。

佘愛珍的丈夫對她情深款款，立誓從此不娶。可是，佘愛珍卻「落花有意，流水無情」，她不再理會她的丈夫，兩人之間又沒有正式結婚關係。所以，當她自己看中了吳四寶，要嫁給吳四寶為妻，經過父母同意，一樁婚事就此順順當當得成功了。

吳四寶是江蘇南通人，他父親在上海成都路開「老虎灶」，也就是賣開水，一文制錢一大壺，收到了錢，便順手丟進一支毛竹筒裡。這吳四寶自小調皮，乘他父親從早到晚忙碌不堪，無暇分神，諉稱幫他父親的忙，其實是做手腳，偷銅錢，一偷到十文，便溜到城隍廟，花兩文錢一吃碗油豆腐線粉，餘下的買一大堆糖果點心，還能看一次西洋景。

還沒有長大成人，父母得病身亡，吳四寶的哥哥嫂嫂說是要分家，但卻獨霸獨吞，不給吳四寶這個小弟弟留一份，吳四寶什麼也不懂，兄嫂不給他就不要，正待兩手空空的出家門，他的姊夫、姊姊看不過，挺身而出，仗義執言，總算給他爭到了幾個錢。

從此他住在姊夫家裡，他姊夫在跑馬廳當馬伕，叫吳四寶也去幫幫忙，當上了一名牽馬童子。但是吳四寶終究調皮好玩，愛管閒事，仗著他發育得快，人高馬大，打起架來又一力向前，不贏不休，因此，在跑馬廳一帶，小小的有了點名氣，有時候也為捕房巡捕辦辦事，人稱「馬立斯小四寶」。

在黃浦灘混到二十來歲，正式投入青幫之外，還學會了開汽車，起初給一個英國人當司機，正項歪路收入加起來，有了幾個錢了，便結婚生子，成了個家，還僱了個奶媽。

殊不知吳四寶在外頭跟人家結了仇，那仇家心狠手辣，用一副金手鐲作賄賂，買通吳四寶的奶媽，放起一把神祕的火，把吳四寶的兒子活活燒死了。事後，眾人以為照吳四寶的性格，那個奶媽準定活不成，然而，他卻裝作若無其事一般，兒子慘死，悶聲不響，只是揮揮手，叫那個奶媽回家去。

不久，吳四寶脫離了那個英國人，不開車了，自己在跑馬廳一帶另立場面混飯吃，混了兩三年，總算混出個小小的名堂。「馬立斯小四寶」的名聲，也漸漸的響亮，他正想脫胎換骨，更上層樓。偏偏被他發現了他的老婆偷人，對手方還是個並不簡單的人物，焚子淫妻，吳四寶都不敢出頭報復，只是將滿腔怒火，壓在心頭。有一天，他多喝了酒，一時氣忿難忍，便在幾位小朋友面前，把他的深仇大恨和盤托出。

白相嫂嫂敢作敢當

其中有一位小兄弟，激於義憤，深覺此仇不報，眾家兄弟一致顏面無光。於是，便甘冒性命危險，代吳四寶報仇雪恨，覷個機會，將吳四寶的仇家，一斧頭劈死在地。

當天，吳四寶得著了消息，他唯恐惹禍上身，他仇家的弟兄門徒，斷乎饒不過他。性命攸關，把心一橫，「紅杏出牆」的老婆他不要了，收拾細軟，交給他的嫂嫂保管。帶著他僅有的一個女兒，當年不過六七歲，吳四寶連夜逃離上海，遠赴北方。第一站到青島，然後轉濟南，到「狗肉將軍」張宗昌那邊去投軍，當上了直魯聯軍的機器腳踏車隊隊長。

從民國十二年到十七年，吳四寶都在張宗昌的部隊裡，民國十七年第二期北伐，他福至心靈，向北伐軍白崇禧的部隊投誠，仍舊還是當機器腳踏車隊隊長。二期北伐告成，吳四寶已經二十九歲了，他以為六年前他弟兄的殺人一案，早已滄海桑田，事過境遷，便領著他的女兒，回到上海。

一回上海，就有舊日的弟兄朋友前來續舊情，吳四寶從過軍，到過北方，見過點市面，手裡又有點積蓄，社會上多了一些關係，從此，他當小白相人，就算高了一級，不再是跑馬廳一帶的小混混了。不過，他做的事情，也不過充充打手，當個保鑣而已。

就在這一段時期，他跟佘愛珍正式結婚，一個是重娶，一個是再醮。只不過，吳四寶和他前妻，並未仳離，佘愛珍跟她前夫，更是沒有行過結婚典禮。雙方為了彌補雙方的遺憾，方才行了三媒六聘之禮，吳四寶用一頂花轎，把佘愛珍迎回家去。

當初，也有許多佘愛珍的往日同學、姊妹淘裡，還有親戚朋友，聽說佘愛珍要嫁給吳四寶，都在不勝惋惜的勸她道：

「好好人家不嫁，為什麼要嫁個白相人呢？」

佘愛珍卻理直氣壯的說：

「白相人有那點不好呀？我就喜歡白相人的爽爽快快，做事有膽量，又重人情體面，到處都吃得開。白相人的行為，說壞就壞，說好也好。凡此種種，全都合乎我的性情嘛！」

實則，佘愛珍肯於嫁給吳四寶，最主要的原因，除了性情相近以外，就是可以借吳四寶的「聲明」，叫她的前夫，不敢再來糾纏不清。

以吳四寶這麼一個父親開老虎灶的窮家子，在跑馬廳弄刀舞棒，打架起家的混混兒，出身低賤，一個大字不識，居然娶到一名好人家的小姐，啟秀女中的畢業生，雖說女生男相，但是人還漂亮，固曾一度失足，喜在性情朗爽，遇事拿得定主張，至少可以當得上吳四寶的賢內助。不用說，吳四寶對佘愛珍是相當敬重的，極其滿意的了。與此同時，佘愛珍也發現吳四寶誠然是個壞胚子，大老粗，然而他也有他的好處。第一是身體結棍，衝勁十足。第二是粗中有細，慣會巴結奉迎。第三是善解人意，會看臉色。第四是言語粗魯，卻是自有佳趣。第五呢，他那個「社會大學學士」的銜頭是吃足苦頭，受過教訓得來的，因此他伶俐機警，極少上當吃虧。吳四寶寧可抗木梢，出氣力，他也決不會做豬頭三，阿木林。這一點，在黃浦灘上是太重要了。

至於吳四寶那邊，娶到了佘愛珍，心中的歡喜得意那就更不用說了，新嫁以後，他經常都在眉飛色舞，笑逐顏開的說道：

「我不過是一個粗人，能夠討到這麼好的一個家主婆，真正是太難得了。」

何況佘愛珍一嫁給吳四寶以後，立即就施展她敢做敢當，八面玲瓏的手腕，替吳四寶了結了一件大事，擋住了一樁大禍。

貓兒貪腥惹火燒身

吳四寶明媒正娶佘愛珍，在黃浦灘上的白相人地界，是一樁轟傳一時的新聞，因此，也引起了有關方面的注意，巡捕房裡覺得吳四寶這個名字很熟，一查舊案，赫然發現吳四寶竟是六年以前一樁殺人兇案的主兇，捕房裡一直都在懸賞通緝。

於是，終有一天，有一位包打聽找上了環龍路一條弄堂裡，吳四寶的家門。

套句現代術語講，這位包打聽是存心來找因頭，掙個大紅包的。當時，吳四寶不在家，佘愛珍有點嚇怕，她一口答應的說：她願意拿出一千塊大洋來，但求銷案了事，捕房不再追究。

錯在這位包打聽，把女流之輩過於看輕。他捏牢了吳四寶的小辮子，就以為佘愛珍膽小怕事，只求速了。兼以佘愛珍一開口就應承一千塊，手面如此闊綽，顯見頗有油水可撈。於是，他先開價兩千，再順序遞減，從兩千「讓」到一千八、一千六、一千四、一千二。然後他裝模作樣，煞有介事的說：

「這完全是我在有心幫忙，一千二是最低限度，再也不能少了。」

殊不知，包打聽急吼吼的要錢，早已被佘愛珍看出了破綻。她胸有成竹，冷冷的望著那位包打聽，以石破天驚之勢接腔說道：

「不能少就不能少，依我看來，這就是你先生太不漂亮了。」

包打聽吃她迎頭一棒，不禁老羞成怒，因而便聲色俱厲的問道：

「那你打算怎麼辦？」

佘愛珍十分惱怒，她緊緊盯住那位包打聽，字字著力的答道：

「很簡單。我一個錢也不出，寧可打官司，上公堂，也不塞狗洞！」

「塞狗洞」三個字，著實說得太重了些。難怪那個包打聽神色驟變，氣得渾身簌簌發抖，他站起身來往外走，恨聲不絕的說：

「好！吳太太你敬酒不吃吃罰酒，那我們就走著瞧，往後看吧！」

包打聽怒氣沖天的走了不久，吳四寶便回到家裡來。他細聽佘愛珍所說的方才一幕，頓時就神情大變，雙手直搓的說：

「噯，太太，你未免太莽撞了些，包打聽怎可以得罪的呢？這一下，眼看禍事就要來了。」

「兵來將擋，水到土掩。」佘愛珍順口掉了一句文說：「天下沒有解決不了的事情。」

「太太，」吳四寶驟然一喜的問：「是不是你已經有了什麼妙計？」

「妙計不敢當，」佘愛珍一聲冷笑的說：「不過嘛，應付這些見錢眼開，好像蒼蠅見血的包打聽，我敢說一定有效。」

「太太，你究竟得了什麼一定有效的妙計呢？」

佘愛珍毅然決然，斬釘截鐵的說：

「明天，你先避一避。」

吳四寶也算是相當聰明伶俐的了，他從佘愛珍「寧可打官司，上公堂，也不塞狗洞」的那一句話上著想，已能測知佘愛珍所打的算盤。因此，他袪口噤聲，不再多問，把他的身家性命全部付託佘愛珍。吳四寶聽佘愛珍的話，當天，便搬到他的朋友家裡去住。同時表示，事情不解決，他就不回來。

夫妻檔合力闖天下

等到吳四寶一走，佘愛珍立即拿出他們的一家一當，僅有的一千塊大洋。她把一千大洋揣在懷裡，找到苦主的家見到了苦主的太太，事隔六年，苦主墓已拱，他太太再也想不到這樁血案還會有餘波盪漾，獲致「公平合理」的解決。當佘愛珍以女人的身分，跟苦主太太細說根由，闡述因果。苦主太太當下就有恍然大悟之概，她不勝慨恨的在跟佘愛珍說：

「我早就疑心他了，貓兒貪腥，引火燒深，這還有什麼話可說呢？」

卻是，佘愛珍恰如其時的，雙手奉上一千塊大洋，同時十分誠摯的說：

「我們吳先生不曾下手行兇，但卻為這一件事，日夜不安，他到北方去吃了六年的苦，前些時才回到上海來，不久就跟我結了婚。我們兩夫婦都認為，唯有像這樣罄其所有，聊表寸心，才能心安理得。說句笑話，那就是夜裡安心落枕，睡得著覺。」

那位苦主的太太，居然受了他的感動，接過錢去，由衷的答道：

「吳太太，一切前因後果我都明白了。認真說來，事情由我先生而起，原是我先生的錯。何況事隔多年，由你吳太太前來向我親自說明，對死者有了交代，對我們一家也有了安排。像你吳太太行事這麼漂亮，那還有什麼可說的哩。俗話有道是：『冤家宜解不宜結』，我們兩家的一段恩怨，就這麼一筆勾消了吧。」

於是，苦主之妻便依佘愛珍所授之計，到上海會審公廨投訴，追捕殺夫主兇吳四寶到案。然而，當吳四寶自己投到，即將鋃鐺入獄時，苦主之妻卻又當堂指認，她親眼目睹劈死她丈夫的並非此人，——這倒也是實話——殺她丈夫的本來就不是吳四寶嘛，因此，吳四寶無罪釋放，就此銷案。一場風波，終告消弭於無形。

經過了這一件引人矚目的大事以後，佘愛珍三個字，在黃浦灘很出了點鋒頭，她的名字，在小白相人地界，也算得上是一塊招牌。尤其是吳四寶對於這位再嫁夫人，更其服服貼貼，吃得死脫，他對佘愛珍言聽計從，百依百順。白相人講江湖上的規矩，「好漢不聽婦人言」，這一句話總是經常掛在嘴邊的。唯獨吳四寶，他是明裡暗底都在表示，他的老婆佘愛珍有見解，拿得出辦法來，又處事公平，吳四寶的手底下、學生子，一旦起了什麼糾葛，他總是堂而皇之的說：

「跟師娘說去！」

佘愛珍再嫁吳四寶，小倆口子倒也蠻恩愛。佘愛珍這個名字是吳四寶給她取的。吳四寶原是個小名，他自有學名叫吳雲甫。只不過吳四寶不識字，從來不曾看見他把「吳雲甫」三個字寫出來過。於是佘愛珍便把著他的手，教他一筆一筆的寫，「紅袖添香」逼寫字了，吳四寶居然也能把自家的名字簽得一劃不多，一劃不少。儼然也是個識過字的人啦。

每天早晨，日上三竿，吳四寶躺在床上，頭一件事，便是聽他太太佘愛珍，把當天的早報，擇些重要的消息，讀給他聽，倘若不懂，再加解釋。佘愛珍規定他必須把「新聞」聽完，才許下樓。這時候，不論是會朋友，或著是見手下、學生，吳四寶就正好賣弄賣弄，像他們說說，今天國內和上海，都發生了什麼大事。使那些人不曉得內幕的人，不禁大為驚異，怎麼吳四寶一娶了佘愛珍，馬上就這麼有學問起來了呢？

結婚以後，一旦吳四寶有了進賬，不論數字多少，他總是往佘愛珍那邊一繳。佘愛珍掌握了吳四寶的財政大權，連吳四寶本人，乃至他的手底下，學生子，就不由不聽她的調度拘管——吳四寶本來不嫖，但卻好賭銅鈿，為這件事，佘愛珍曾經利用她捏牢荷包的大權，很給吳四寶吃了點苦頭，漸漸的，他就不敢跑去賭場，大筆大筆的賭了。

由此可見，佘愛珍嫁給了吳四寶，就變成他們夫婦淘合力闖天下了。

在佘愛珍的經常策劃之下，吳四寶頭一個領頭，豁出性命不要，希望能在五光十色，華洋雜處的黃浦灘，赤手空拳打出一個花花世界。然而，當黃金榮、杜月笙、張嘯林三大亨同心協力坐鎮黃浦灘，走的是正路，行的是俠義，一切妖魔小丑，魑魅魍魎全部無從遁於形，像吳四寶這種起碼貨、小腳色是絕無可能竄起來的。因此，吳四寶充其量只能給我的朋友季雲卿開開車，當季雲卿和我們在俱樂部裡消遣消遣，吳四寶則跟其他的司機在街道邊，弄堂裡小賭賭。

做假藥吃上了官司

不過，照季雲卿的牌頭，由佘愛珍經營，吳四寶也搭點小生意做做，他開了一爿理髮店，僱了一批揚州剃頭司務，由佘愛珍自己在店裡照看，收賬，閒來無事，做點贗品的凡士林、雪花膏，多賺兩文。後來，七搭八搭的又做偽藥，看見施德芝的痧藥水行銷全國，獲利無算。吳四寶、佘愛珍也做痧藥水販售，諧「施德芝」的音，他們家做的痧藥水叫「施道世」。

既做偽藥又冒充，果然被施德芝藥房一狀告到官裡去，施德芝藥房請了一位頗具時譽的名律師，臨開庭那一天，名律師在家裡接到一個怪電話，嚴詞警告，叫他「識相點」，不要出庭。

名律師不理會這一套，穿上紡綢長衫，手執油紙摺扇，正要步上私家汽車，到庭控告吳四寶。殊不料從身旁閃出一個人來，拎隻半大不小的西瓜，輕輕的往他頭上一罩，那隻西瓜是挖空了的，中間滿貯糞汁，瓜皮一破，糞汁流淌，淋得那位律師一頭一身，奇臭撲鼻，大呼倒楣。及至回到家裡急於換衣裳，電話鈴聲又響，接過來一聽，竟是戲謔調侃的一聲問：

「大律師，味道好哦？」

這就是抗戰以前，小白相人吳四寶的賺錢術，行徑和手段了。

除了開理髮店，造假藥，充打手，當保鑣。吳四寶專門在小生意人的身上敲竹槓，因為大生意人朋友多，交際廣，他招惹不起，只有動小商人的腦筋。在這一方面，他倒是手條子夠狠，所以有一句話經常掛在吳四寶的嘴上，他說：

「生意人全是蠟燭脾氣，不見棺材不落淚。你拔他一根汗毛，他痛澈心肝，再斬掉他一條大腿，他倒也是不過如此！」

他又說：

「對這種蠟燭脾氣，不見棺材不落淚的人，是要給點顏色他看看。叫他曉得曉得，到底是他的錢值錢，還是我的話值價！」

吳四寶在上海拎著腦袋瓜子混飯吃，和佘愛珍兩夫婦，一直要熬到抗戰爆發、上海淪陷，黃金榮先生閉門不出，杜月笙、錢新之諸先生均義不帝秦遠走香港，轉赴重慶，張嘯林也暫時銷聲匿跡，寄情煙賭。杜門中人，除開我奉命留守，從事地下工作以外，絕大多數都跟著杜先生投奔抗戰陣營去了。上海成了狼虎當道的鬼蜮世界，像吳四寶這種小腳色才能探出頭來，先看看風色，再乘人不備張牙舞爪，終於成為了黃浦灘的一大害！

吳四寶本來有很好的機會，也可以報效國家，抵抗暴日侵略，直接從軍，建立功勛的。他純粹是認識不清，意志薄弱，因一念之差而誤入歧途，斷送了他脫胎換骨，重新做人的大好機會。抗戰爆發，一二八淞滬之戰初起，張發奎將軍麾下的第八集團軍第二十八軍陶廣所部的兩個師，第六十二師由陶軍長兼，第六十三師師長是陳光中。陳光中師本來駐防湖南，淞滬戰雲緊急，被調到浙江防守錢塘江。吳四寶認識這位陳師長，陳師長對他也很信任，便給了他一個差使，命他在上海採辦軍需，起初吳四寶倒是相當的賣力，每次軍需品採辦齊全，都由他親自開車押車，沿京滬杭國道送到六十三師的防區去，因此贏得陳光中的賞識，當淞滬之役告終，國軍轉進，陳光中覺得吳四寶這個人倒還精幹，便邀他投軍跟了同去。但是吳四寶卻有心淌混水摸魚，刀口舔血，他婉拒了陳師長的這一番好意。

其後不久上海陷敵，李士群、丁默邨搞起了七十六號，拉人拉到吳四寶的名下，雙方臭味相投，一拍即合。吳四寶、佘愛珍是以夫妻檔的姿態，一道進七十六號的。吳四寶被李士群派任偽警衛大隊長，實際卻由佘愛珍負責指揮。他們的班底就是張國震那一批強盜土匪，當汪精衛、周佛海大小群奸相繼到上海搞名為「和平運動」的漢奸賣國賊勾當。我們的地下工作人員也曾有過周密的計劃，想把漢奸走狗一網打盡。那時節，汪精衛他們的處境可以說是相當危險，因為日本軍隊對於上海地方不熟，很難嚴密保護他們。所以吳四寶的七十六號偽特工總部警衛大隊就起了相當的作用。我們這邊有過幾次狙擊行動，李士群立刻就下令吳四寶施我以報復。

橫衝直闖上英租界

當漢奸是夫妻檔，賣命出動也是兩夫妻一道雙雙的上。吳四寶在上海為虎作倀，助虐為惡，頭一次的行動便是中外震驚的上海《導報》被搗毀事件，冒著與巡捕為敵的危險，明目張膽侵入了租界。

那頭一次挑釁肇事便有佘愛珍的份，而且她還以「師娘」的身分親自指揮徒眾，動手行兇。

第二次打《大美晚報》，佘愛珍照舊參加不誤，李士群只要他們兩夫妻肯給他賣命，不惜親親熱熱的喊大哥，喊大嫂，把一對不知天高地厚的小小男女白相人捧到了天上去。李士群鼓勵慫恿佘愛珍動刀動槍，參與行動，說什麼一有女人參加必定「順經」，可以無往不利，大獲「全勝」而歸。

李士群對極不安份，專愛逞能的佘愛珍盡量利用，反正只要給她戴一頂高帽子，這個好出鋒頭的女人，是什麼事情都肯幹的。所以有一次李士群誇獎她眼睛尖，記性好，拿張照片給她看一遍，或者跟她說明對方有什麼特殊標記，她立刻就能記得牢牢的。因此，佘愛珍竟膽大妄為，拋頭露面，到麗都舞廳去盯我方地方工作同志的梢，差點被我們生擒活捉過來。

當時，我方的地下工作同志大都以租界為掩護，李士群便想出極其毒辣的「一石二鳥」之計，唆使吳四寶、佘愛珍、張國震一幫殺胚打手，亡命之徒，不斷的在租界裡採取行動，製造事端，一方面直接打擊我地下工作同志，另一方面尤在威脅租界當局，以維護治安為藉口，限制我方的行動範圍。

然而，在上海租界裡杜月笙先生的勢力根深蒂固，又有我在奉杜先生之命聯絡四方，上下打點，所以租界當局不但不賣七十六號的賬，反而以口還口，以牙還牙，採取嚴厲而明快的應戰措施，此一當頭棒喝幾乎使橫行霸道的佘愛珍險些為之送命。

緣起於某一天，剛剛投靠七十六號的林「司令」林之江，帶了幾個七十六號的狠客，身攜手槍，坐了汽車，招搖過市，大搖大擺的開進租界來，被一名中國巡捕發現，上前查問，林之江卻對那位巡捕說：

「你上車來嘛，我們跟你一道到巡捕房裡去講，好不好呀？」

這位中國巡捕不知是計，貿貿然的坐上了他們的汽車。詎料汽車一個轉彎，駛到了林之江的家裡。七十六號那邊人多，橫拖豎曳的把巡捕拉下車來，拖進屋裡拳腳交加，叫那位巡捕重重的吃了一頓生活，方才把他拖到外邊去放生。

七十六號的凶神惡煞又故意叫巡捕上當，他們使用日本人的鐵甲汽車，卻在車子鐵甲上暗暗的通了電流，巡捕一見上前檢查，七十六號的人卻在巡捕的手碰到車子的時候，暗的接通電流，使巡捕猛然觸電，被電流彈開很遠，摔倒在地上。然後，哈哈大笑，一踩油門，疾駛而去。

一連出了好幾件像這樣挑釁尋事的惡作劇，租界裡的華洋巡捕忍無可忍，決定擒賊先擒王，施予當頭棒喝，給七十六號的人一個教訓。有一天，正值佘愛珍大模大樣，驅車到租界裡去看醫生，做頭髮，除了司機以外，還帶了一名保鑣，是吳四寶的一個學生子。

佘愛珍的汽車開到英租界靜安寺路、大西路口，那裡照例設有英租界巡捕房的檢查站，路畔堆著沙包，中間攔起鐵絲網，還有英國巡捕的掩體，來往行人過此必須經過檢查。

然而當佘愛珍的汽車一到，司機目中無人，橫行無忌，加足馬力就想衝過去，但是英國巡捕不依，他從掩體裡直蹤出來，便是一聲厲喝：

「快快停車！」

佘愛珍的司機無可奈何，只好將汽車剎住。英國巡捕走過來一檢查，向佘愛珍的司機和保鑣說：

「手槍手槍，護照護照！」

光天化日鬧市喋血

司機，保鑣還在面面相覷。佘愛珍一看苗頭不對，就此順風轉舵的說：

「把護照給他看看，手槍暫時交給他保管，等下再來討，不怕他們不還。」

但是那名保鑣還在作威作福，大不領盆，他扭過頭去跟佘愛珍說：

「師娘，先生派我跟師娘來，所為何事？手槍被巡捕繳了去，豈不是太蝕面子？」

這時候，英國巡捕催得更急了，他在一疊聲的喊：

「護照護照，手槍手槍，快點繳過來，不然有你們好看的啊！」

一句話惹惱了那名保鑣，他聲聲冷笑，一臉鄙夷不屑的神情答道：

「我們偏不繳，看你怎麼樣？怕你咬了老子的鳥去呀！」

七十六號的保鑣出口傷人，英國巡捕當眾下不了台，他怫然變色了，從腰間拔出手槍，舉向那名保鑣，怒容滿面的喝道：

「你們繳不繳槍？」

然而，就在這雙方劍拔弩張的一刻，英國巡捕拔槍急了些，槍袋擦開了保險，手指觸動了扳機。於是，眾目睽睽，光天化日之下，「砰」的一聲槍響。英國巡捕一槍射中了那名保鑣。佘愛珍的保鑣在汽車裡中了一彈，當場鮮血四濺，受了重傷。只聽到他聲嘶力竭的叫了一聲：

「師娘！」

於是又一聲「砰」然槍響，佘愛珍的保鑣拔槍還擊，一槍打死了英國巡捕。英國巡捕仆倒在佘愛珍的汽車旁邊，滾了一滾，死於非命。與此同時，佘愛珍的保鑣也朝前一仆，就此寂然不動，他也因為受傷過重，死在那部汽車的前座。

靜安寺路上起了槍戰，驟然之間連傷兩命，嚇得滿街行人雞飛貓跳，沒命奔跑。英租界掩體附近還有幾位巡捕，一見七十六號的人又在無故逞凶，這一回打死了他們的同事，人人義憤填膺，眼睛都紅了，拉出槍來，便向佘愛珍的汽車密集掃射。

緊接著，又有大隊英國巡捕聞訊趕來支援，警車淒厲，笛聲緊促，靜安寺路大西路口一時巡捕畢集，瞄準佘愛珍的汽車，紛紛拔槍射擊，硝煙四飛，槍林彈雨，宛如一處戰場。

坐在汽車後座的佘愛珍身陷絕境，即令她再狠再潑，又幾曾見到這種彈如雨下生死間於一髮的大陣仗。她坐在汽車後座嚇呆了，來不及蹲下身去，只顧雙手掩面，任讓嗤嗤飛來的槍彈，擊碎了車窗玻璃，而將碎屑濺得她一頭一身。

還幸虧她一直坐著，不曾蹲下，給一名英國警官一瞥之間看見了，他立即便急鳴警笛，伸手阻止，向他部下高聲大叫：

「停止射擊！車子裡坐的是一個女人哩，多半已經打死了！」

然而，當英國巡捕這邊停止射擊，派人探看究竟。滬西那方，越界築路的七十六號偽工總部，卻是砂石滾滾，塵頭大起，吳四寶的那幫手底下，學生子，聽到有人回去報告：佘愛珍的汽車在英租界入口處受到截擊，性命危在頃刻。這幫狠客一著急，於是乘車的乘車，跑步的跑步，爭先恐後趕來搭救，尤有吳四寶、佘愛珍的得力幫手小兄弟，偽司令林之江一發狠，連機關槍都拖了出來。七十六號的各路人馬，把心一橫，決定跟英租界的巡捕們大幹一場。

血案無窮糾葛不已

英租界的巡捕一看「七十六號」凶神惡煞傾巢而出，來勢洶洶，當下也不敢怠慢，警官一面派人回去搬救兵，一面就地布陣，準備迎戰。一場激戰一觸即發，情勢緊迫間不容髮。就在這個要緊關頭，佘愛珍像從噩夢之中驚醒，她曉得槍戰一起，她將夾在當中兩面受擊，那就必死無疑。所以，她鼓起勇氣，推開車門衝了出來，向七十六號的人拚命喊叫：

「不能開槍，不能打呀，不然亂槍齊下，我就死定了呀，快快把槍放下來！」

英國警察看見佘愛珍險象環生，挺身而出。七十六號的人投鼠忌器，遲疑不決，心知情勢對於他們有利。尤其當他看清楚了七十六號的人都已經一腳踏進英租界，個個持槍在手，便利用佘愛珍夾在正當中，把她當做人質，高聲喝令：

「通通繳槍！」

但是七十六號的人不甘繳出槍來，因此雙方又度形成僵局。在這時候，頂著急，最危險的還是佘愛珍，所以她不得不尖聲嚷叫：

「聽到沒有，你們快把槍繳出來，通通繳給巡捕！」

這一下，七十六號的狠客不敢不依了，還是顧全吳四寶老婆的性命要緊。自偽司令林之江以下，眾狠客一一繳槍。七十六號終於在眾人之前吃了癟，他們鬥不過英國巡捕，把所有的槍枝都繳了出來，換回一個驚魂甫定的佘愛珍鎩羽而歸。

這是淪陷後的黃浦灘上，鬧得無人不知，無人不曉的一仗。

靜安寺路大西路口的一場激戰算是化險為夷，雨過天青了。但是英租界巡捕房和七十六號的糾葛，卻還在方興未艾，層出不窮。佘愛珍被七十六號的那幫狠客們簇擁回去，吳四寶聽說他的愛妻安然無恙回來了，當時就在他家客廳燒香拜佛，磕下頭去。然後又用他的不義之財，命人捐一筆錢給普善山村，施捨兩百口棺材。他和佘愛珍的同事、朋友、部屬、學生子，一波一波得跑來慰問。佘愛珍死有餘辜，偏就九死一生，奇蹟般的逃出一條生命。事後回到她家，更衣整髮，把滿頭青絲抖散開來一看，槍彈擊碎的玻璃屑，索落落的直拋下來，外衣袋裡居然還有一顆槍彈。

吳四寶為了安慰他的老婆，派人去跟工部局英籍政治部長大辦交涉，他的態度非常強硬，必定要工部局答應下列三條件：

一、賠償汽車一輛。

二、保鑣和巡捕一對一的死了，雙方都不再追究。不過，佘愛珍的保鑣大出殯，要從英租界經過，工部局尤應派人致祭。

三、嗣後七十六號的人可以攜槍自由出入租界，不接受巡捕的檢查。

英國籍的政治部長為息事寧人計，表示第一、第二兩條可以勉予接受，三條則以法令攸關，不予考慮。然而吳四寶恃狠使蠻，非要英方照單全收不可，兩方面的談判，因而擱置了下來。吳四寶交涉不成，所欲未逐，他便開始用武力對付，命他的學生子張國震等日以繼夜侵入英租界，持續不斷的製造恐怖流血事件，在中日大戰聲中暫且偏安一時的租界地區，從此血案無窮，糾葛無已了。

豺狼虎豹坐地分贓

抗戰八年，上海淪陷期間，留在上海未曾逃出的五百萬同胞，幾於人人吃過吳四寶的苦頭，因為自從小白相人吳四寶帶領一幫強盜土匪、狠客殺胚混進了七十六號，吳四寶沐猴而冠當漢奸，做偽特工總部的警衛大隊長。日本人給偽組織撐腰，同時也利用偽組織的偽特工總部，在黃浦灘製造恐怖氣氛，逐行高壓手段，削弱我們上海地下工作同志的民眾支援力量。吳四寶便領著他的徒子徒孫，蝦兵蟹將，放火殺人，搶劫綁票，真正是橫行無忌，無惡不作。吳四寶進了七十六號的第一件事，便是和他續絃老婆佘愛珍，兩夫婦率領徒眾，雙手開槍，明火執杖，開進租界去打《導報》，接連著又有《大美晚報》連帶遭了殃，七十六號明目張膽，公然行凶之舉，使得大上海一市皆驚，人人杌隉不安，租界捕房對於吳四寶手下狠客恨之入骨，亟欲施以當頭棒喝，有所阻遏。因此才有佘愛珍乘車進入英租界，街頭驟起槍戰，雙方各有傷亡的驚人事件發生，上海陷區民眾從此沒有安寧日子過了。

租界捕房為了維持地方治安，偽特工總部則要鬧得租界裡面雞犬不寧，日夜不得安靜，雙方的敵對行為越演越烈。英租界巡捕房明曉得極司非爾路七十六號裡住著一批殺人不眨眼的日本鷹犬爪牙，他們為防止吳四寶的手下出動，騷擾租界，不時的派出警車，到七十六號附近加以監視。有一次，吳四寶的大徒弟張國震便爬到窗台上去，照準警車甩了一枚手榴彈。於是轟然爆炸，彈片四飛，警車當場炸燬，車上的巡捕不死即傷，又給上海市民帶來一次驚嚇，街頭巷尾，都在三五成群，議論紛紜：——吳四寶那幫子人究竟要鬧到什麼地步，他們會不會跟巡捕房開起火來，大戰一場？果若如此，抗戰槍聲一響，從四面八方湧進上海租界，在租界裡擠成一團的人那就慘了，再想從租界裡往外逃，就只剩下了兩條路——投江或者是跳海。

姑不論日軍是否會利用七十六號偽特工的力量，拿吳四寶那一批無法無天的亡命之徒，給他們充前鋒，打頭陣，進犯高樓大廈，鱗次櫛比，黃金美鈔，所在多有的上海租界。光把一個強盜土匪窩——七十六號堵在大英租的大門口，讓吳四寶、張國震之流，紅眉毛，綠眼睛的人物，身攜槍械，自由出入，到處惹事生非，焚燒劫掠，就已經夠使租界當局，傷透腦筋，好幾百萬居民，寢食難安，岌岌不可終日的了。吳四寶初進七十六號的時候，他是拖家帶眷，一齊搬進七十六號去的。他以七十六號為他的根據地，梁山寨，表面上說是執行日方對上海租界的恐怖政策，高壓手段，實則更是他在一次次的騷擾行動中，順手牽羊，公然放槍，而以偽工總部為他們的分金廳，收贓所。租界巡捕抵擋不住他的強盜隊伍，富商巨賈慘遭劫掠一空，甚至人財兩失者日必數起，凡是稍有點身家的都被他們嚇破了膽。那吳四寶眼見有機可乘，便大開財路，首先他放出空氣去，誰想保個平安就只有敗在他的門下，或者是交一交吳四寶這個「臂膀夠粗」的朋友，倘若不從，立即三刻便給他顏色看。他的威脅逼迫手段果然奏了效。上海租界裡外的各銀行、各交易所、各公司工廠、各大小賭場，紛紛的搭線找門路，跟吳四寶攀攀交情，圖個一勞永逸，平安無事。於是使吳四寶貧兒驟富，無中生有的發了一筆大財。因為，他私下所收取的保護費，數字之大，可謂駭人聽聞。

收取保護費，和排日出動，進入租界放手搶劫，使七十六號財門大開，黃金鈔票滾滾而來。其中大部分的錢，係由吳四寶兩夫婦中飽私囊，再拿出一部分來和李士群、丁默邨等人分分贓，他手下的徒子徒孫，當然也各有甜頭可嚐，然後吳四寶再拿這大量的作宴錢用來招兵買馬，充實力量。當吳四寶在上海予取予求，日進斗金，居然聲勢顯赫，炙手可熱的那一段時期，七十六號偽工總部的正副兩名首腦——李士群和丁默邨顯然是相形失色，黯然無光。七十六號成了吳四寶的天下，大宴小聚竟無虛夕，正當中的一間大廳，酒席一擺就是一二十桌，連偽府要角，如周佛海、陳公博之流都經常為其座上之客，山珍海味，吹彈絲竹，歡笑之聲不絕於耳，那一幫豺狼虎豹，整日价坐地分贓，追歡逐樂，稱七十六號為強盜窩，確是絲毫不為過。

秋風紅包大撈一票

人的慾壑永難滿足，勒索、搶劫得來的骯髒錢得來如此容易，反使吳四寶私慾越來越大，貪心越來越切。他逐漸的在擴充他勒索和搶劫的範圍，稍微有點錢的工商業者，殷商富戶，一概成為他巧取豪奪的目標。錢太多了，強盜隊伍又在不斷的增強充實，益發使吳四寶覺得有恃無恐，儘可暢所欲為。於是他決定搬出七十六號去，在愚園路買下兩幢豪華住宅，一幢送給他的頂頭上司李士群，一幢他自己住。明明是一幢西式洋房，吳四寶夫婦卻將一間正廳擺起了紅木傢俱，全部作中式佈置，不倫不類的稱之為「禮堂」，旋不久，又將左隔壁的一幢洋房強買下來，打通了。樓上作為宴客之所，樓下則闢為一間蠻夠氣派的私家舞廳。

畢竟吳四寶夫婦肚皮裡欠缺墨水，見聞有限，眼眶子淺得很。所以他們那幢占地寬廣，水木清華的華麗住宅，在佈置和格局方面，令人看起極不順眼，充份顯示主人家是個沒有見過世面的暴發戶。例如他在廳前花園築個亭子，亭子裡放之大香爐，大把大把的燒著檀香，日夜不斷，隨風飄散。又養一隻會說話的八哥，一見便怪聲尖叫：「黃包車！」

吳四寶的家裡內外不分，任人自己來往，三教九流，各色人等，諸如各行各業前來「蝕錢消災」的納賄者，江湖上三山五湖的各路英雄好漢，跟吳四寶稱兄道弟的朋友、學生子和過房兒子，還有佘愛珍的姊妹淘，手帕交，過房女兒，一天到晚穿梭般進進出出，穿堂入戶。這許多人在見過了吳四寶以後，還要步上右邊居室樓上，排闥入室去見吳太太，把偌大一幢洋房，鬧得門庭若市，一片混雜。平時請起客來，一請就是十幾桌，盛宴之餘，又繼之以跳舞看戲。

漸漸的，兩幢洋房又嫌不夠住了，吳四寶又打右隔壁鄰居的主意，恃強逞狠，仗勢欺人，把人家的一個大院子硬挖了過來，也是開一道側門，闢作網球場和晒衣場，右隔壁鄰居明明曉得吳四寶是東洋人的狗腿子，偽組織的鷹犬，殺人放火，無所不為，院子被他侵占也唯有眼淚水往肚皮裡流，悶聲不響，忍氣吞聲。

吳四寶夫婦花子拾金，發了大財，當然難免得意忘形，擺足排場，吳四寶出門固然前呼後擁，保鑣懷槍實彈，汽車疾駛如飛，十足大好佬、準要人的架式。連吳太太佘愛珍上街，也是司機、保鑣、女「秘書」、「女跟班」的帶著好幾個人，這佘愛珍仗著自己的皮膚白，不大穿花色衣裳，夏天不是全黑色的香雲紗，便是淺青灰色旗袍，衣襟上別一朵茉莉花，梳橫愛司髻，看似素抹淡妝，脂粉不施，不擦口紅也不塗胭脂，首飾帶的也不多，然而，一支鑽戒卻有二十克拉。

雙雙入進七十六號的榛一年，吳四寶四十九，佘愛珍三十八，兩人年齡相差十一歲。一年以後，吳四寶五十整，漢好土匪，強盜賊流水般花用他的造孽錢，大發請帖。兩夫婦做雙壽，居然開了幾百桌酒席，偽府漢奸，四親八眷，但凡沾點關係的都請齊了，我記得大概是三月初光景，吳四寶請壽酒的消息，傳遍了黃浦灘，滬上平劇，如荀慧生、麒麟童、傅瑞香、姚水娟，還有本地申曲的明腳兒一概到齊，絲竹齊奏響遏行雲，堂會戲一唱就是三天。

又是一年過後，佘愛珍過四十歲生日，吳四寶為了巴結老婆，叫他的學生子起鬨出面為師娘做整生日，照樣也是三天堂會戲，好幾百桌酒席，平劇、越劇、申曲名角義務應卯，唱足三夜，角兒都是挑選頂兒尖兒的，如荀慧生、麒麟童、筱月珍、傅瑞香等，汪偽組織的第二號大漢奸自南京趕來與宴，大小群奸紛至沓來，使吳家車水馬龍，「冠蓋雲集」，好幾百個客人徵歌逐舞，胡天胡地。那三天的開銷應該是個驚人數字吧？不！吳四寶，佘愛珍請三天壽酒，花恁多的錢。事畢算算竟然還有進賬，原來吳四寶當了兩年的七十六號警衛大隊長，他已經摸出門路開了竅，懂得怎樣利用老婆做壽打秋風，收紅包，大大的撈它一票了。

褲腰帶縮到肚皮上

這是吳四寶、佘愛珍頂風光，最得意的一年，在淪陷區裡，上海市上，吳四寶兩夫妻交結漢奸首要，盛宴頻開，竟無虛夕，周佛海、丁默邨、李士群夫婦經常是吳家座上客，在吳家吃喝玩樂，無所不至。聲色犬馬，醇酒婦人，盡可予取予求。和李士群的太太葉吉卿比起來，葉吉卿雖然遇事逞能，樣樣爭先，但是佘愛珍的交際手腕卻比她靈活些。所以同在一條街上住的李家和吳家，即使李士群是吳四寶的頂頭上司，在上海掌握生殺奪予大權，吳家卻往往顯得比李家熱鬧、風光、有排場。兩相對照，比較之下，葉吉卿不管吳四寶、佘愛珍對於她有多麼好，心裡面總歸覺得有點不是滋味，天長日久，因妒生恨，再在李士群的耳邊不斷的絮聒，李士群、吳四寶之間就難免矛盾滋生，出現裂痕了。這便是李士群不惜下毒手，鴆斃吳四寶的遠因。認真說來，吳四寶的不得善終，死於非命，固然是他罪無可逭，多行不義必自斃，實則，佘愛珍的太出鋒頭，稱足面子，不給李士群、葉吉卿留餘地，也是主要的原因之一。

李士群早年當過小流氓、共產黨，他是天生成的壞胚子，尤其翻面無情，心狠手辣。所以有人說他這個共產黨是澈頭澈尾，澈心澈骨。若不死於抗戰時期的群奸火拼，假日軍之手而毒斃，以他的手條子之狠，真不知將為國家民族造成多大的禍害。

本來就是流氓、共產黨出身，李士群只知道用心機，玩手段，叫他擺譜兒，搭架子，他也根本無法辦到。所以李士群一項吊兒啷噹，隨隨便便慣了，他無上無下，沒老沒小，徒知權力與金錢，亦即所謂唯力是視之徒。李士群的一對眼睛深藏殺機，發起脾氣來如像直在噴火，恨不能將對方一口吞下肚去。但在平時他卻是待人和和氣氣，全無上下貴賤之分，上司來到他可以拖雙拖鞋跑來迎接，對待下人他也是稱兄道弟，親親熱熱，按照他是個老共產黨，受過共產黨的特務訓練，抗戰時期又身為汪偽組織的特務首腦，然而說來令人難以置信。這個在汪偽組織身兼數「要職」的李士群，身上一不攜刀二不帶槍，從未有所戒備，而且跟任何人說話，都是胸無城府，豪不保密，談正經「公」事就像朋友聊天一般。

最妙的是李士群相當健忘，例如他穿著的襯褲不用鬆緊帶，而將雞腸帶繫在褲腰外面，幾乎每天早晨他要起床，都會對服侍他的女傭，急出嗚啦的喊。

「我的褲腰帶呢？我的褲腰帶到那裡去了，趕快給我找出來！」

女傭們心慌意亂，七手八腳地忙於給他找褲腰帶，卻是床上床下，枕底褥中，到處都找不到。一個大男人怎麼會睡了一夜，好端端的把褲腰帶都丟了呢？寧非咄咄怪事。沒奈何，只好給他另找一條繫上了事。李士群的褲腰帶失蹤，就此成為一個謎。

每隔幾天，李士群才洗一次澡，浴罷出來，女傭給他清理一切，這才發現浴室裡多了幾條褲腰帶，那當然是李士群從他身上取下來的。他身上多帶幾根褲腰帶做什麼呢？又是令人百思不得其解。

其後很久，謎底方始揭破，原來，李士群天天「失蹤」的褲腰帶，是在他呼呼入睡的時候，由於腆起肚皮一呼一吸，一根根的全給縮上去了——女傭們曉得了這個秘密，私下口耳相傳，吃吃竊笑。

但當第二天李士群起床，他又在大呼小叫的找褲腰帶，女傭終究是女流，不好意思到他肚皮上摸，李士群自己也渾渾噩噩的忘卻，他曾在洗澡時發現有幾根褲腰帶在肚皮上端，被他不聲不響的解下來，往那裡一塞，揆度他的用心，無非省事，又怕自己張揚開來給女傭們笑話。

以上述這個小故事看，李士群似乎糊塗滑稽得可以，然而，事實上，但凡和他交過手的人，大都嚐過他的精明厲害。由此可知，李士群其實是一個小處糊塗，大處精明的角色。

羅君強綽號活閻羅

像李士群這種共黨漢奸，當然談不上什麼操守，所以他是姦淫燒殺，吃喝嫖賭樣樣都來，用刑殺人在他是司空見慣，家常便飯。這裡透露一個秘密：周佛海的心腹親信，陷害忠良，屠戮無辜，殺人如麻，綽號「活閻羅」的偽中政會秘書長、偽司法部長兼警團長湖南人羅君強。曾有一回，七十六號敵偽的特工總部抓到了一個他們自以為我方「有相當官位」的「重慶分子」，其實是他們莫名其妙抓錯了人。李士群自信能夠問得出重要情報來，他親自審訊，並且邀羅君強會審，「以昭鄭重」，同時也是像羅君強炫耀炫耀的意思。

其結果是可以想像得到的，七十六號認錯了人，那位含冤負屈者當然一問三不知，當著羅君強的面，李士群很下不了台，於是他在威脅利誘，無計可施之餘，只好一聲喝令：

「叫他嚐嚐厲害！」

那一次李士群用的毒刑是所謂打籐條，刑具是細長堅韌的籐，浸水濕透以後在浸水，如此幾次三番，使那根長籐條越來越細，越來越韌。行刑者首先把受刑人的上身全部脫光，然後將細長籐條的一端在手上繞幾圈，覷定受刑人的背脊猛力撻擊。籐條細如線，堅似鐵，用力又猛，兼以一掃一抽。因此，每次撻擊時籐條都深深嵌入皮肉裡，正像利刃倏然劃過一般，再加上抽回時的一轉攪。所以，受刑人無不疼得心肺俱裂，頓時血肉橫飛，發出淒厲不類人聲的哀嚎尖叫。

這一次的審訊當然毫無結果，徒使一名無辜者慘死鞭下，白白犧牲，然而，「活閻羅」羅君強竟亦膽戰心悸，觳觫股慄，直嚇得面無人色，事後久久兩腳痠軟，站不起身來。

事後，李士群卻神色泰然，若無其事，他向汪精衛的一名策士，曾為汪偽組織發言人的胡蘭成，大笑不止的說道：

「直到今天，我才親眼看到羅君強的膽小如鼠，毫無用處。我們抓到了一名高級『重慶分子』，叫他供出他們的組織，然後再『投降』過來，為我們所用。卻是那個『重慶分子硬得很，咬緊牙關不承認，使我光了火，喝令打他的籐條，才那麼幾下，哈哈，你猜怎麼樣？那位綽號『活閻羅』的羅君強，竟會嚇得雙手掩上了眼睛，渾身簌簌發抖。哈哈！他不敢看！」

又有一回，當李士群因胡蘭成的穿針引線，巧妙安排，終於鯉魚跳龍門，在汪偽政權成為掌握實權，集特工、偽軍、行政、經濟大權於一身的獨一無二，相當重要角色。胡蘭成則「功」成身退，不得不「屈」為汪偽組織二、三流的人物。不過，李士群「飲水思源」，同時也有點忌憚，對胡蘭成依舊虛與委蛇，表示熱絡。有一天，他和投閒置散的胡蘭成將自上海赴南京，李士群邀胡蘭成同行，兩人同車共往北站，途經蘇州河上的北四川路橋。過橋後，業已進入日本皇軍宰割之下的地區，亦即淪陷時期老上海習稱的「滬西歹區」。胡蘭成從車窗裡望出去，但見不計其數、飢寒交迫的上海市民正在擁擁擠擠，推推搡搡，排隊等買戶口米。

胡蘭成看到這種景象，居然也會起了惻隱之心，悲天憫人，轉覺憮然，因而，他別過臉去，打從心底，沉沉的嘆了一口氣：

「唉！」

這一聲長嘆被坐在他左側的李士群聽見了，他很詫異的問：

「怎的忽然嘆起了氣來呢？」

跳出特工與虎謀皮

胡蘭成伸手往外一指，指著那些鳩形鵠面，面有饑色的上海市民反問一句道：

「難道你不曾看見？就在那邊，有這許多人在排隊，等著買米下鍋煮飯吃。」

詎料，李士群卻豪不在意，他僅只輕鬆的聳動雙肩，面有得色，沾沾自喜的說：

「你管這些閒事做什麼呢？蘭成兄，我告訴你：達爾文早就寫過什麼進化論。講的是：『物競天擇，適者生存』的道理，於是優勝劣敗，像你我二人早就是得勝者，怎能跟那些飢寒交迫妻啼兒號的失敗者相比較呢？」

胡蘭成頓時就怫然不悅的答道：

「不論排隊買米的，和用不著排隊買米的人，誰都可以說這個話，唯獨你李士群不可以。你不要忘記了，你是現任的江蘇省主席！」

李士群走胡蘭成的門路，搭上了直通汪精衛、陳璧君的線，一步登天，飛黃騰達，起先，他對胡蘭成當然是感恩圖報，唯命是從。然而，當他發現胡蘭成野心奇大，很有可能企圖建立偽府的第三勢力，與周佛海派，及將胡蘭成視為非吾族類的「公館派」分庭抗禮，平分秋色，進而掌握偽府，使他自己成為汪精衛當漢奸「主席」的張良。因此胡蘭成對李士群「愛深責切」，動輒施予教訓，也就漸漸的提高警覺，採取敬而遠之的態度，使胡蘭成的如意算盤落了空。

所以，胡李之間的合作關係，為期相當短暫，李士群一旦在汪精衛、陳璧君，以及「公館派」諸奸跟前站住了腳跟，同時也摸清楚了胡蘭成的底細。因人成事，過河拆橋也就無法避免了。李士群對於胡蘭成的疾言厲色，儼然以主子自居，覺得很不是滋味，他為了掙脫胡蘭成的羈絆，開始反抗。起初，是反唇相譏，其後，才演變而成實際行動。

當李士群多方活動，獲得成功，將維新派舊人陳則民攆下台去，再以清鄉工作的軍事需要為口實，繼陳則民為偽江蘇省主席後的李士群，直接的控制了江蘇省境以內的偽軍，包括任援道的偽黃道車，以及丁錫山、謝文達等地方部隊。

在這段時期，胡蘭成認為他和李士群已經控制了汪偽政權最大的一股力量，一朝權在手，當然應該大有作為，因此他對李士群的督飭便越來越緊了，殊不知螳螂捕蟬，黃雀在後，李士群早已被汪精衛周圍的「公館派」諸人所直接掌握。何況李士群一登「龍門」，「身價」十倍，他家裡談笑皆巨奸，往來無小吏，區區胡蘭成，當然不在他的眼睛裡。此所以兩人之間的合作局面漸次出現裂痕，李士群在胡蘭成面前越來越肆無忌憚，狂妄放肆。有一次胡蘭成力勸李士群：

「江蘇省主席這副擔子不輕，你既然弄到了，就得好好的做！」

李士群卻以嘻皮笑臉的態度，開玩笑似的反轉來教訓胡蘭成說：

「胡次長，你真是個書生。時到如今，你還弄不清楚，政治的現實只是形勢！」

胡蘭成還聽不出他話裡的機鋒，依然把這狼子賊心的李士群當作自家人、小兄弟，他再苦口婆心地加以規勸說：

「既然你也懂得政治的現勢唯有形勢，那麼，你就應該趕緊跳出這個人之詬病的特工圈子，方才能夠開創一個新規模！」

叫李士群脫離他的漢奸勢力根源——偽特工，那豈不是與虎謀皮嗎？難怪，李士群要心中竊笑，嘴邊匿笑的回答他說：

「不錯，跳出特工的圈子，才能另創新規模。不過，胡次長，你叫我怎樣跳出去呢？莫非你至今都不曉得，我的根基就是特工！」

眼睛生在額角頂上

歧見既生接觸少，話不投機半句多！李士群和胡蘭成，這一對汪偽組織極工心計的大漢奸，一個陰鷙狠毒，狡猾詭秘，一個機智深沉，能屈能伸，自然而然的就會再拆了夥以後，形成對敵狀態，非鬥個你死我活不可了。

據說，胡蘭成曾將李士群比做太平天國的北王韋昌輝，其實，如果說汪偽組織的胡李暗鬥、李吳（四寶）明爭，也可以稱得上是太平天國的「天朝內訌」的話，那麼，把李士群比為東王楊秀清，而以北王韋昌輝是胡蘭成，便要來得貼切些。只不過，李士群終將取汪精衛而代，不像楊秀清逼宮，篡奪洪秀全的天王寶位，那麼樣的積極，那麼樣的公開。

胡蘭成和李士群攜手合作之初，當然明白七十六號那一批凶神惡煞，不失為一支漢奸偽組織裡的巨大力量。周佛海藉由捏牢了它而起家，胡蘭成也可以假汪精衛的名義，將偽特工從周佛海的手裡奪過來，這個計劃果然成功，詳情已如上述。但是李士群始終做不成周佛海，甚至還會很快的跟胡蘭成反目成仇，引起抗戰八年，東南半壁河山淪陷期間，刀光劍影、腥風血雨的一次群奸內訌，聳人聽聞與乎曲折離奇，同樣的令人嘆為觀止。主要的癥結，很可能是胡蘭成和李士群的一點見解分歧，李士群只曉得漢奸政治只講力量，而胡蘭成卻輕忽大意得把這一點給忽略了。

所以，合作初期，胡蘭成便認定了李士群對他必然感恩涕零，唯命是聽，心甘情願讓他牽起了鼻子走。在那一段時期，胡蘭成也經常出入七十六號，李士群則對他必恭必敬，俯首貼耳，一切的一切，唯遵胡先生之命。凡此明明是李士群的做工，胡蘭成偏偏就會錯了意，以為一一出之衷誠。因此，胡蘭成在七十六號裡，他一向是眼珠長在額頭上的。

每次胡蘭成一到七十六號，李士群便存心給他一種印象，使他飄飄然的覺得，他是七十六號的大老闆。大老闆到步，李士群必定親率大小嘍囉列隊歡迎，而且無論胡蘭成交代什麼事情，他們都連聲應是，一一照辦。然後再在大廳上擺起十幾二十桌酒席，尊胡蘭成居中高坐，由李士群把盞相陪。七十六號裡稍微有點頭臉的，無不將敬陪末座，與胡次長同宴視為無上光榮，逢人津津樂道，久之不疲。

而胡蘭成呢，他對七十六號的妖魔鬼怪，卻彷彿只認得李士群一個，連李士群的副手都不放在眼裡。胡蘭成在七十六號睥睨群奸，目中無人，那是大大出了名的。萬里浪是敵偽特工僅次於李士群的一個角色，某次，李士群特地叫他到胡蘭成那邊送個信，當時胡蘭成家住上海美麗園的一條弄堂裡，聞報萬里浪到，命人招他進來，萬里浪向大喇喇的坐著的胡蘭成立正敬禮，雙手呈上李士群的字條，胡蘭成也不叫他坐，只是從眼角掃他一眼，神情倨傲的問道：

「你是萬里浪？」

萬里浪仍舊保持標準立正姿式回答：

「是。」

然而胡蘭成卻連「稍息」都不曾喊一聲，他讓萬里浪畢直的站著，朗聲報告李士群所交代的事情，報告完畢，再敬個禮，一直倒退到房間門口，再轉身離去，這才吐出了一口長氣。

不久之後，藉由胡蘭成的鼎力支持，從中搭線，七十六號改制為汪偽政權的「調查統計部」，萬里浪儼然是偽第一副部長，論漢奸官的地位，決不在胡蘭成之下。況且，李士群、萬里浪等「加官晉爵」，未幾胡蘭成就被周佛海居心報一箭之仇，向汪精衛以辭職相要挾，逼著汪精衛黜免胡蘭成的漢奸官職，公然下令免職。胡蘭成從偽宣傳部政務次長席上一觔斗栽下來，成了一無所有的淪陷區百姓，還虧李士群送了他一爿搶來的報館生財設備，辦一家《國民新聞》，而那位當時在他跟前連勤務兵都不如的萬里浪，卻在李士群一命歸陰之後，將李士群所擁有的特工勢力照單全收。

反目相向釜底抽薪

偽府內訌，周佛海鬥倒了胡蘭成，報了奪他特工勢力之仇，使剛剛春風得意，不可一世的胡蘭成，從青雲裡直栽下來。與此同時，李士群也反目相向，落井下石，一方面盡量和胡蘭成疏遠，一方面開始接近「公館派」的諸巨奸。胡蘭成對李士群的忘恩負義，翻面無情，難免恨之入骨。於是他也亟於報仇，扳倒李士群，重新抓牢敵偽特工。當時和他的做法不謀而合的，還有一個不甘口中肥肉被奪的周佛海。

周佛海和胡蘭成一個在台上，一個半下野，兩人力量懸殊，誓不兩立，但是看法和做法卻是一樣的，那便是如欲扳倒新竄起來，炙手可熱的李士群，唯一的辦法就只有釜底抽薪，換柱抽樑，把李士群的幹部挖出，使七十六號來個窩裡反。

這兩大漢奸又同時看中了個吳四寶，因為吳四寶是七十六號的中心力量，偽調查統計部的「擎天一柱」。吳四寶的七十六號警衛大隊，從上到下全是他的徒子徒孫，他們眼睛只認得吳四寶，行事也只聽吳四寶一個人的命令，吳四寶牢牢掌握了七十六號的全部實力，不但使李士群深感尾大不掉之苦，而且，由於七十六號在上海明掠暗搶，到處勒索，天天都有成綑的鈔票滾進來，巨利所在，人人眼紅，早就在分贓聚義廳上，為了分贓不匀，爭得唇槍舌箭，面紅耳赤。

加上李士群、吳四寶兩家住得很近，李家的那幢房子，還是出於吳四寶的孝敬。李士群的老婆葉吉卿少見世面，眼眶淺些。吳四寶和他的續絃妻子佘愛珍，則小人得志發癲狂，將那日進斗金的不義之財，流水一般的花出去，手頭之闊綽，風頭之奇健，都不是李士群葉吉卿所可比擬的。於是，時日一久，望之眼紅，往往就由於枕畔絮語，引起了許多閒話。

總而言之，李士群深覺他不能再讓吳四寶一個人掌握七十六號的全部力量了，他亟於分吳四寶之勢，便開始暗中招兵買馬，要在吳四寶的警衛大隊之外，增設警衛第一大隊和行動大隊。因此，在這一段時期，不少陰鷙殘忍，無情無義，和李士群同為一路貨色的楊傑、林文江、王天木、蘇成德、唐惠民、胡均鶴等等，便相繼加入了七十六號。人馬齊全，再予編組。至此，吳四寶原先揑牢的，獨一無二的警衛大隊，就不能不讓出大塊地盤來，改為警衛第二大隊了。

李士群處心積慮，費盡心機，又大動干戈，必欲一分吳四寶的勢，吳四寶浪蕩江湖三四十年，焉有不知之理？警衛第二大隊和行動大隊相繼成立，也就等於逼他讓出了三分之二的地盤來。予取予求，唯我獨霸的局面已成過去，叫他怎不心懷怨懟，又有幾分兔死狗烹的疑懼和懊惱。起先，他是帶著個愛妾佘愛珍，一家子住在七十六號裡的。至此，他便自家識相點，為了身家安全計，搬到愚園路搶來的私宅。所可告慰的是，他那幫徒子徒孫，講江湖義氣，唯「先生」馬首是瞻，仍舊聽從他的號令，繼續以前所幹的勾當。

吳四寶一家搬出七十六號，明眼人一望即知，這是李士群、吳四寶一對搭擋，就此分道揚鑣的朕兆。而吳四寶做出跟李士群分手的姿態，依然保得牢他那些徒子徒孫，強盜殺胚，顯然可見他在黃浦灘上，畢竟還能擁有他一手建立的力量。因此，如欲除掉李士群，吳四寶仍不失為可資利用的對象。就這樣，吳四寶因禍得「禍」，受到周佛海、胡蘭成的雙雙青睬。

喊出老婆纖手侑酒

那一天，胡蘭成閒來無事，到七十六號去「逛逛」恰好李士群不在辦公室，而胡蘭成又是除開李士群之外，向來不跟等而下之的人搭訕的，他略坐了坐，便起身離去。往先，總是李士群恭恭敬敬的親自送他出門，親自送他上車。這一回，卻有一名彪形大漢，亦步亦趨跟在他後頭，垂手說是：

「我送胡次長。」

胡蘭成也不答理，大喇喇的直往前走，讓那彪形大漢替他打開車門，送到車上，然後，便再打開胡蘭成座車的前車來，擠進去往司機的身邊一坐，顯然他是決心充任臨時保鑣。

還是不言不語，胡蘭成就讓那彪形大漢一路護送回家，臨到達時，方始閒閒一問：

「你貴姓？」

彪形大漢肩背一挺，自通姓名的道：

「敝姓吳，小字四寶。」

後座上的胡蘭成微微一笑，說道：

「你很有名。」

吳四寶正襟危坐，語調略帶惶恐的說：

「不敢，四寶小時候失學，不曉得道理，要請吳次長教誨的。」

說完，聽胡蘭成又不答腔了，便趕緊下車，替胡蘭成開車門，服侍他也下得車來。胡蘭成也不曾說聲：「進來坐坐吧。」自顧自的揚長而去，沒入門裡。吳四寶卻不動聲色，神情自若，塞給胡蘭成的司機一筆重賞，說聲：「再會！」大踏步走向車後，他自己的座車早已緊緊跟著前來，吳四寶的保鑣給他把車門打開，吳四寶鑽身入內，疾駛而去。

又過了幾天，吳四寶正在他愚園路家裡，跟他的徒子徒孫議事，驟然聽到門房來報：胡次長到！吳四寶立即撇下眾人，揮之使去，忙不迭的整衣直出大門迎接。臨出門，還在叫：

「快請太太出來，迎接賓客！」

吳四寶快步跑出門外，一眼瞥見，胡蘭成端然坐在車後座，顯見下了台的偽次長，架子仍舊不小。卻是當時胡蘭成、吳四寶兩者之間，恰一似「周瑜打黃蓋，一個願打，一個願挨」，所以吳四寶絕不以為忤，親自再為胡蘭成開車門，把他請下來。

方才走到院子裡，胡蘭成似有閒情逸致，四下張望，微微頷首的說：

「嗯，這個院子佈置得蠻不錯。」

胡蘭成一語甫畢，吳四寶如奉「聖旨」，頓時便是一聲喝令：

「快搬茶几籐椅來，請胡次長在院子裡坐。」

「是！」

吳四寶的徒子徒孫，聽差老媽子，齊齊的一聲答應，七手八腳，搬來了全套籐椅茶几，由吳四寶恭請胡蘭成落座，他自己則垂手肅立，站在一旁相陪，便在這時，香煙、乾果、濕果、熱手巾把子，穿梭不停的送上來。吳四寶慣會察言觀色，十拿九穩，他看得出胡蘭成頗有雅興，低聲吩咐左右：

「快開上好的洋酒，請太太親自端上來！」

一見鍾情一拍即合

一會兒，徐娘半老，豐韻猶存的吳四寶太太佘愛珍，娉娉婷婷，柳腰款擺，送上一瓶陳年威士忌，和一隻水晶杯——往後不久，卻連她自己也送給胡蘭成了。胡蘭成一向是見一個愛一個，所謂「一見鍾情」派的，如他和佘愛珍的初相逢，他還寫過文章，對那第一眼印象，刻意描繪的說：

「……一眼就先看到她走路時的安詳輕快，有一股風頭。又注意到她的腳樣鞋樣好，同樣一雙絲襪，穿在她腳上，就引起女伴的羨慕。

「她長挑身材，雪白皮膚，臉如銀盆，只是小時是圓臉隨著年紀成長。從她這人的聰明秀氣，與英斷舒發出來的輪廓線條，筆筆分明，但又誰說是長圓臉，或長臉代有方形圓意，可比花氣白影搖動，不能定準，都變得是意思無限。她眉毛生得極清，一雙眼睛黑如點漆，眼白從來不帶一絲紅筋，真真是像秋水。頭髮是她為女兒讀書時，作興梳橫S頭，至今不改樣，女伴都說她梳的頭好看。

「她是生的男人相，性情亦大方佻健像男人，誰亦與她只能是極清潔的男女相見，不覺得她有魅力，卻自然大家都喜歡她，敬重她。不是官宦人家的小姐和派頭，卻完全是現代中國人大都市的民間女人，沒有一點書本上美人的誇張。」

旁敲側擊，入木三分，文字不用說是很好的。由茲亦可見胡蘭成的用心之苦，傾倒之忱。那日由吳四寶侍立陪侍，佘愛珍親手服侍，胡蘭成「驚豔」之餘，旁若無人的在吳四寶家花園裡盡情欣賞，留連移時，喝了兩杯威士忌酒。

從此以後，胡蘭成便成為吳四寶家常來常往的「貴客」，他往往不經通報，昂首直入，一到吳家，胡蘭成就跟自己家裡一樣，升堂入室，來去自如。有時候，他乾脆就拾級登樓，揚長而入吳太太佘愛珍的房間，跟佘愛珍，和佘愛珍的姊妹淘，手帕交，群雌粥粥，調笑謔浪，一坐就是大半天。

吳四寶交結成了胡蘭成，又跟胡蘭成的死敵周佛海，攀上了交情，而這兩名巨奸，和李士群則一為新仇，一為舊憾。

周佛海視李士群為叛逆，必欲置之於死地，因此方才不顧回想當年兩人同為共產黨，更不屑「降尊紆貴」的跟吳四寶拉攏。吳四寶看出苗頭，自家識相，他及時採取因應步驟。第一步他舉家從七十六號搬出來，向七十六號偽警衛第二大隊，和偽行動大隊乖乖的獻出一大塊地盤。旋不久，果不其然，吳四寶便被李士群一腳踢出去，他交卸了偽警衛第一大隊大隊長的職務，表面上是恢復了平民百姓的身分，實則依然指使他的徒子徒孫，興風作浪，幹為非作歹的勾當。

那時節，吳四寶專心一志更上層樓，大肆搜刮，使他的財富，如滾雪球般的越滾越大。為此，吳四寶自家開設了一爿證券交易所，逢低吸進，逢高拋出，倘若有誰一聲不合他的意，破壞了他的居間操縱，坐享暴利，立時三刻便會有他的徒子徒孫，把那廝拖將出去，狠狠的修理修理。利用自己開設的證券交易所公開放搶，相信還是古今中外聞所未聞的咄咄怪事。

如所週知，汪偽政權第二號人物，共產黨、大漢奸兩項惡名兼備的周佛海，他做起事來一向是不擇手段的。周佛海為了扳倒李士群，不惜利用吳四寶、佘愛珍兩夫婦。除開他和他的太太楊惺華，外加「周佛海派」的各級幹部，大小漢奸，經常的上愚園路吳四寶家，直把吳四寶夫婦抬上九重天，捧足了輸贏之外，他還特地唆令他的心腹肱股，偽中央儲備銀行副總裁錢大櫆兩夫婦，叫他倆和吳四寶、佘愛珍套上了親密的交情。

錢大櫆出身貧寒，因而不曾受過良好的教育。青年時期他胸懷大志，埋頭苦幹。工作之暇便一卷在手，努力自修，因而有了些成就——他考進銀行，從練習生幹起，由於他的認真負責，任勞任怨，獲得上級的青睞，多方鼓勵不次擢升，居然也在上海銀行界裡脫穎而出，頗有小小的名氣。

但是錢大櫆的出人頭地，還得歸功於他的太太，即如錢大櫆本人，亦從不否認他的「夫以妻為貴」。錢大櫆的太太羅敷有夫，原為一位銀行家的妻子，由於這位銀行家和錢太太時今仍有兒女子孫，因而此處姑隱其名。總之，當年的錢大櫆是個手裡捧隻飯碗，戰戰兢兢，如履薄冰，唯恐敲破飯碗無以維生的小職員。錢太太則是高高在上，頤指氣使的老板娘。

問題在於，老板娘不滿於銀樣蠟槍頭的銀行大老板，反倒看上了貧賤出身的小職員。於是老板娘向小職員送秋波，拋眼色，製造機會跟他接近。而這個小職員——錢大櫆居然也財迷心竅，福至心靈。他生平破題兒第一遭的，起了兩情相悅，投其所好的反應。男貪女愛，一般兒的飛蛾撲火，一拍即合。終於，小職員嚐到了甜頭，老板娘解決了飢渴，曠男怨女成其好事，猶如乾柴著了烈火，熊熊的燃燒起來。

然而，就一般人的觀念而言，無論如何，這總歸是一樁不能為人所諒的畸戀，基於外在的壓迫打擊，它多半會以悲劇終場。然而，錢大櫆和他那位「再嫁夫人」卻幸運得很，再嫁夫人的前夫心胸豁達，落落大方，當他發覺乃妻紅杏出牆，自甘墮落，生米業已煮成了熟飯，他便爽爽氣氣，豪不留難的跟他太太離婚，成全了這一對苟且男女。

因此，錢大櫆就光明正大的跟他老板娘結了婚，娶到了如花美眷，還獲得了由她帶來的一筆可觀財產。錢大櫆就靠這一筆意外得來的妻財起家，在敵偽時期，居然成為「金融巨子」。

錢大櫆的這一位「錢太太」，由於乃夫奉到汪偽政權第二號人物，偽財政部長，偽中央儲備銀行總裁周佛海之命，盡量的和吳四寶、佘愛珍建立關係，多多接近。於是，錢大櫆太太便和吳四寶太太談得極投機，顯然頂要好。兩人之間無話不談，無所隱瞞。佘愛珍和錢太太俱是再嫁女兒身，因所字非人，再同病相憐。所以他們才會情投意合，儼若親姊妹。

周佛海和胡蘭成煞費心機，用盡力氣，雙雙亟於爭取吳四寶，其用心則在鬥垮李士群。周佛海不容他手下的叛逆在他眼跟前張牙舞爪，耀武揚威；胡蘭成的心情，亦復如是。此所以，李士群的處境，也就越來越危險了。

然而，說也奇怪，汪偽組織鮮血淋漓的一場內訌，其起因，卻又是另一番醋海興波，由那李士群的黃臉婆，貌不驚人，語不出眾的葉吉卿所引起。就由於某次宴會席上，當酒酣耳熱之際，李士群色瞇瞇的力請佘愛珍票一齣戲，半路出家的佘愛珍，舉手投足竟使李士群大為傾倒，這一來，就演變成李士群、吳四寶正面火拚，兩敗俱傷的導火線了。

李士群火拚吳四寶

李士群是個老共產黨，陰險狡獪，心黑手辣。吳四寶則是一個殺人不眨眼的強盜殺胚。敵偽時期在上海，曾有人將李吳鬥，比做太平天國的東王楊秀清，和北王韋昌輝之間的「兄弟交訌」，其實，李士群的辣手遠非楊秀清所可比，而吳四寶的殘毒，較諸韋昌輝尤有過之，所以，這裡所寫的雖則是一頁醜史，但是精采的程度，相信會超過天國內訌之上。

一般來說，李士群有謀無勇，吳四寶有勇無謀，只不過，李士群的老婆葉吉卿，是個相貌平平，俗得很的女人，吳四寶卻有一個聰明伶俐，幾乎男性化了，人也長得漂亮的續絃妻子——佘愛珍。

李士群存心要鬥倒吳四寶，但卻不能不有所顧忌，第一，靠吳四寶和他那幫不要命的學生子打出來的「江山」，吳四寶的財富正在滾雪球般的增加，吳四寶在上海有錢有勢，兼以他的黨羽密佈上海各處，李士群就很駭怕自己的力量鬥不過他。

第二、吳四寶憑他在上海的財與勢，連偽府要人都不能不跟他深相結納，狼狽為奸，加再上佘愛珍靈活的交際手腕，跟周佛海、陳公博、褚民誼、丁默邨、錢大櫆之流都套上了深厚的交情，例如佘愛珍遊南京，巨奸褚民誼即曾親自招待遊湖。彼此間當然有些秘密的勾結，光是這一層，就使李士群有了投鼠忌器的顧慮。

在這種情形之下，縱然吳四寶已經離開了七十六號，縱使七十六號已經牢牢的在李士群的掌握。但是，李士群如果想用自己的特工武力暗殺吳四寶，在事實上也是絕無可能的。李士群、吳四寶勢同水火，兩「雄」不容並立，最嚴重的一段時期，李吳兩家統統都架起了機關槍，彼此壁壘分明，嚴陣以待，那種架勢就像是兩國之間的對陣交兵。

暗殺既不可能，李士群想要鬥倒吳四寶，唯一的途徑，便是蒐集他劫掠、綁票、殺人、放火，無所不為的罪證，利用偽府的力量，把吳四寶捉進監牢，經過公開審判，然後明正典刑。

然而李士群幾經計議，他的部下認為這一條路也是根本行不通的。此無他，倘使吳四寶再公開審判的時候，把他和偽府要人間的秘密勾當全部抖了出來，那李士群可就要「吃不消，兜著走」了。

兩條路都行不通，李士群就只有迂迴側擊，另出一支奇兵了。

首先，他用穿心戰術，先離間吳四寶和他老婆佘愛珍的感情。當年，吳四寶在七十六號的那一段時期，由於「工作」上的關係，李士群不但非常賞識佘愛珍的歪才，而且還跟她相當的接近。吳四寶被踢出七十六號，雙方分道揚鑣，李吳兩家面和心不和，彼此還是時有往來。於是李士群便用盡心計，多方設法，他總是在有意無意之間向佘愛珍表示好感，只是在背底裡，卻另有一套說法，他心想只要使吳四寶和佘愛珍這一對分開，吳四寶就會成為一隻沒頭老鼠，不難併力一擊，把他這個心頭刺，眼中釘連根拔去。

賄買日憲大舉圍捕

舉例來說，諸如有那麼一天，黑貓王吉的老公賭徒潘三省過生日，在他的豪華宅邸大開筵席，還在大廳舞台上票戲。那一天，偽府要人如周佛海、陳公博、丁默邨、李士群等等全都到了，吳四寶夫婦也在被請之列，七十六號名義上的正主子丁默邨一時興起，他要粉墨登場，票一齣「白門樓」，飾演呂布一角，當那一齣白門樓唱完，李士群便斜乜色眼，直勾勾的望著長身玉立的佘愛珍，親暱跟她說：

「愛珍，你的京戲唱得那麼好，何妨也來亮亮相，讓大家飽飽眼福？」

起先，佘愛珍還在推辭的說：

「那怎麼行呢？在座都是行家，我的玩藝兒怎麼拿得出來呢？」

但是，禁不住李士群一再相嬲，在座群奸一至起鬨，一向愛出鋒頭，個性野蠻爽快的佘愛珍，她只好一口答應了下來。

然而，那一天她卻似有意若無意的，偏偏唱了一齣「賀后罵殿」。

台底下的李士群，拚命的鼓掌、喝采、捧場，看得吳四寶心頭極不是滋味。可是，佘愛珍唱完以後，他卻悄聲的跟他鄰座說：

「吳太太真厲害，她還會藉此機會，在舞台上罵了我們一頓咧。」

這句話被吳四寶的朋友聽到了，暗中去告訴了吳四寶。吳四寶回家去跟佘愛珍一商量，佘愛珍想了一想，便當機立斷的說：

「這便是李士群的三刀兩面之計，可見他殺機已起，你要小心的戒備！」

吳四寶奉「命」唯謹，從那一天起，他家裡樓上樓下，都架起機關槍，同時，叫他的徒子徒孫，在他家附近來往逡巡，嚴密防備，他把他自己的家裡，變做了一座銅牆鐵壁。

消息很快的就傳到李士群那邊，李士群心知雙方正面衝突業已無法避免，他立刻就採取了同樣的措施。家中架起機關槍，跟吳四寶一樣的足不出戶，唯恐吳四寶來上一次突襲。

就這樣，李士群吳四寶即將火拼的馬路新聞，揚揚沸沸的傳開，雙方面，一直僵持了好幾天。

整日風聲鶴唳，草木皆兵，使做賊心虛的李士群也有點受不了啦，他終於想出了「借刀殺人」一計，花一大筆錢，買通了日本憲兵隊，把吳四寶作惡多端，堆積如山的犯罪案卷通通繳過去，使日本憲兵隊「認定」吳四寶罪無可逭，立即下一道命令，派兩百名東洋憲兵，捉拿吳四寶歸案。

出動兩白名日本憲兵，已經夠得上算是一次大陣仗了，在李士群的心目之中，以為日本憲兵一出動，吳四寶的徒子徒孫一定不敢起而反抗。但是他卻不曾料到，吳四寶的黨羽多如毛牛，他在各方面都布置得有眼線，即使日本憲兵隊裡也不例外。因此，當兩百名日本憲兵夤夜出動以前，他先已得著了消息——東洋憲兵前來包圍捉拿，這一驚確實非同小可，吳四寶放下電話，便翻牆逃走，由他的徒子徒孫簇擁掩護，躲到了一個非常隱密而且安全的地點。

大隊東洋憲兵到吳家去撲了個空，這才曉得消息早已走漏，日本憲兵隊坍不起這個台，於是緹騎四出，到處搜捉，把上海市鬧得天翻地覆，只是，吳四寶卻有如雞飛冥冥，誰也捉他不到。

魔王夫婦越垣而逃

李士群向來有一個習慣，每逢他要對「自家人」下手，他必定托詞「赴京公幹」，到南京去打一轉，等對方被處置了以後，再「若無其事」的回上海來，表示幹掉某人某人，和他絲毫無關。這一次唆使東洋憲兵捉吳四寶，自然也不例外。

這一頭，在上海，吳四寶預先得到消息往外一逃，佘愛珍心急之餘，不暇考慮，她拿起電話來，就打給和她已經相當要好的胡蘭成。

頭一次，電話沒有打通，佘愛珍心中一駭怕，她也逃離了自己的家。也躲到了一處安全地點，佘愛珍十萬火急的跟胡蘭成再通個電話，電話接通，她一開口就說：

「胡先生，方才有人通知我們，等一會將有大隊東洋憲兵，要把我們家包圍起來捉拿四寶。」

胡蘭成急急的問：

「妳現在在哪裡？」

「我已經避出來了。」

胡蘭成再問：

「那麼四寶呢？」

「他比我先走一步，可是，東洋憲兵一定不會輕易放過他的。」

當時，佘愛珍和胡蘭成兩個人，由於前來捉拿吳四寶的是東洋憲兵，一時還不曾聯想到，這正是李士群的「借刀殺人」詭計，因此，胡蘭成便認為應該向李士群求援，他在電話中問：

「這樣吧，讓我打個電話到七十六號去，叫李士群去跟東洋人疏通疏通。」

佘愛珍一聲冷笑的說：

「找李士群有個屁用，他正巴不得四寶早死咧。」

蘭胡成回答他說：

「由我出面，李士群不答應也要答應。」

胡蘭成的話說得極硬，佘愛珍一方面要顧全他的面子，另一方面也是由於大禍臨頭，六神無主的緣故，她只好順著胡蘭成的意思：

「那麼，你就撥個電話過去試試看。」

放下電話再撥，七十六號的回答是——李士群赴京公幹。

胡蘭成再問：那麼，他什麼時候回上海呢？答覆是：明天晚上一定回來。

再問明白了確實的時間，胡蘭成回個電話給佘愛珍，兩人一商議，決定還是等李士群回上海再講。因為，兩人一般的心知，憑吳四寶在黃浦灘上的關係，任憑東洋憲兵怎樣挨家挨戶的搜查，吳四寶還是有辦法熬得過這一二十個鐘頭的。

於是，次日黃昏，胡蘭成親赴上海北站，果然如時如刻的接到了李士群。

正因為胡蘭成見到了李士群，使得他和佘愛珍，益發相信捉拿吳四寶一事，跟李士群完全無關了。就李士群的慣例而言，他要處決一個自己人，必定避到南京，等那個人兩腿一伸，再回上海。那時節，誠然日本憲兵大舉出動，可是吳四寶既未被捕，更談不上被日本憲兵處死，那麼，豈非證明此舉與李士群無關嗎？

其實，這不但是胡蘭成、佘愛珍會錯了意，連李士群自己，也是大大的事出意外。原來，根據李士群和日本憲兵隊的秘密協議。在那夜二百名憲兵出動，逮住了吳四寶以後，日本憲兵立將給吳四寶注射一劑毒藥，使吳四寶當場斃命。

日本人的慣於下毒，在國際間是出了名的。他們不單單製造出各種注射用的毒劑，用來毒殺我國同胞，尚且培養許許多多的細菌和病苗，利用診病的機會，用來暗害我國的要人，這些微細已極，為目力所無法辨認的毒素，品目繁多，如傷寒菌、痢疾菌、虎列拉菌、黑死病菌……應有盡有，無所不包，暗藏藥物或食物裡面，足以慢性的致人於死。當然，如欲爭取速效，那更可以下劇毒，立即三刻置人於死地。

胡蘭成義助佘愛珍

李士群不惜以重金賄買日本憲兵，著眼點正在於此，二百名憲兵包圍吳四寶家，他深信吳四寶的徒子徒孫，絕對不敢和日本憲兵交兵接仗，血肉相拚。於是，日本憲兵準能把吳四寶逮著，然後，再給他打一劑毒針，那吳四寶還活得成嗎？

此所以，李士群從容自在的走了一趟南京，只為補辦一項手續，到南京偽政府主席汪精衛跟前，痛陳吳四寶的諸多罪狀，向汪精衛討一張：「嚴行緝拿，就地正法」的通緝令。然後，再回到上海去，看一看吳四寶劇毒發作，七竅流血而死的屍首。

殊不知，就由於吳四寶耳目眾多，消息靈通，而使他這一個如意算盤落了空。

胡蘭成在上海北火車站接到了李士群，眼見李士群本人，和她的隨身衛士，以及七十六號前往迎接諸人，一個個都是神情黯淡，面容肅穆，他還不知道這究竟是為什麼？其實，在李士群和他的衛士們，是在貓哭老鼠假慈悲，存心作戲給胡蘭成看。至於同往迎迓李士群的那幫七十六號狗腿子們呢，則是人人都有一肚皮苦水，礙在胡蘭成的面，急切間說不出口。

李士群下得車來，一眼見到了胡蘭成，還以為他是來興師問罪的呢，他雙眉緊皺，一臉慘淡，向胡蘭成「勉強帶笑」的問：

「蘭成兄，你是來接我的嗎？」

胡蘭成點點頭說：

「是的。」

李士群略帶調侃意味的說：

「那我怎麼敢當呢？」

胡蘭成忙不迭的說：

「士群，不管怎麼樣，你都要設法救一救四寶。」

一聽胡蘭成在說：「救一救」，李士群立即憬悟他的借刀殺人之計業已失敗，吳四寶尚在人間，於是他眼珠一轉，見風使舵的說：

「四寶，他出了什麼事呀？」

胡蘭成信以為真，其實是他又被李士群誆住了。他源源本本，將日本憲兵如何大舉出動，包圍吳宅，捉拿吳四寶的經過，說了一遍。

李士群聽後急切的問：

「那麼，四寶並沒有被日本憲兵逮著了？」

胡蘭成斬釘截鐵的答道：

「當然沒有。」

倒抽了一口冷氣，李士群勉力恢復鎮靜，他眼望著胡蘭成問：

「蘭成兄，你現在要我怎麼辦？」

「很簡單，」胡蘭成曉以大義，振振有詞的答道：「上海還是中國的領土，不管戰勝或戰敗，我們畢竟還有我們自己的（偽）政府。誠然，吳四寶作惡多端，罪無可逭，但是，現在是日本憲兵來捉我們中國人，像這樣下去，國體何存？所以在我認為，不管四寶有沒有罪，這一件事，必得你出來挺一挺。」

李士群沉吟片刻，又問：

「四寶現在在那裡？」

胡蘭成據實作答：

「我不知道。」

於是，李士群又問：

「愛珍呢？」

胡蘭成答覆他說：

「我可以隨時和她聯絡。」

李士群抓牢機會馬上就說：

「那麼，就請你和愛珍聯絡一下，叫她和我見一次面，我們當面談談。」

胡蘭成很有把握的回答他道：

「好的，我明天陪愛珍到你家裡等著你。」

「閒話一句阿！」

「包在我身上，不成問題。」

上了大當凶多吉少

但是，經過胡蘭成和佘愛珍一再商議，上李士群家見李士群，卻一直拖到了第二天早晨，忐忑不安的佘愛珍，方始由胡蘭成陪同，在她家隔壁的李家露了面。當下一進客廳，就發現還有一位熟人在座，此人並非等閒之輩，在黃浦灘上也是大大的有名，他便是民國二十六年十二月，擔任南京防衛司令官，守南京而失南京的唐生智乃弟，唐家老四唐生明，電影皇后徐來是他的太太。唐生明和李士群、吳四寶曾經倣傚劉關張桃園三結義，結拜為異姓兄弟。

唐生明一眼見到了佘愛珍，立刻親切的上前慰問，一疊聲的說：

「阿嫂，受驚了。」

「我倒還好，」佘愛珍淒然答道：「苦的是四寶。」

胡蘭成營救吳四寶心切，忙不迭的插嘴問李士群：

「四寶的事情，究竟怎麼樣？」

那李士群的做工真好，他哭喪著面孔，還在兩手直搓的答道：

「這件事情，非四寶哥到日本憲兵隊自首不能了。」

胡蘭成和佘愛珍齊齊的一驚，佘愛珍脫口驚呼的道：

「哎呀，那可怎麼得了！」

但是，李士群又神情肅穆，一本正經地說：

「不過，我可以和蘭成兄、老四，陪四寶哥同去。我用我的烏紗帽，外加我的身家性命作擔保，保釋四寶哥回來。日本人怕我造反，他們一定會得答應的。」

佘愛珍滿心憂急，格格難吐的說了一個字——

「這……」

胡蘭成也認為茲事體大，吳四寶性命攸關，李士群的話不可盡信。他把佘愛珍一拉，拉到隔壁小房間裡，兩個人嘰嘰喳喳的商量了好半天，然後再走出客廳來，由胡蘭成直接了當的告訴李士群說：

「這樣做法太冒險，關係四寶的性命，我們還是不放心。」

這一下，李士群急了，他指天矢日的說：

「你們三位都在這裡，燈光菩薩做見證，我李士群倘若出賣弟兄，將來不得好死！」

佘愛珍有點心動了，她望望胡蘭成，胡蘭成也認為萬般無奈，唯有出此下策，也許還有一線生機，於是他點下了頭來。佘愛珍就一口答應，當天去把吳四寶找到，送往李士群家中，過一宵後，再由李、胡、唐三人，陪他走一趟日本憲兵隊。

當天，佘愛珍果然如約找到了吳四寶，陪他同到李家，兩夫妻就在李家的刻房睡下，翌日一早，李士群就來叫門，說是要陪吳四寶上日本憲兵隊了。佘愛珍心細，她馬上就問：

「胡先生還沒有來呢。」

李士群飭詞推卸的說：

「他去不去沒有關係的，有老四和我陪他去，保險萬無一失！」

吳四寶嗒然無語，他只好跟在兩位義兄弟，李士群和唐生明的身後走了，臨去之前，他還回過來，安慰佘愛珍一句：

「妳不必著急，一會兒我就會回來的。」

然而，等了好幾個鐘頭，急如熱鍋螞蟻的佘愛珍，好不容易等到唐生明他們回來，頓時她便驚得呆了。因為，回來的只有唐生明和李士群，分明不見吳四寶，佘愛珍驚怔半晌，顫聲問道：

「四寶呢，四寶呢？他怎麼樣了？」

李士群卻在輕描淡寫的回答：

「東洋憲兵隊長說，要扣留四寶哥幾天，調查調查，然後才可以保釋。」

佘愛珍急得哭了出來，她拉住李士群的胳臂問：

「李部長，你不是說過，四寶一到日本憲兵隊，就可以回來的嗎？」

「哎呀，愛珍，」李士群急急的分辯著：「妳也是吃過公事飯，見過點場面的，連這一層道理都不懂得，有罪無罪，總得關上幾天，做做樣子嘛。要不然，告狀的苦主怎能心服。」

佘愛珍明知上了大當，她丈夫凶多吉少，但是事已至此，無可奈何。她傷心的哭了一陣，方由唐生明和葉吉卿再三勸慰，擦乾眼淚，回到她自己的家裡。

監牢裡當起小皇帝

吳四寶終於被李士群騙進了日本憲兵隊，照常理說，他這一進監牢斷無生理，可是，多虧佘愛珍事先作了準備，她曉得日本憲兵也是要錢的，在李士群家同房而宿的那一夜，就將身邊所攜帶的細軟，全部塞給了他，同時還再四叮嚀，萬一日本憲兵隊要扣押，他就得捨盡錢財，上下打點。日本憲兵隊裡的上上下下，也曉得吳四寶巧取豪奪而來的造孽錢，富可敵國，只要扣住這一頭肥羊，不怕他家裡不拿大筆鈔票來孝敬。於是，日本憲兵就捨不得毒死吳四寶了，他們把吳四寶當作一股粗極了的財路，殺了他豈不是自絕財源了嗎？

如此這般，吳四寶的性命就又保住了，日本憲兵隊上下人等，沒有一個不曾受過他的好處，拿過他極大的紅包，沒有一個不把他當作財神菩薩看待，這正好應了一句俗話：「有錢可使鬼推磨」，連也曾賄絡過的李士群，也唯有徒呼負負。

吳四寶被關在日本憲兵隊裡，他的「派頭」真是大極了，監牢裡的飯菜，他從不曾吃過一口，因為他的一日三餐，全部由自己家裡送來，山珍海味，大盌大盤，還帶得有各國名酒，吳四寶天天在監牢裡請客，日本憲兵天天陪著他吃酒席，大宴小聚，歡聲洋溢，剩下來的酒菜賞給同獄的難友，更不知贏得了多少人的感激。

所住的那一間囚室，不用說是整座監牢裡最好的一間。高大寬敞，光線明亮，應用各物，更是色色俱全，一應齊備。吳四寶坐牢，衣服被單，天天更換，剃頭沐浴，還有專人到監牢來侍候。反正他的造孽錢多得用不完，無論什麼東西，都是只消開一聲口，於是，他對同獄難友，也是出人意料的慷慨大方。進監牢的那一天，他便「賞賜」全監牢難友一人一套內衣內褲，接著又是牛奶麵包，餅乾罐頭，使得全監獄的囚犯，沒有一個不對他感激涕零，口口聲聲在念叨他的好處，認為吳四寶確是一位「非常人物」，人人都尊稱他為吳首領、吳大哥。

只要吳「大哥」、吳「首領」一聲號令，全監獄的囚犯，一概赴湯蹈火，在所不辭。不但如此，每天從早到晚，但凡經過吳四寶囚室的，無不立正鞠躬，向他請安，吳四寶在監牢裡儼然當起小皇帝來了。

有時候，跟難友們聊聊天，吹吹牛，牛皮吹豁了邊，吳四寶渾然已忘卻自己正是待決之囚，命在旦夕，他大喇喇的答應難友們說：

「你們放心，我是很快就要出去的，一旦我被放出去，我自會向日本軍部辦交涉，把你們通通釋放。」

這麼一來，同獄難友更是要高呼萬歲，朝朝暮暮的巴望吳大哥早日獲釋了。

問題在於，吳四寶是否真有獲釋之望呢？

自從吳四寶中了李士群的陰謀詭計，自投羅網，束手就擒以後，真心想營救這個殺人魔王的，就只有投閒置散，「大權」旁落的胡蘭成一人而已。胡蘭成的肯於出力，當然是由於佘愛珍的哭訴哀求，同時他自己也很憎恨李士群殺人不見血的狠毒手段。李士群把吳四寶送進了日本憲兵隊，就此和胡蘭成、佘愛珍避不見面。當時李士群擁有兩個漢奸官職，偽調查統計部部長，和偽江蘇省政府主席。偽調查統計部設在南京，偽江蘇省政府則設在蘇州，李士群便以公務繁忙為詞，南京、蘇州兩頭跑，絕少在他的老巢上海出現。

追到蘇州逼到上海

前後足有兩個月之久，李士群不曾到上海一步，他的用意唯在於避開胡蘭成和佘愛珍的糾纏，李士群躲在南京與蘇州，那胡蘭成便在佘愛珍的苦苦哀求之下明查暗訪，一路追蹤。兩個人捉迷藏般的鬧了兩個月，終有一天，胡蘭成獲悉偽府主席大漢奸汪精衛要到蘇州去巡視「清鄉」工作，他心知李士群這一下跑不掉了，便急急忙忙趕到蘇州去。

一到蘇州，胡蘭成便排闥直入李士群的蘇寓，果不其然，李士群在家，因為，汪精衛和一大批偽府要人，全部住在李士群的家裡。

曾為汪精衛的親信，一度當過他代言人的胡蘭成，自從他被群奸傾軋，踢出偽府以後，景況早就今非昔比了。他能闖進李士群的家門，能夠衝到汪精衛的下榻之地——李寓二樓，但卻無法見到老主子汪精衛的面，也未能躬逢其盛，參與盛宴，他只見了老汪心腹，舊日同「奸」林柏生和陳春圃，略略的寒暄了幾句，緊接著，他又折回樓下，找到了李士群大辦交涉，仗著曩昔的交情，他緊逼李士群，要他實踐諾言，回一趟上海，把吳四寶給保釋出來。

礙在汪精衛一行都在樓上，李士群不便當場翻臉，拿胡蘭成如何？不過他實在是給胡蘭成逼得無路可退，就只好借酒三分醉，跟胡蘭成七搭八搭的道：

「蘭成兄，那吳四寶在黃浦灘上無惡不作，你又不是不曉得的。」

「我曉得。」胡蘭成抗聲答道：「可是我也記得那天你罰的重誓。」

打了個哈哈，李士群半開玩笑半認真的說：

「蘭成兄，人家吳四寶有的是錢，你蘭成兄卻少的是錢，你連我都比不上啊。」

胡蘭成忿忿然的答道：

「今天我們所談的，並不關錢的問題。」

「哈哈哈！」李士群仰天大笑，笑後再冷譏熱嘲的道：「蘭成兄，還說什麼不關錢的問題呢？我老實告訴你吧，你蘭成兄死了只能睏楠木棺材，我李士群死了倒是可以睏銅棺材，那吳四寶死了，人家是要睏金棺材的，你就讓他去睏他的金棺材吧！」

胡蘭成聽後不禁勃然大怒，當場就發了話說：

「你是真醉呢，還是裝醉？還是酒後出真言？人人都可以說吳四寶不好，唯獨你不能說，而且你為什麼不早些說哩，偏要到現在才說這個話？你既對不起吳四寶，我也不再做你的朋友！」

李士群又打了個哈哈道：

「我在跟你說玩話，你就發老急了。」

胡蘭成仍然疾言厲色的道：

「這種話豈能說得玩的！」

於是，李士群只好見風使舵，正色的說：

「我和吳四寶的關係，比你深得多，我當然要去保釋他出來的。」

得了李士群這第二次的承諾，胡蘭成想想李士群的為人，還是有點不放心，他要盯牢李士群，不容他再逃脫，當夜他就睡在李士群夫婦的緊隔壁。他方就寢，就有一名李士群的衛士，端了一隻大炭盆進來，說是為他驅寒，當時，胡蘭成豪不在意的就睡了。

卻是睡到半夜，胡蘭成忽然感到窒息，使他從夢魘之中一驚而醒，這才發現李士群的衛士先已將門窗緊閉，整個臥室密不通風，但卻滿佈炭氣，他差一點就被炭氣毒死，於是他掙扎起床，打開了窗門，把炭氣放出去，重新睡下，忍不住的說了一聲：

「好險！」

翌日，汪精衛一行從蘇州回南京，胡蘭成緊跟著李士群，同往蘇州車站送行。火車一開，揮手道別後，他便再逼李士群說：

「我們現在就到上海去！」

這一次，李士群不再推脫了，他爽氣的回答道：

「好！我們這就走！」

三浦司令親授毒藥

兩人一到上海，使胡蘭成大出意外，因為李士群豪不遲疑，立時三刻就到日本憲兵隊去，而且用不了多久，就把吳四寶給領了回來。當下胡蘭成和佘愛珍真是喜從天降，高興萬分，佘愛珍向李士群千恩萬謝，李士群確再告訴她說：

「東洋人說把四寶哥交給我看管，這不過是一句話，我看就請四寶哥到蘇州去住一晌吧。」胡蘭成和佘愛珍正在歡天喜地，一時不疑有他，頓時變點點頭依允了。

吳四寶依舊是二百磅重的大塊頭，仍然白白胖胖，他由李士群、胡蘭成、佘愛珍陪著，回到自己的家。按照囚犯慣例，先理髮，後淋浴，去去霉氣，再換穿上新衣裳，然後到客廳上拜祖先，拜過之後，他忽又轉過身去，向李士群屈膝下跪，答謝他的搭救之恩。就在這一會兒，他突如其來的流下了兩行眼淚。

李士群怎麼又會把吳四寶給保釋出來呢？說來其中還有一段內幕，一大陰謀。原來，吳四寶在日本憲兵裡收攬人心，用小恩小惠，取得全監牢囚犯對於他的「擁戴」，儼然成為整座監牢的大龍頭了。與此同時，日本憲兵隊的上下人頭，全都拿過他的重賄，收過他的招待，兩月有餘，漸漸地都有了「感情」，於是吳四寶把握時機，再花一筆大錢，果然買通了日本憲兵隊長，向日本駐軍司令三浦提出了一項密報。

日本憲兵隊長在這項密報中說：吳四寶是殺人不眨眼的無賴漢，他在七十六號當過警衛大隊長，曾經雙手開槍，衝入租界，搗毀兩報館，又曾屠殺我國駐滬銀行人員，在一夜之間連殺十六人，只是他所屠害的，都是中國人而以，對於日本人是並無害處的。尤其，當他被捕之初，就有他的一名徒弟，愍不畏死的張國震，為了營救吳四寶，自動到日本憲兵隊投案，把吳四寶的滔天罪惡，一概攬在自己的身上，日本憲兵隊把張國震交給了七十六號，李士群當下便將他綁赴刑場，執行槍決。日本憲兵隊長指出，吳四寶的死黨密佈各處，時刻想要聚眾劫獄，再加上獄中囚犯又都成為了他新收錄的死黨，有朝一日他若要譁變越獄，裡應外合，其後果將不堪設想。所以日本憲兵方面提出建議，為防患未然計，不如把他送回給七十六號的首腦李士群，叫李士群把他放了。

三浦司令根據這項密報，查明了密報種種大抵屬實，抱著多一事不如少一事的心理，使命人通知李士群，囑他照辦。日本方面知會李士群之日，正值胡蘭成套牢了李士群同往上海保釋吳四寶之際，有此一層緣故，李士群當然樂得做個順水人情了。

只不過，儘管李士群不能不把吳四寶從監牢裡領出來，但是他卻決無可能放他一條生路，李士群必欲置吳四寶於死地，在他來說那是斷難改變的。所以，他在領回吳四寶之前，就曾和三浦司令商議過：要怎麼樣方可置於死地，而不露絲毫痕跡？三浦司令笑了笑，回答他說：

「這是再容易不過的事情了，你要殺吳四寶，乾脆下毒好了。」

李士群接口便說：

「下毒誠然是很容易，只是，毒性發作而死後，一定會露痕跡的，我和吳四寶是結拜兄弟，我總不能讓人發覺，是我毒死了吳四寶呀！」

三浦司令也是存心想幫他這一個忙，當下回答他：

「殺人而不露痕跡的毒藥，在我們大日本的軍醫院裡，種類繁多，儘有的是。莫說殺一個人，就是要毒死千萬個人也儘夠。」

語竟，他便傳令一名日本憲兵，取了一小瓶毒藥來，當面交給李士群。這麼一來，吳四寶就算死定了。

當李士群把吳四寶帶回吳家，雙方三對六面的講定，吳四寶就跟李士群去蘇州，避避風頭。佘愛珍說她也要跟吳四寶同去，當著吳蘭成的面，李士群了無難色，一口答應。胡蘭成眼見吳四寶安然出獄，以為他性命可保，認為一件大事已了。當日他辭出以後，第二天一早，還直入吳四寶夫婦的臥室，看著佘愛珍給吳四寶一面穿衣，一面細語叮嚀，他說他是專程前來送行的。吳四寶夫婦對他在四致謝，這才互道珍重而別。

一塊油餅一命歸陰

那裡想像得到，吳四寶夫婦到了蘇州才一天，第二天下午，胡蘭成便接到從蘇州吳家打來的長途電話，吳家的人哭著告訴胡蘭成說：

「吳先生已經過世了！」

這一驚，真是非同小可，胡蘭成放下電話，立刻趕到火車站，匆匆忙忙搭火車，趕到蘇州，一到蘇州吳家，但見裡外各門一律敞開，一色的孝幃白幔，靈堂如雪。他快步跑到靈堂，眼見佘愛珍跪在靈床旁邊，哭得像淚人兒一般。胡蘭成揭開孝幃，定睛一看吳四寶的屍體，臉上居然乾乾淨淨，神情也是十分的安詳，好端端的一個人，怎麼會無緣無故，不明不白的死去？胡蘭成仔細的一問，這才曉得：吳四寶在李士群家裡吃了一頓中飯，他也在提防李士群會得下毒，推說胃口不好，吃不下東西，後來實在經不起李士群一再的勸，方才吃下了一個糖油餅，偏偏就是這個糖油餅暗藏殺機，吳四寶一回到自己家裡，不旋踵便一命歸陰。

胡蘭成深切自責，以為是他誤相信了李士群，方才害了吳四寶的性命，「我雖不殺伯仁，伯仁卻因我而死。」胡蘭成悲慟之餘，尤其義憤填膺，他竭立勸慰佘愛珍，要她節哀順變，他更鄭重其事的說：

「妳放心，我一定要給四寶報仇！」

就由於這一句話，在偽府群奸中掀起了絕大的波瀾，造成了偽朝內訌更精彩的一章。

佘愛珍只顧哀哀的哭著，不過她總算沒有忘記一樁要緊事情，那就是汪精衛所下的通緝令若不取銷，她就無法為吳四寶辦喪事。

她哭哭啼啼的把她心意說出來了，胡蘭成的答覆是，我立刻就去辦。

胡蘭成出了蘇州吳家，他搭乘當夜的火車，再往南京趕。天色將曙，他進了南京城，直赴偽司法部次長汪曼雲的家裡，他就在汪家寫好了一份聯名簽呈，請求汪精衛撤銷吳四寶的通緝令。然後帶了簽呈去找李士群，那李士群在南京也有個家的，當時他正在吃早點，一抬眼看見了胡蘭成，沒想到他來得這麼快，不由大吃一驚。卻是，胡蘭成絕口不提吳四寶被害的事，他只是把聯名簽呈遞到李士群的手裡，冷冷的說了句：

「請你簽個字。」

李士群把那張簽呈拿起來一看，臉上露出為難的神色，他還想推諉不簽，搪塞的說：

「你這是張聯名簽呈呀，等別人簽過了我再簽，好吧？」

但是胡蘭成卻不再依他，乾脆來上一手「霸王硬上弓」，拿支筆往他手裡一塞，大聲的說：

「沒有功夫再找你了，你現在就簽！」

作賊心虛，迫於無奈，李士群只好又一次在胡蘭成跟前低頭，他在聯名簽呈上，簽了個頭一名，通緝令是他要求汪精衛下的，此刻頭一個請求撤銷的也是他。真是出爾反爾，莫此為甚！

偽朝內訌胡李之鬥

胡蘭成逼定李士群，叫他簽了頭名以後，胡蘭成再去找諸民誼、陳春圃等人，一一的簽了名，再由他自簽了末尾一個，催著陳春圃，拿去請汪精衛批准。當天下午，胡蘭成又趕回蘇州，向佘愛珍覆命。

佘愛珍給吳四寶辦喪事，份外的盛大鋪張，明說這是她在為吳四寶盡最後的一份心，實則是她在向殺夫仇人李士群作強烈的抗議，無言的示威。抗戰八年，大上海淪陷七年有餘，這期間恐怕只有吳四寶的那一次大出殯，最最熱鬧風光，甚至於在若干年後，老上海還在津津樂道。

吳四寶的徒子徒孫對於吳四寶之慘遭毒手，也感到至為憤懣，他們也為這場喪事出了大力。吳四寶的大出殯是從蘇州開始的，由胡蘭成、佘愛珍雙雙扶柩，從蘇州到上海，特地包了一列專車，只不過蘇州是李士群的勢力範圍區，蘇州對於吳四寶之喪，反應是冷冷清清，漠不相關。

佘愛珍身穿重孝，哭腫了一雙眼睛，她被女眷們攙扶著，一上火車，便往胡蘭成的身邊一坐，悲悲切切的喊了一聲：「胡次長！」毫不避嫌的頭往胡蘭成肩膀上一靠，又度哀哀的哭了起來。

運靈專車駛抵上海北火車站，就可以別出吳四寶的苗頭來了，吳四寶的徒子徒孫，親戚朋友，一隊一隊的執拂來迎。靈柩抬出北火車站，執拂送殯者迅即排成一個極長的隊伍，馬路兩旁處處有人路祭，看熱鬧的空巷而出，人山人海，當然，絕大多數的人，都是為吳四寶作惡多端，落此下場，而在拊掌稱快。

出殯行列在大馬路上慢慢的走，一直走到萬國殯儀館，行過安靈禮，再由佘愛珍捧著吳四寶的神主回家，到達時已是薄暮黃昏，一天半以前吳四寶從那裡活生生地走出去，一天半以後竟然只剩了一座神主回家門，這就是黃浦灘上幾十年來罕於一見的殺人魔王最後結局，堪稱既可恨而又可憫。

然而，就偽朝內訌這一齣怪戲而言，這僅僅是一齣序場戲。

因為，為時不久，胡蘭成再「罷官」四個月後，忽焉又蒙汪精衛青眼相加，發表他為偽行政院法制局局長。這個偽法制局長是可以代汪精衛批公事的，偽官不大，卻也相當的重要——偽政府的每一件公事，都得通過胡蘭成這一關。

「一朝權在手，便將仇來報」，在汪精衛身邊紅遍半爿天的李士群，開始要吃苦頭了。胡蘭成看到了李士群以偽江蘇省政府主席名義所上的頭一件呈文：「呈為舉行江蘇省土地及房產丈量查報，現已籌備就緒，理合呈請備案」，胡蘭成看完了公事，不假思索，提起筆來就批下了如此數語：

「此乃關係重大之事，未經核准，何得逕請備案？著即不准。其擅自籌備就緒之機構及人事，著即撤銷。」

李士群挨了胡蘭成劈頭一悶棍，自己心裡明白「毛病」出在那裡，只是敢怒而不敢言，唯有再上呈文，先請批准。詎料胡蘭成還是專找他麻煩，根本就不賣他的賬，援筆批答：

「土地及房產丈量查報，惟宜行於戰後，今非其時，不准！」

李士群這才明白從今而後可能樣樣事事都辦不通了。一讎方除，又樹一敵，而且胡蘭成遠比吳四寶難纏，自此，李吳火拚就一變而為胡李相鬥，連台好戲，還在後頭。

胡蘭成吃癟李士群

「一朝權在手，便將令來行」，胡蘭成吃足了李士群的苦頭，眼看著李士群由於他的穿針引線，極力推薦，在汪精衛的跟前扶搖直上，紅得發紫，他自己卻被一腳踢出汪偽政權來，罷官丟差使，落得在黃浦灘上辦小報，孵豆芽，淪為區區吳四寶的「清客」，他心頭的那一份懊惱怨懟，當然是不在話下，筆墨所難以形容的。

只是，六十年風水輪流轉，「瓦塊兒也有翻身的一天」，剝極而復，貞下起元，胡蘭成又被汪精衛派任為偽行政院法制局局長了，偽法制局局長這個漢奸官說大不大，說小不小，但是卻很當「權」，因為偽政府的各級機構，所有的「公事」，俱將通過偽法制局的這一關。胡蘭成表面上說他是因為引用李士群，計劃促使日本局部撤兵，一概都變了質，事與願違，因而灰了心，尚且他還想「與民休息」，由而抱定「多一事不如少一事」的主張，將偽政府各機構的一切新花樣，全部予以打銷。其實呢，他的這種種行為，一半是為了公報私仇，另一半，還不是看著汪精衛的眼色在行事嗎？

汪精衛突如其來的起用胡蘭成，自然是有其政治作用的，李士群、胡蘭成反目成仇，勢同水火，汪精衛站得高，看得遠，焉有不知之理。本來，汪精衛一向視李士群為非吾族類，只不過，李士群手裡握有上海極司非爾路七十六號偽特工總部，那是一支相當可觀的力量，汪精衛亟欲利用，便不得不對李士群籠絡羈縻，深相結納。殊不知李士群野心奇大，他竟將偽政府的軍政兩權一把兒抓。汪精衛從不曾想到李士群的勢力，竟會發展得這麼快，便不由他不暗自耽心起來。尾大不掉，必為厲階。「飛鳥盡，良弓藏；狡兔罄，獵犬烹」，汪精衛決心削弱李士群的力量，然後再伺機下手，一舉將李士群消滅，這才是他啟用胡蘭成的真正動機。

因此之故，胡蘭成偽法制局局長的「委令」一發表，那就無異宣布了李士群的死刑，與此同時，胡蘭成也成了汪精衛滅李的工具。

胡蘭成一當偽法制局長，李士群上頭一份呈文，舉辦江蘇省土地房屋丈量，胡蘭成不假思索，拔筆就批了個「不准」。李士群碰了這一個釘子，企圖轉圜，再上一個呈文到偽行政院，企圖魚目混珠，希望胡蘭成「網開一面」，然而，其結果仍舊是被胡蘭成打了回票，他說：土地房產丈量查報，只宜在戰後實施。這一來，乾脆把李士群的滿懷熱望全部澆熄了。

但是，由於利之所趨，李士群仍然還得做最後的努力，他學一代梟雄袁世凱，一手執金錢，一手執利刃，威脅利誘，雙管齊下。那時節，汪偽政權正在厲行清鄉，表面上說是維持淪陷區的治安，逐漸以偽軍取代日本駐軍，然而實際上卻是縱容所部明火執權，到處放搶。因此，當汪精衛派一名江蘇省偽監察使陳則民下鄉視察，陳則民據實報告，他說：

「民間老闆姓都在說，如今的清鄉，那是在清皮箱的箱呀！」

汪精衛聽了，默默無語，卻有李士群派在汪精衛左右的耳報神，邀功討賞的去告訴了李士群，殺人不眨眼的李士群當下便說：

「陳則民再到南京來，我非殺了他不可！」

這句話口耳相傳，揚揚沸沸的傳開了，傳到陳則民的耳中。他憚於李士群的淫威，嚇得躲到上海去，絕足不到南京來。

就在這一件事過後不久，李士群備一份請帖，請胡蘭成到他的家裡赴宴，胡蘭成坦坦然的去了，到了李家，他發現李士群還請了余伯魯作陪。

單刀直入談談條件

余伯魯當時是偽江蘇省政府財政廳長，江蘇全省土地房產丈量查報一事和他直接有關。因此胡蘭成一見到余伯魯，他立即便憬悟這是一個什麼場面，李士群請客的目的究竟何在？

果然，酒過三巡，余伯魯便說聲：「得罪！」陪個笑臉，把胡蘭成請到隔壁房間裡去，房中無人，正宜密談，余伯魯單刀直入的說：

「局長，關於江蘇省土地房產丈量的問題，我們可否談談條件？」

依余伯魯想來，李士群利用辦理江蘇全省房地產丈量，那正是一個刮地皮的大好機會，據統計，光是登記費一項，偽江蘇省政府便可以收到黃金六萬餘兩。再照淪陷區裡的不成文「法」，到偽政府各機構去繳納費用，還得在「正規費用」之外，再加上五倍到十五倍的賄賂，就算折個中，算是十倍吧，便辦這麼一樁事，偽江蘇省府就可以撈到六七十萬兩黃金。

六七十萬兩黃金已經是一筆天文數字了，然而，李士群他們的著眼點還並不在此。他們的胃口實在是大得很，用丈量房地產的名義，登記全省各地的房地產所有權，再私下勾串地痞流氓，貪「官」污「吏」，使他們製造偽契，吞沒善良百姓的田地房產。這麼一幹，貪污的數字便無法勝計了。

因此，李士群、余伯魯認定胡蘭成對於這一大筆「財產」，絕對不會不動心的。偏偏，事出意外，胡蘭成竟打一手太極拳說：

「條件不必談，不過，倘若你們舉得出新的理由，新的事實需要，再上個呈文來，也許我們可以再深入的研究、研究。」

余柏伯魯耳聽胡蘭成的口氣有點鬆動了，便連忙點頭答應，他和胡蘭成重又回席，李士群見余伯魯滿面春風，誤以為雙方條件業已談妥。他很巴結的向胡蘭成敬酒，陪笑的說：

「江蘇省的事，請蘭成兄多多幫忙。」

胡蘭成對李士群，卻依然擺出一副「公事公辦」的面孔，他說：

「能幫忙的地方，我自會盡可能的幫忙，不過，總得要在法理許可的範圍以內。」

李士群忙不迭的回答說：

「那一定，那一定。」

可是，當偽江蘇省政府第三次呈文送到偽行政院，胡蘭成的批答仍然還是不准。

於是，李士群心知業已到了攤牌階段，有一天，他決定亮出自己的底牌來了，是晚，他邀胡蘭成到他的京寓用餐，吃過了晚飯，便擺好了賭桌開始打沙蟹，李士群自己偏不參加，他把胡蘭成一拉，說是——

「蘭成兄，我們到樓上去坐坐。」

胡蘭成不疑有他，順口應了一聲：

「好嘛！」

便無可不可的，跟李士群到樓上去了。但是一到樓上，雙方分賓主坐定，胡蘭成便發現空氣有點不對——房間裡僅只有兩人面面相對，再加上李士群的神情肅穆，四周圍的靜闃無聲，……就意味著李士群確有要事相商，果然，李士群在奉過了茶以後，便以開門見山之勢，向胡蘭成悻悻然的發了話：

「你幫我，我才有了今天的形勢和地位，但是近來你為了熊劍東，又對我不好了。」

胡蘭成只好虛幌一招的說：

「沒有呀，怎麼會有這種事呢？」

李士群又問：

「林之江不是你救的嗎？」

熊劍東搶救林之江

——林之江林司令，也是筆者的舊相識之一。我被關在七十六號，林之江也曾幫過我的忙，後來他在七十六號繼吳四寶之後，當到了行動大隊長，但他卻在暗中勾通李士群的死對頭——偽上海特別市保安司令，被李士群發覺了，他便決定置林之江於死地，根除後患，免為熊劍東所乘。

這一回，他又重施故技，如法炮製，下一道命令，將林之江扣押，然後，便託詞另有要公，悄悄的去了南京，熊劍東一看大事不好，林之江命在旦夕。破不得已；他便問計於胡蘭成。胡蘭成對李士群的伎倆，瞭若指掌，他正好「以子之矛，攻子之盾」，授了熊劍東一條妙計，他說：

「李士群不在上海，你跟日本憲兵隊的關係又很夠，何不趁此機會，請日本憲兵隊開到七十六號，只說是日本憲兵隊要問林之江的話，借提林之江，等林之江被押出來，你就叫日本憲兵把他塞上汽車，開車就走，使李士群的手下措手不急。」

熊劍東連呼好計好計，他照計行事，果然把林之江給救了出來。

李士群聽說熊劍東唆使日本憲兵，搶走了林之江，他這一氣當然是非同小可。及後，又曉得了搶救林之江是胡蘭成的主意，他便把胡蘭成恨之入骨了。於是，他也乘胡蘭成「赴京公幹」，以其人之道，還治其人之身，派七十六號的偽特工，將胡蘭成的《國民新聞》團團包圍，逐走《國民新聞》的全部工作人員，來上一次武力接收。然後，再派黃敬齋為《國民新聞》社社長，造成胡蘭成很重大的一項損失。

然而，當李士群跟胡蘭成攤牌，正面質問：「林之江不是你救的嗎」那時，胡蘭成卻一口推得乾乾淨淨，他說：

「林之江明明是熊劍東救出去的，跟我胡某人，又有什麼相干？」

這話怎騙得過老奸巨猾，一肚皮詭計的李士群呢，他揚聲大笑的道：

「熊劍東是個草包，他沒有這麼聰明，蘭成兄，你我真人面前不說假話，林之江是熊劍東救的，主意卻是由你所出，你說對嗎？」

胡蘭成便也坦率的答道：

「不錯。」

李士群得「理」不饒人，他立刻便緊逼著問：

「那林之江根本就不是個好東西，蘭成兄，你何必多此一舉？」

胡蘭成侃侃的答道：

「林之江固然不是什麼好東西，不過，你那種動不動就要殺人的作風，我也看不慣。」

見風使舵，李士群愁眉苦臉的說：

「我也是事非得已啊，蘭成兄，我處境之難，你又不是不知道。」

胡蘭成正色的反問李士群——

「你今天請我來，是否專為談林之江的事情？」

「那倒也不是。」李士群壓低聲音說道：「我今天請你來，是想仍舊和你聯合。從今以後，請你不要再為難江蘇省政府了。」

胡蘭成情不自禁的笑了出來說：

「你早就凡事都可以照顧自己了，還用得著這樣鄭重其事地跟我說話嗎？」

李士群當下就正色的答道：

「蘭成兄，一般人都以為你是一個書生，唯有我，因為跟你交過幾次手，曉得你的機警權謀，手段厲害。至於熊劍東，他不過是在逞匹夫之勇。所以，你要是肯幫我的話，我就能得到勝利，萬一你要幫熊劍東哩，那我就會失敗了。」

隱隱然的，胡蘭成已經從李士群的話裡，聽出了殺機，於是他避重就輕的說：

「你們兩個吵架，我一個都不幫，總該好了吧。」

一字一頓，李士群大有深意的說：

「政治沒有中立，非友即敵！」

「那麼，」胡蘭成也毫不示弱的問：「倘使為敵的話，又怎麼樣呢？」

猙獰面目終於出現了，李士群眼望著胡蘭成，殺氣騰騰的說：

「吳四寶是我要他死，他才死的，除此以外，還有某某、某某某……」

猙獰面目於焉顯現

這種殺雞儆猴，危詞威脅的態度，終使胡蘭成光了火，他勃然變色的說：

「李士群，現在我大概還打不倒你，但是我要自衛自衛，相信我還可以辦得到！」

李士群詭計多端，他一看胡蘭成的態度轉趨強硬，馬上就連打幾個哈哈，而且自動轉變方向，向胡蘭成笑容可掬的道：

「蘭成兄，剛才我只不過是在打比方，對於你老兄，我當然不會採取斷然手段。今天請你老兄來，只在提醒你一聲，請你好好想想，我倆多年合作的歷史，至於那熊劍東，你跟他根本就毫無淵源，認真說起來，你們還是在我家裡認識的。」

胡蘭成直截了當的問：

「你是否要我跟熊劍東斷絕往來？」

李士群的答覆竟是——

「你照舊跟他往來，不過你得幫我。」

胡蘭成斷然拒絕道：

「像這樣出賣朋友的事，我做不來。」

企圖做最後的努力，李士群苦勸的說：

「蘭成兄，搞政治的人，第一忌感情，你的政治才略勝過我，但是我比你曉得，政治的大力是無情，你還是照我方才所說的，跟熊劍東繼續保持往來，不過你要事事向著我喲。」

胡蘭成還在生氣，他板緊了張臉說：

「我且不談我的身分，單說我的性格，就是汪先生下命令，叫我做間諜，我也是不幹的！」

看看胡蘭成的神色，確是動了氣，李士群便改絃易轍的再下說詞，他委婉的說：

「要你跟我聯合，其實我還不是為了你。蘭成兄，你的弱點是你沒有錢，而我現在的錢卻比周佛海更多，你要錢的話，我可以幫你，你要多少都可以，而且此刻就可以開支票。再以政治地位而論，以前承你幫過我，可是現在我和汪先生的關係，確已經勝過你了，我也可以幫你去跟汪先生說，給你一個部。」

「謝謝你，」胡蘭成呵呵笑著答道：「是的，我沒有錢。可是，我沒有錢是因為我不要，至於做官麼，老實說，當年汪先生早就叫我做特任官了，也是我自己謙辭了的，豈有現在反來鑽營之理呢？」

話說到這裡，打了個岔，原來是李士群的一名衛士走了進來，奉上牛奶和咖啡。胡蘭成端杯在手，遲疑了一下，他有點駭怕，這會不會是李士群的手段之一——無法說服，立即下毒，把他向吳四寶一樣鴆殺？但是轉念一想，他未必能在事先便有這種充分的準備，終於還是喝了下去。

喝完咖啡，胡蘭成就勢起立，向李士群告辭，夜已深了，他想回去。可是，李士群卻一伸右手攔住了他，然後堅決的說：

「請再坐坐，蘭成兄，今天我們一定要談出一個妥善的結果。」

胡蘭成無奈，只好重新坐下。這時候，樓下的牌局業已散場，眾人都在告辭離去，李士群和胡蘭成卻還要挑燈夜戰，繼續長談，胡蘭成正感到不耐煩，忽一眼瞥見，李士群的老婆葉吉卿，穿著一套睡衣，出現在房間門口，他厭聲厭氣的，毫不客氣地在下逐客令，兩眼盯住了李士群說：

「士群呀！深更半夜，兩點多鐘了，有什麼話要這樣子談的。」

胡蘭成一想這正好，妳不耐煩了下逐客令，我正好乘機脫身，他馬上就站了起來說：

「李太太說得不錯，時候不早了，有什麼話我們下次再談吧！」

熊胡締交一段傳奇

李士群狠狠的瞪了葉吉卿一眼，胡蘭成卻裝著沒有瞧見，他告辭過後便向房門口走，恰好和葉吉卿擦身而過，於是李士群只好追了上去說：

「現在你正感情衝動，而且你一向是老實人，你不以我的話為然。但是我希望你回去再想想，你一定會知道我的話是對的。」

胡蘭成隨口漫應的道：

「好吧，讓我回去想想。」

兩個人一前一後，走到了樓梯口，李士群又盯牢了胡蘭成說：

「你明天答覆我。」

胡蘭成點點頭說：

「好的。」

卻是，李士群還不放心，他又送胡蘭成下樓，直到大門裡，眼看著荷槍實彈的衛兵打開了大門，再把胡蘭成送到汽車上，一直等到汽車的引擎都已經發動了，他還在大聲的說：

「明天你來我家吃中飯。」

這時候，胡蘭成已經脫離了李士群的魔掌，他可以主動掌握情勢了。所以他也就不再敷衍李士群了，懶洋洋的答道：

「明天再看吧！」

然後，胡蘭成的司機一踩油門，小轎車就此絕塵而去。留下站在斗峭寒風中的李士群，一個勁兒的跌足，嘆氣，他煞費心機，說破唇舌，最後還是讓胡蘭成安然無恙的離去。

經過這一次的談判，胡蘭成從此絕跡於李士群的寓所，平時相見，也如邢尹之避免，充其量不過點點頭，打打招呼而已。李胡交惡，由地下轉為公開，更重要的一點是，他正式與熊劍東緊密攜手，共同一致以李士群為唯一敵人。

儘管李士群強調，胡蘭成和熊劍東，還是在他家裡認識的，然而，揆諸事實，胡熊之結識卻在多年以前，而且其間頗富傳奇意味。

在當時的二十二年以前，熊劍東的名字還叫熊俊，他是浙江新昌人，當年十八歲，在紹興新兵營裡當一名一等兵。那一年上，十四歲的胡蘭成正就讀於紹興第五師範附屬小學，他是一個高小學生，他的三哥則是新兵營裡的準尉特務長。

學校裡沒有寄宿舍，胡蘭成便住在他三哥的兵營裡，吃飯也在兵營裡吃，在那一段時期，大他四歲的上等兵熊俊，跟他很要好，閒暇時常在一塊兒玩，熊俊還教胡蘭成唸英文。

驀地有那麼一天，傳來令胡蘭成驚駭莫名的消息——熊俊也不知道為了什麼，他開了小差，也就是成為逃兵了。這個消息曾使胡蘭成難過了好幾天，他有說不出的擔憂和惆悵，就怕熊俊一旦被抓回來，勢將受到嚴厲的軍法處分。

然而，事隔兩年，音訊杳然，胡蘭成也將這位阿兵哥朋友漸漸的淡忘，他高小畢了業，到杭州去升學，考上了蕙蘭中學的初中一。

黃浦灘上李家客廳

有一天，不告而別已達兩年之久的熊俊，忽然來到了蕙蘭中學，他會見胡蘭成，兩個人歡然的談了一陣，那時候熊俊已經脫下軍裝，穿一件青灰色的布長袍，當胡蘭成偶然發現他面有憂色，愁眉不展，便一再的追問，熊俊終於扭怩的說了：

「我想到上海去，可是我沒有旅費。」

十六歲的胡蘭成，當下便慨然的說：

「沒關係，我有。」

他興沖沖地奔向宿舍裡，從床底下拖出一口皮箱，再由皮箱底層掏出一個蝴蝶牙粉盒子，從盒子裡取出兩塊銀洋——那是他的全部財產，整整一學期的零用錢，他很豪爽地送給了熊俊。

熊俊的臉孔脹得紅紅的，他喃聲的道著謝，一再聲明的說：

「我到上海，一旦找到了工作，拿到了薪水，我就寄還給你。」

胡蘭成灑脫的說：

「不要緊，我又不等著這個錢用。」

事實上，他卻熬了整整一個學期，連一文錢的零用都沒有。

歲月悠悠，一彈指間，又是二十年的光陰渡過了。

二十年後，胡蘭成已經參加了汪偽組織，身為漢奸官，同時他更與偽特務頭子李士群熱絡得很。

一日，閒來無事，他上李士群的滬寓走走，在李家樓上的客廳裡，看到了一位僕僕風塵，但卻長得威武雄壯的遠客，李士群介紹的說：

「這位是湖北黃衛軍總司令，熊劍東將軍，他剛從湖北前線來。」

胡蘭成當下也沒注意，雙方只是淡淡的打了個招呼。熊劍東只顧在談他那支黃衛軍最近的一場血戰。黃衛軍是湖北境內的一支偽軍，由日本軍方一手扶植而成。熊劍東所說的血戰一場，正是他們遭了國軍的迎頭痛擊，很顯然的，黃衛軍敗得很慘，因此熊劍東也是非常的狼狽，他一到李士群家，便嚷嚷著要理髮，李士群正在陪他等候從外面叫來的理髮師。

不一會兒，理髮師來了，熊劍東便坐在客廳當中，開始剃頭，湊巧李士群有事，要到他老婆的房間裡去，他便央求胡蘭成說：

「請你帶我陪一陪熊先生，我有點事要去辦一辦，一會兒就來。」

胡蘭成推辭不得，只好答應了下來。於是，那間客廳裡，除了理髮師以外，就只剩下胡蘭成和熊劍東這兩個大漢奸。

熊劍東很健談，他直在搭七搭八的跟胡蘭成談著天，閒之的問：

「府上那裡？」

胡蘭成泛泛的回答：

「紹興。」

「城裡還是鄉下？」

「紹興府嵊縣。」還蘭成答後再問：「熊先生呢，府上那裡？」

「新昌。」

「啊，」胡蘭成故作歡愉之狀：「那我們是大同鄉，都是浙江人。」

「胡先生，」熊劍東鍥而不捨的再問：「府上在嵊縣那裡呀？」

胡蘭成只好不厭其詳的回答：

「舍下在三界進去，離三界十里的胡村。」

詎料，熊劍東緊接著便問：

「胡村有個胡蕊生，你可認識？」

久別重逢沆瀣一氣

這一問，可把胡蘭成給驚呆了，他木立半晌，方始覆誦的說：

「胡……胡蕊生。」

因為，那正是胡蘭成的學名。

「就是胡蕊生。」熊劍東十分肯定的說：「他也是你家鄉那地方的人，我找了他十幾年了，偏是打聽不出他的消息。」

胡蘭成雙眉深鎖的問：

「倘使你找到了他呢？你又待怎麼樣？」

熊劍東吐露衷曲的道：

「胡蕊生是我少年時期頂頂要好的朋友，他小時候讀書聰明，字更寫得好，就不知道他讀書有沒有讀上去？只要我能打聽得到他，倘若他真的讀書讀出了頭，有學問，我就請他出來做『官』，假使他是在鄉下種田，那我便想送他一筆錢。」

就在這個時候，遶著熊劍東走來走去的胡蘭成，忽一眼瞥見了他的一項標記，在熊劍東的右太陽穴上，有著一大塊疤。這一大塊疤終使胡蘭成猛然想起，他是何許人了，因使他站停腳步，恍然大悟的說：

「啊，從前你是在紹興新兵營裡的，你的名字不叫熊劍東，叫……叫熊俊！」

顧不得理髮師還在給他剃鬚，熊劍東一躍而起，他牢牢握住胡蘭成的雙手，喜從天降的說：

「我就是熊俊呀，最近我才改的名字，把熊俊改成了熊劍東。」

胡蘭成笑逐顏開的說：

「連我也改了名字咧，從前我叫胡蕊生，現在我叫胡蘭成。」

於是，熊劍東和胡蘭成睽違二十年，久別重逢，忍禁不住要互擁互抱，大笑大跳。兩個人像似瘋狂了一般，一時之間不知如何是好，笑鬧聲終於被李士群聽到，他火速的趕到這間客廳，一件胡蘭成和熊劍東的歡欣若狂，便急急的問：

「原來你們早就認得的啊！」

胡蘭成在興奮之餘，正想啟齒接腔，把他和熊劍東二十年前結為忘年交的經過，源源本本告訴李士群。然而，熊劍東還算機靈，他向胡蘭成拋一個眼色，於是胡蘭成會意，他便趕緊剎車，虛晃一招的道：

「是我方才講了一個笑話，熊總司令覺得很可笑，所以我們都笑起來了。」

李士群聽後，淡淡的「哦——」了一聲，便邀熊劍東、胡蘭成同往赴宴入席，故侶重逢，把臂傾談，這一頓晚飯，吃得非常之歡暢。宴罷，賓主酒足飯飽，時間卻已經到了三更半夜，李士群送客出門，胡蘭成剛要鑽進他自己的汽車，熊劍東卻一把將他拉住，硬要和他同車而行，大有片刻也離不開之概，熊胡二人，驅車直抵熊寓，原來熊劍東在上海也有一個家。

到達熊家時，夜已深沉，熊劍東的老婆早就睡了，他硬把她從被窩裡拖出來，叫她見一見當年的小朋友胡蘭成。胡蘭成看見熊劍東的老婆長得白白淨淨，言談舉止頗有大家風範，他錯愕之餘，脫口而出的說：

「你居然討到了一個體面老婆。」

由這一句話可以想見，熊劍東雖然「貴」為總司令，在胡蘭成的心目之中，他還是一個老粗，至少，他對他存有一種輕視的心理。

不過，輕視歸輕視，熊劍東掌握得有槍桿子，總歸是一項事實，胡蘭成一向是謀士，是文腳色，他想培植李士群的勢力，結果是事成以後，被李士群一腳踢開，如今他既想鞏固自己的地位，又要跟李士群鬥個你死我活，那就不能不抓牢槍桿子上的朋友，所以他必須跟熊劍東套交情，緊攜手，更進一步密切的合作。

討了個體面的老婆

熊劍東的老婆開了一瓶白蘭地酒，三人俱各一杯在手，深宵不寐，暢談別後種種。胡蘭成聚精會神的聽著，熊劍東眉飛色舞的在娓娓細訴。他說：

「抗戰開始的時候，我帶了一批弟兄，以三萬六千頃的太湖為基地，在蘇州、常州一帶打游擊，也曾建立過不少抗日功勛。」

胡蘭成好奇的問：

「那你怎麼又會倒過來的呢？」

熊劍東一聲浩歎的答道：

「唉，都怪我自己不好，從太湖裡來上海，參加游擊隊軍事會議，一個疏忽大意，被東洋捉到了。」

「哦，我明白了，」胡蘭成喝乾了杯中酒說：「你是被俘以後被迫投降的。」

「也不能說是被迫，」熊劍東傻呼呼的笑著：「起先東洋人要我過來，我不肯，所以我才吃了一年多的牢飯。」

胡蘭成關懷的問：

「可曾吃過苦頭？」

熊劍東灑脫的一攤雙手說：

「那還不是家常便飯嗎？只不過，後來我鬆了口，那就開始受優待了。」

兩人不禁附掌大笑，笑後，胡蘭成指指熊劍東說道：

「如此說來，你不是白白的吃了一年多牢飯嗎？」

熊劍東自嘲的笑了一陣，方道：

「釋放以後，東洋人送我到湖北，我便著手組織我的黃衛軍。」

滔滔不絕的往下敘述：熊劍東的偽軍，在湖北境內，力量越來越大，他為了缺乏幹部，想起早年散落太湖各地的那一批舊部，便從湖北到江南，聚齊了一批舊部再開回湖北，殊不知李士群心黑手辣氣量狹，他誣指熊劍東是土匪，自太湖揚長過境。日方信以為真，便派出一支部隊，攔腰截擊，熊劍東一行全無戒備，吃了很大的虧，事後，他便單人匹馬的到了上海。

一直聽到這裡，胡蘭成方始深感訝異的問：

「這麼說，你跟李士群分明是結了怨，你怎麼又會到他家裡作客的呢？」

熊劍東面露憎恨之色，咬牙切齒的說：

「他媽的那李士群真不是東西，我恨不得剝下他那張人皮，可是我一到上海以後，他便央求山本司令官出面調解，由山本司令官陪著到我家裡，登門拜訪，負刑請罪。俗話說伸手不打笑臉人嘛，何況還礙著山本的面子，我只好接受了他的道歉，把這一段過節拋開，他向我表示熱絡，我也跟他拉拉近乎，讓他把我當個老粗看待，有朝一日，我總要報這個血海深仇的。」

這一大段話聽在胡蘭成的耳朵裡，真是喜從天降，心花怒放，他想得他已經得到了一個殺李士群的好幫手，鬥李士群，自此越來越有把握了。當時，他隨時附和的罵了李士群幾句，熊劍東又帶點稚氣的問他：

「蕊生，現在我有錢有勢了，你歡喜什麼，只管說，我一定弄來送給你。」

胡蘭成卻搖搖頭說：

「用不著，我什麼東西也不要，老朋友能夠再見面，那就是再好也沒有的事了。」

只是，熊劍東還在鍥而不捨的問：

「隨你要什麼，只消你開開金口。怎麼樣，蕊生，你喜歡金錶，還是照相機？」

胡蘭成很誠懇的說：

「我真的不要，時候不早，你們也該安歇了，明天我們再長談吧。」

熊劍東望望窗外，發現東方天際已經出現了晨曦，他怔了一怔說：

「哎呀，怎麼都快天亮了！」

於是胡蘭成起立興辭，熊劍東兩夫婦，殷殷的直把他送到車上。

苦肉計引起了殺機

翠日中午，胡蘭成剛剛起床，熊劍東和他的老婆便雙雙前來答訪，他們在胡家吃了一頓權充早餐的午飯，又親親熱熱的談了許久，熊劍東必定要胡蘭成收下一件禮物：一架萊卡照相機。

午飯以後，繼之以促膝密談，談妥了殺李士群的第一個步驟。熊劍東聽從了胡蘭成的建議，由胡蘭成設法，把他的黃衛軍，從湖北調到江蘇省境，分一分李士群獨霸的局面。

然後，熊劍東便篤篤定定回到湖北去了。

調黃衛軍的這一著棋，委實相當的厲害，對李士群來說，那無異是在他胸膛上插一把刀，因此，胡蘭成竭力促成，李士群便百計阻撓，他不惜在汪精衛跟前哭訴，汪精衛也想起這樣子箝制李士群，未免做得太明顯了。於是，胡蘭成的多方努力，終於功虧一簣，黃衛軍東調，也就成為泡影。

可是，時不我予，李胡火拚的局面日趨惡化，大火都快燒到眉毛邊了，胡蘭成處境危險，殺機四伏，急得有如熱鍋上的螞蟻，萬般無已，他只好和熊劍東密商，用上一條苦肉計，請求汪偽組織把他的黃衛軍改編為偽二十九師，正式納入汪精衛的指揮系統，條件是由汪精衛「公館派」的第一員大將，為上海市長陳公博，任命熊劍東為偽上海特別市保安司令，至於偽二十九師長一職，則由熊劍東的「參謀長」鄒平安接充。

汪精衛憑空得了一支偽軍精銳，湖北一省也等於納入他的勢力範圍圈，這真是一份大出意料之外的豐碩收穫，李士群再要阻撓，自然是無論如何都辦不到的。只不過，熊劍東匹馬單槍，勢孤立單，他的部隊遠在湖北，光憑一個光桿司令，一時之間又怎麼鬥得過軍政大權在握的李士群呢？所以，熊劍東到上海，李士群雖有臥榻之畔有人鼾睡之感，可是，他卻並不怎麼在意。

在熊劍東那一方面，當然是有所為而來的，他要報李士群的一箭之仇，更想攫奪李士群的江蘇省地盤，為了這兩個目的，他不吝付出一切的代價，於是，他在胡蘭成的幕後策畫之下，用他搜刮得來的不義之財，交結權貴，巴結東洋人，在上海的日軍將校，自山本司令官以次，都得了他的好處，一個個的把熊劍東看做出手闊綽，最夠義氣的朋友。熊劍東和東洋人，以及大漢奸的關係，超過李士群之上了。

有了一這點底子，胡蘭成又開始為他活動，他那假途滅虢之計，是李士群所萬萬想不到的。胡蘭成是公館派的謀士，和周佛海一派不但勢同水火，而且還有新仇舊憾，在表面上看來是勢不兩立的。可是，胡蘭成偏就利用李士群毫不防備的這一點，向周佛海大送秋波，表示友好，他把周佛海哄得暈頭轉向，敵我不分，竟然會接受胡蘭成的推薦，指派熊劍東出任偽稅警總團團長。

偽稅警總團是周佛海的一張王牌，汪偽組織的典章制度，一切都學國民政府的樣，稅警總團直屬於財政部，編制有好幾個派，火力配備尤其在其它部隊之上。而且周佛海的偽財政部有的是錢，周佛海為了對抗汪精衛，對於稅警總部團的擴充是不遺餘力的。所以，熊劍東一當了偽警總團以後，他便迅速的擴展，招募散兵游勇，搜購新式武器，偽稅警團的兵力像滾雪球一般的增大，再加上熊劍東久歷戎行，驍勇善戰，他的部下和他同樣的驃悍。李士群那批慣於明火執仗、打家劫舍的偽軍，根本就不是他們的對手。

在這種情況之下，李士群不能不如做針氈，眠食難安了，他開始部署對策，唯一的可行之計，就只有利用他的偽特工，暗殺熊劍東。

李士群栽了大跟斗

當時，熊劍東已與羅君強一字併肩，成為周佛海系的哼哈兩將，熊劍東是周佛海的打手，他握有偽稅警總隊，羅君強是周佛海的智囊兼財源，因為他綽號活閻羅，一把抓住汪偽組織的司法大權，而淪陷區裡的司法機構一向是：「糊塗衙門八字開，有理無錢莫進來」的。只是，熊劍東對於李士群的偽特工機構莫測高深，當他聽說七十六號的凶神惡煞正在準備向他行刺，他便決定硬碰硬，在自己家裡架起了機關槍。於是，李士群便也在七十六號的二門，佈署了機關槍陣地，以防熊劍東把心一橫，帶了他的稅警總團，前來攻打。

雙方劍拔弩張，火拚一觸即發，黃浦灘上淪陷區裡的善良百姓，唯恐城門失火，殃及池魚，又在那兒風聲鶴唳，草木皆兵，到處都在惶惶不安。胡蘭成在南京聽到了消息，他立刻便趕到了上海，直奔熊劍東的家裡，以醍醐灌頂之勢告誡他說：「他大大的錯了，跟李士群的那批特工鬥，只能用陰功，不可用硬的。」

熊劍東卻還在大惑不解的問：「用什麼陰功？我不能跟他來硬的，只怕我這條命早就沒有啦。」

熊劍東對偽特工總部裡的情形一竅不通，胡蘭成卻由於過去和李士群、吳四寶相當接近的關係，對七十六號的內部瞭若指掌。於是便在他的發蹤指示之下，莽將熊劍東也施展其陰功來。頭一步，他以重金賄買，高「官」厚「爵」為餌，收買了李士群手下的第一員狠將，特工部行動大隊長林之江，由而引出了夠驚險的捉放一幕。

自從這一次的林之江事件以後，李士群又栽了一個大跟斗，他極不甘心，同時也為了蘄求自保，就從正本清源，擒賊擒王著手，邀宴胡蘭成，跟他展開一場唇槍舌劍的談判。

可是那一次談判又宣告失敗了，那是他的老婆葉吉卿催他睡覺，使李士群無可奈何的放走了胡蘭成。自古有言道：「縱虎容易擒虎難」，李士群的生命危機，越來越急迫了。

胡蘭成托天之幸，脫離了李士群所佈下的「龍潭虎穴」，他當然不會再度自投羅網，再到李士群家裡去提心弔膽，一冒生命危險了。與此截然相反的是，次日他便去找到了熊劍東，告訴他說：「那一檔子事，如今已經到了『先下手的為強』的地步了！」

熊劍東聽了，當下便是精神一振，他立即請教胡蘭成，問他：「依你看來，我們應該如何下手。」

偽法治局局長會從法制上作文章，胡蘭成鄭重其事的說：「依法，特工不得兼任行政官。」

熊劍東茫然不懂，雙眉深鎖的問：「依法怎麼能整得倒李士群呢？」

胡蘭成莞爾的笑了，他詳加指點的說：「那李士群，他現在是行政院特工部部長，兼江蘇省主席。特工部長是特工首腦，江蘇省主席是行政官，依法，他不能兼任。」

「我還是不懂，」熊劍東猛搖著頭說：「蘭成，你給我說明白點。」

於是，胡蘭成便兩指一疊的說了：「你可以用於法不合的藉口，請日本人或周佛海向汪先生進言，特工既然不得兼任行政官，那麼，李士群的兩項要職，特工部長或者是江蘇省主席，就必須辭掉一個。」

「照呀！」熊劍東歡喜得拍起手來，他向胡蘭成一伸大拇指，讚不絕口的說：「妙計，妙計！只要李士群辭掉一個兼差，那他的勢力就要減除了一半！」

李士群的勢力倘若打個對折，胡蘭成和熊劍東也就可以從容自在的鬥得垮他了。作惡多端，罪在不赦的李士群，在他飛黃騰達，顯赫不可一世的那一段時期，他再也無法想像，死神正在他的頭頂心上盤旋。李士群詭是詭，畢竟也吃了胡蘭成的洗腳水。

花花世界錦繡江山

上海淪陷時期，曾經有人把汪精衛的特務頭子李士群，比做「長毛賊」，太平天國裡的北王韋昌輝，認為李士群、吳四寶的明爭暗鬥，可以比諸太平天國的天朝內訌。其實，這個比方未免有點抬舉李士群、吳四寶了。因為李士群、吳四寶的互相火拚廝殺，充其量只能說是漢奸賣國賊、地痞惡霸為私利、搶地盤的一場喋血事件，而後加進了汪精衛的智囊之一胡蘭成，以及胡蘭成的兒時玩伴，偽稅警總團長熊劍東，那才變成了刀光劍影，陰險毒辣的政治鬥爭。

李士群、熊劍東的互為仇敵，勢不兩立。內在原因非常之簡單。因為抗戰八年期間，在整個淪陷區裡，群奸粥粥，爭權奪利，在那幫刀口上舔血的大小漢奸看來，就只有上海這一塊肥肉，可供你搶我奪，予取予求，「升官」發財都唯有指望黃浦灘，能叫他們爭奪得頭破血流，不是你死便是我活。

可是，當年的李士群，一把掌握南京偽政府的特工部、江蘇一省的偽軍，還有偽江蘇省主席的生殺奪予大權，以及汪精衛的無比信任，可以說得上是氣燄薰天，炙手可熱。熊劍東是一介只知打仗殺人的莽夫，胡蘭成則為無兵無勇、沒錢的一名書生。這兩個人怎麼能鬥得過汪逆寵信、黨羽眾多、聲勢浩大，所歛聚搜刮的貪贓枉法錢，富可敵國的李士群呢？

李士群在汪偽政府大權在握，所樹之敵，當然是不在少數，然而，不論舊仇新憾，必欲置他於死的，一共有三個人。一個是方有殺夫不共戴天之仇的吳四寶續絃老婆佘愛珍，一個是痛恨他忘恩負義、過河拆橋的胡蘭成，一個是一心一意要搶他地盤，取而代之，甚至還能更上層樓的熊劍東。

佘愛珍自從吳四寶被李士群下毒暗殺，內心裡當然把李士群恨得牙癢癢的，莫看佘愛珍是兩截穿衣，三綹梳頭的女流之輩，她由於在吳四寶身邊很久，又是跟吳四寶一般熬出頭，打江山的難夫難妻，勉能稱得上是黃浦灘很吃得開的「白相人嫂嫂」。吳四寶一旦惡貫滿盈，死於非命，他的徒子徒孫激於師門血海深仇和江湖上的義氣，也曾揎拳擄臂，義形於色，到師娘、師婆面前表示表示，聲稱要給吳四寶報仇雪恨，殺了李士群。只不過，佘愛珍深知李士群勢大，光靠這一批徒子徒孫逞血氣之勇，未必見得就能扳得倒他。因此，她將仇恨深埋心底，淡淡然的告訴他們：

「你們不可魯莽，也要顧到我做師娘的怎麼做人？將來自會有別人出來，橫豎好花讓它自謝吧！」

這幾句話到是說得落門落檻，不亢不卑，在白相人地界稱得上是相當的漂亮。言下之意，她自有報這血海深仇的辦法，也有替她報仇雪恨的人——這人不問可知，當然就是與她關係密切的胡蘭成了。吳四寶的徒子徒孫心裡明白，佘愛珍「自會有別人出來」一語，絕非敷衍應付，而係胸有成竹。就這樣，她既制止了他們的輕舉妄動，更堅定了他們對自己的信仰和向心力，叫他們死心塌地的跟著自己走。佘愛珍憑這幾句話取代了吳四寶的地位，她繼續抓牢吳四寶的徒子徒孫，因為他們非常相信，就憑師娘佘愛珍，也能給他們打出一個花花世界，「錦繡江山」。有朝一日殺了李士群，他們還能恢復往日的場面；大秤分金，大碗喝酒！

佘愛珍繼續掌握黃浦灘上的這一批亡命之徒，多年以來，憑她跟吳四寶的明火執仗，公然被搶，外加敲詐勒索，收保護費，她所到手的錢，不見得比李士群少。淪陷區上海，本來就是一個光怪陸離，牛鬼神蛇，只認洋鈿不認人的世界，佘愛珍既有錢又有人，隱隱中她也成為了一股力量。

明槍易躲暗箭難防

佘愛珍工於心計，不減鬚眉，背後又有胡蘭成在盡心盡力的撐腰，方使吳四寶在被囚、處死以後，他的手下不曾樹倒猢猻散，仍舊維持住當年的場面，這一點確實是叫李士群大吃一驚，殊為意外的。只是，他更無從想到，湖北偽軍黃衛軍的頭子熊劍東，竟會一腳踏進了黃浦灘。更妙不可階的是，熊劍東在吃足了他的苦頭以後，經由東洋人排解，讓他們握手言和，「開始合作」，李士群在他滬寓予熊劍東盛大招待。偏偏就在這當兒熊劍東邂逅胡蘭成，兩人一交談，居然是二十二年前的舊相識，那時節熊劍東在當一等兵，胡蘭成還是個中學生，當熊劍東想脫離部隊到上海求發展，還是由胡蘭成借給他兩塊大洋的旅費，方始成行的。

這一層關係太密切了，再由於三方面的目標一致，利害相同，遂而組成了一個「倒李陣線」，以胡蘭成運籌帷幄，幕後策劃，佘愛珍推波助瀾，力促其成，熊劍東就此了無忌憚，放心大膽，他開始了和李士群的爭權奪利，正面交鋒。

當雙方劍拔弩張，相持不下。李士群以偽府特工七十六號、江蘇一省的偽軍作後盾，熊劍東這邊，也有他兵足械精的稅警團，以及佘愛珍那邊悍不畏死的徒子徒孫。李士群有汪精衛大力撐腰，熊劍東則在東洋人方面的關係，漸漸的超越李士群之上。更何況，他還是周佛海手下的一員大將。李士群機警狡黠，詭計多端；熊劍東後面也有一個足智多謀，周納深沉，連環妙計層出不窮的參謀長胡蘭成。

明槍容易躲，暗箭最難防，李士群不是不曉得胡蘭成「借刀殺人」的厲害，因此，他也曾跟他攤過牌，作了一次從傍晚直到天色將亮的長談，李士群直率的要求胡蘭成不再幫熊劍東的忙，與他為敵，言辭之間，威脅利誘無所不用其極。可是，胡蘭成卻以四兩撥千金之勢，虛予委蛇，他甚至於故意輕描淡寫的說：

「如今你在政府裡的勢力，已經是第一人了。熊劍東那邊，你不理他就是了。」

雙方談判不成，胡蘭成趁李士群的老婆葉吉卿前來催促就寢之便，抓牢機會，抽身就走。他自己心中已明白，自己既然堅持不肯妥協，那麼，李士群必定已起殺機，那一夜，他等於逃過了一道鬼門關口。

李士群既然攤了牌，雙方的明爭暗鬥便到了白熱化的程度。胡蘭成早就成了李士群的心頭刺，眼中釘，李胡勢不兩立，那就到了「先下手為強」的地步。從此以後，胡蘭成不但不再與李士群往來，尚且有若邢尹之避面。只有一次，在一個遊藝會上，一對冤家仇敵猝然相逢，彼此都覺得相當尷尬。只不過，礙在汪精衛也在座，只好淡淡的打了個招呼。

又有一次，那是胡蘭成不得不去找李士群了——一位我方的情報人員廖越萬，在南京失手被捕，成為了李士群的階下之囚，當然是有性命危險。廖越萬的太太住在南京鼓樓的一家小旅館裡，按日到偽特工部監獄，去給她丈夫送飯。

湊巧有幾個胡蘭成的浙江嵊縣小同鄉，也住在那家小旅館裡，他們聽說了廖越萬被捕，同情廖太太淒苦，便對她說：

「這不是什麼了不起的大事嘛，妳去見了我們胡蘭成局長，他自會替妳想辦法放妳先生出來。」

廖太太「急病亂投醫」，便獨自一人闖上胡蘭成的門，那時候正值胡蘭成把門上的警衛取消了，廖太太遂能登堂入室，見到了胡蘭成，道明來意以後，胡蘭成便冷冷的回答她說：

「這件事我幫不上忙。」

廖太太便問：

「為什麼呢？」

胡蘭成一本正經的說：

「因為，我對那一方面的特工，都不喜歡！」

拖油瓶總有自卑感

碰了胡蘭成一個釘子，救夫心切的廖太太仍不灰心，第二天她便再到胡蘭成的家裡去，順利見到胡蘭成的面，便坐下來了不走，使得胡蘭成無可奈何，只好七搭八搭的找話來說，他問廖太太：

「府上那裡？」

廖太太便據實回答他說：

「小地方浙江諸暨。」

胡蘭成又問：

「諸暨斯家，妳可認得。」

廖太太也老老實實的告訴他說：

「我不認得。」

胡蘭成突如其來的嘆了一口氣，追憶的說：

斯家老太爺是辛亥革命的老前輩，當過浙江省軍械局局長，死後還留得有一家人力車公司，一家子對人都很豪爽大方。他家大少爺跟我是杭州蕙蘭中學的同學，從前，我也受過他們家的好處。」

廖太太聰明伶俐，聽過胡蘭成的這一番自白以後，他就從此改說諸暨話，圖胡蘭成的一份親切之感。她又託人去走斯家的門路，希望斯家的人出面，幫她講講人情，託胡蘭成設個法，好歹把她丈夫救出來。

諸暨斯家經過頻年戰亂，門前冷落車馬稀，幾弟兄東奔西散，只剩下一位斯老太太撐門立戶，她沒有辦法幫廖太太的忙。廖太太則認定了唯有胡蘭成可以營救她的丈夫。她鍥而不捨的盯牢胡蘭成，每天上他住處去打一轉，見到了胡蘭成的面，他不再提請胡蘭成設法救出廖越萬的話，只是打起鄉音，絮絮的和他談起家常。他這一著攻心之計果然奏效，廖太太儘管在那兒聊著閒天，胡蘭成卻不能不想到她正憂思百結，心事重重。廖太太每天都帶給胡蘭成一份心理負擔，即使他要生氣也無從發作，於是他只好重設衛兵，再三交代——

「以後你們都要特別當心，倘若廖太太再來，就說我不在！」

然而，廖太太營救丈夫的決心與毅力，實在令人欽敬佩服，她一連幾次受阻於胡蘭成門上的衛兵，再也進不了胡蘭成的門，卻是她仍不死心，依舊一天一趟往胡家跑，她擇一處胡蘭成每天出門，回家必定要經過的地方，往往一站就是兩三個鐘頭，一定要等到胡蘭成乘汽車通過，在汽車裡跟他打一個照面，萬一胡家門口等不到，她便到偽法制局的大門口去等。

就這樣無分陰晴雨雪，風雨無阻，天天去等胡蘭成，前後足有一個多月，廖太太使胡蘭成的心理負擔，越來越重，內心裡也越來越不安。與此同時，她這麼苦苦央求胡蘭成營救丈夫的事，也在揚揚沸沸的傳了開來。事為我方情報工作人員所知，一方面為營救同志，一方面也為廖太太鍥而不捨的努力所感動。於是，就有人輾轉了一句話過去，關照胡蘭成說：

「關於廖越萬同志的事情，你一定要設法將他釋放，否則，我們就要對你不客氣了！」

如果說汪精衛是不顧廉恥，改字別嫁的寡婦，那麼，像胡蘭成之輩同上賊船的，最恰當不過的形容，就是所謂的拖油瓶了。拖油瓶多多少少總有一點自卑感，在大人先生面前，就覺得站不直腰，即使見了普通人，也有三分的畏怯，拖油瓶如此，更遑論漢奸狗腿子呢？因此，胡蘭成一聽到我方情報人員傳去這兩句話時，頓時就嚇慌了手腳，對於廖越萬一事，也就不能等閒視之了。所以有那麼一天，他為自衛起見，終於作了斷然的決定。

直入監牢指名索人

那日，他從偽法制局下班回家，方到家門口，就瞧見廖太太一如往昔，站在他家門外，等著他的汽車經過。胡蘭成當下就忙令司機停車，自己打開車門，那廖太太便忙迎上去，喊了一聲：

「胡局長，你好！」

胡蘭成身子往裡面一縮，讓出一個座位，伸手招招廖太太說：

「廖太太，請妳上車，我有話跟妳講。」

廖太太喜出望外，便連忙鑽進汽車裡，和胡蘭成同排而坐，她向胡蘭成道：

「胡局長有什麼吩咐？」

胡蘭成毅然決然的說：

「廖太太，我現在就去釋放你的男人，好不好？」

廖太太卻驚喜交集，高興得一時說不出話來，好半晌，她才吐出了一句：

「真的呀？胡局長。」

「真的。」胡蘭成點點頭說：「只不過，我不知道妳男人關在什麼地方？」

廖太太笑逐顏開的說：

「我知道。」

她便直接去知會司機，馳往偽特工部監獄。李士群的那些部下，只曉得李士群和胡蘭成一向狼狽為奸，相交莫逆，還不知道一對難兄難弟，最近已鬧得勢同水火，儼然死敵。他們一見胡蘭成的汽車開到，馬上就大開中門，熱烈歡迎。

胡蘭成領著廖太太，昂昂然走進偽特工部監獄的辦公室，坐定以後，管監獄的一名偽主任親自奉上煙和茶，胡蘭成便眼望他，開門見山的說：

「我是來釋放重慶分子廖越萬的。」

那位主任一個勁兒的在鞠躬回答：

「是，是。」

胡蘭成頤指氣使的道：

「那麼，你現在便將廖越萬帶出來，交給我，我親自把他帶走。」

「是，是，」那名主任鞠躬如也的回答，又漲紅了臉，顯出一副極其為難的神色，囁囁嚅嚅的說：「可不可以……請胡局長跟我們部長通個電話？」

這麼一來，就逼著胡蘭成不得不與李士群通電話了，他一語不發，拿起電話便打給李士群，電話一接通，他就知會李士群說：

「我是特地來保釋廖越萬的，請你關照他們，馬上把廖越萬提出來，交給我。」

那一頭，李士群卻會錯了意，以為胡蘭成終於回心轉意，撂開熊劍東，再度跟他沆瀣一氣，攜手合作了，他很高興的一口答應，又親親熱熱的說：「喂，蘭成兄，今天晚上到我家裡便飯，我們要好好的談一談。」

胡蘭成卻避重就輕的答道：

「吃飯的事待一會兒再談，你現在還是先叫他們釋放廖越萬吧！」

李士群無可奈何，只好一迭聲的應允說：

「好的，好的，你叫某主任聽電話。」

胡蘭成把電話聽筒交給某偽主任，清清楚楚的聽到李士群在說：

「你馬上釋放廖越萬，交給胡局長帶回去！」

那位主任立正答了聲是，便奉命唯謹，十萬火急，把廖越萬從死囚室裡帶出來，當面交給胡蘭成，一無手續，二不留難，任由胡蘭成把他帶走。胡蘭成還不敢輕忽大意，他把廖越萬兩夫婦一直帶到他自己家裡，再揮揮手，讓他恢復自由，遠走高飛。

然而，廖越萬獲釋以後，李士群想和胡蘭成重修舊好，便又一度的落了空。胡蘭成依然還是跟他避不見面。相反的，到是他和熊劍東之間，越來越接近，越來越密切，就在這一段時期，胡蘭成授了熊劍東一條釜底抽薪之計，他說：

「你先設法斷掉李士群跟東洋人方面的勾結。」

熊劍東茫然的問：

「怎麼樣斷法呢？」

「那還不簡單，」胡蘭成伸手招招，命熊劍東附耳過來，方始悄聲告訴他道：「反正你也有的是錢，須知東洋人是最愛貪小便宜的。李士群能給東洋人的好處，你何妨加倍的給，把東洋人弄好了，他們就只聽得進你的話，那怕李士群再有天大的神通，他又能拿你奈何？到那時候，事情就好辦啦！」

熊劍東也扳他不倒

熊劍東唯唯諾諾，連聲稱是，他從此改走日本權要方面的路線，對日本軍政人員、特務憲兵多方的巴結，盡量的報效，日本人在酒色財氣上，比中國人更勝十倍百倍；如此這般一連幾個月下來，在京滬一帶的東洋「大好佬」，一提起熊劍東，竟沒有一個不伸出大拇指，聲聲的說：「大大的好人！」

同一時期，李士群又在拚命的刮地皮，他假借清鄉的名義，派出他的鷹犬爪牙，分赴江蘇一省城鄉各地，殺人放火，攔路打劫，簡直是無所不為，無惡不作，江南江北中人之家，平民百姓，在他手裡傾家蕩產，送掉性命，每天必有數十百起。「清鄉清鄉」，「清皮箱之箱」，幾已成為搜殺洗劫的代名詞。於是鬧得江蘇陷區天怒人怨，神鬼皆愁，陷區民眾把漢奸狗腿子的血海深仇，都放在日本人的身上，控告李士群及其鷹犬爪子的狀子，向雪片一樣的飛向汪偽組織，和日本軍方，那熊劍東不是正在百計破壞東洋人和李士群之間的「感情」嗎？日本人揑牢了李士群的小辮子，當然不肯輕易放他過門，於是，李士群假「清鄉」之名，行劫掠之實，種種劣跡，都傳到日本天皇跟前去了。連日皇裕仁都知道，李士群的清鄉偽軍比強盜土匪更加狠毒。

李士群的劣跡雖然已經引起了東京方面的注意，但是他的後台靠山依然很硬，熊劍東還是扳他不倒，他常對胡蘭成唉聲嘆氣的說：

「這個李士群果然是個厲害角色；再怎麼樣都弄他不倒，真叫我無法可施了。」

胡蘭成一聽他說這個話，唯恐他就此灰了心，鬆了勁，反倒去跟李士群妥協了，那就會對他自己大大的不利。於是這位嵊縣「師爺」眼珠一轉，計上心來，他決定用上激將法，激熊劍東一激，他在嘴裡喃喃的念著兩句俗話，說道：

「量小非君子，無毒不丈夫！」

熊劍東困惑不解的問：

「你說什麼？」

胡蘭成便把握機會，一聲冷笑的道：

「我有一個法子，可以立時三刻解決李士群，只怕你辦不到。」

果然，熊劍東被他激得有點光火了，他大不耐煩的說：

「你莫管我辦不辦得到，先把解決李士群的法子，說出來我聽聽看。」

胡蘭成好刁，他還在步步誘入的說：

「我問你，你能不能說得動周先生和陳先生？」

他所謂的周先生和陳先生，係指汪偽政權第二號權力人物周佛海，和汪精衛手下的第一員大將陳公博。熊劍東聽了，當時便誇下了海口說：

「沒有問題。」

「那很好，」胡蘭成聲色不動的說：「你不妨請周先生和陳先生下帖子，請李士群吃飯，我相信李士群絕對不敢不來。」

「他當然不敢不來。只不過，他來了以後，又怎麼呢？」

胡蘭成精神陡長，眼睛一亮，他緊盯住熊劍東，一字一頓的說：

「由你親自動手，就在席上把他殺了！」

聽得熊劍東倒抽一口冷氣，呆了好一會兒，然後結結巴巴的說：

「這……這恐怕不大妥當吧？」

胡蘭成銳利的反問：

「有什麼不大妥當的？」

想了半晌，熊劍東方說：

「給汪先生曉得了，他怎麼肯依呢？」

周密部署廣泛聯絡

胡蘭成嘿嘿冷笑的答道：

「他不依也不行呀？」

熊劍東以為他還有什麼錦囊妙計，急吼吼的追問：

「怎麼叫不依也不行呢？」

「李士群人都死了，」胡蘭成一聶肩膀：「汪先生不依又能怎麼樣呢？」

大失所望，熊劍東嘆了口氣，又怕胡蘭成笑他怯懦，便很勉強的說：

「我個人倒還無所謂，就怕周先生和陳先生，在汪先生跟前不好交代。」

「這沒有什麼不好交代的，」胡蘭成說得十分之輕鬆灑脫：「由你下手，用周先生、陳先生的名義，揭發李士群禍『國』殃民的滔天大罪，然後你們三個一道去向汪先生自請處分。汪先生眼見李士群死都死了，事情當然也就不了了之啦。」

反倒是胸無城府的熊劍東，先給胡蘭成的借刀殺人之計打動了心，他猛可一拍大腿說：

「好，我這就去試試看。」

過了幾天，熊劍東又垂頭喪氣的來看胡蘭成，胡蘭成一見他就問：

「事情進行得怎麼樣了？」

熊劍東搏浪鼓似的搖著頭，回答他說：

「不行，周先生陳先生都說這樣做太冒險，他們負不起這個責任。」

胡蘭成嗤之以鼻的道：

「膽子未免太小了！」

熊劍東又在茫然無以為計，他伸手直搔著頭道：

「現在又怎麼辦呢？」

胡蘭成欲擒故縱的問：

「倘使我再交你一個法子，你肯依我的嗎？」

熊劍東忙說：

「依！我一定依你的！」

「那麼，」胡蘭成深沉的笑笑：「我就再指你一條明路，不管你用什麼法子，你都要搶在李士群殺你之前，先把他殺掉！」

熊劍東高聲地叫了起來說：

「啊呀，蘭成，你這叫什麼法子？說了等於沒有說嘛！」

直到這時候，胡蘭成方才輕輕的點他一點道：

「你去跟日本憲兵商量商量看！」

表面上聽起來這還是一句搪塞敷衍的話，實則卻是胡蘭成在向熊劍東透露一項極機密的情報。由於李士群借「清鄉」之名搜刮誅求，橫行不法，早已風聞於日本天皇，這在東洋人來說就是「上動天聽」了，日本軍方也認為這一件事非同小可，必須加以制裁，作緊急的處置，以免裕仁責問，並且有以平息淪陷區中國百姓的積憤。民氣可畏，東洋人畢竟也是怕硬的；所以日本憲兵業已奉命處置李士群，日本憲兵所顧慮的也只有一點：真要殺李士群的話，汪精衛是否肯答應？

熊劍東更進一步的獲悉了內幕底蘊，恰似喜從天降，他興沖沖的起立告辭，說是他將盡快的跟日本憲兵方面聯絡。看來他似乎是要用快刀斬亂麻的手段，致李士群於死。

只是，自此一別，又是兩月，李士群仍是好端端的活著，照舊的飛揚浮躁，依然是跋扈囂張，他根本就不賣任何人的賬。是熊劍東還得做周密的佈署，廣泛的聯絡？抑或是連日本憲兵都拿殺人魔李士群無可奈何，胡蘭成雖然心裡很著急，可是他也深知殺李士群係冒險之舉，不能操之過急。

汪精衛可謂甩「紗帽」

一直等到兩個月後的一天，在南京，胡蘭成偶然心血來潮，到羅君強的家裡去玩。羅君強是偽司法部長，周佛海系的一員大將，在淪陷區裡有「活閻羅」的綽號，冤死在他手下的無辜者，也不知有多少？偏偏李士群最看不起他。有一次，七十六號誘捕一位我方情報工作人員，這位同志地位相當的高，羅君強在尚未變節降敵時期，和他原為相識。李士群極意勸誘他也降敵，希望羅君強對他動之以情，便邀羅君強同來「會審」。他那裡曉得我們的同志各個都是硬漢，尤其以高級人員為然，這位同志在嚴刑拷打之下寧死不屈，使李士群束手無策。事後，李士群曾經告訴胡蘭成說：

「今天我看出羅君強的膽小無用，我下令打籐條，羅君強竟嚇得摀起面孔來不敢看著！」

這一句話從胡蘭成的口中，傳到了羅君強的耳裡，試問他對李士群的感想如何？

因此，那一天胡蘭成上羅君強家玩時，才進客廳，便有一名衛兵向他立正報告說：

「部長在樓上，還有熊先生和岡田憲兵中佐也在，我現在去通告。」

胡蘭成一聽羅君強、熊劍東和岡田都在樓上密議，便心知準會有不尋常的事件發生，他故意提高聲浪，沖著樓上說：

「不必了，我沒有事情。我自己在這兒玩一會兒，就要走的。」

果不起然，在樓上的熊劍東，聽到胡蘭成說話的聲音了。他匆匆地跑下樓來，叫了一聲：

「蘭成，你莫忙走。」

「劍東，有什麼事嗎？」

胡蘭成迎了上去，明知故問的說道：

揮揮手，命衛士僕役統統退下。與胡蘭成坐定，熊劍東方始壓低了聲音說：

「關於李士群的那一案，東京方面的覆電今天到了。電報中說：李事現地妥善處置，惟須避免引起嚴重後果。」

胡蘭成這下心裡明白了，殺李士群一擱兩月，原來是由於東京——南京之間函電交馳，往返磋商。只不過，當時他僅淡淡的應了一聲：

「嗯。」

熊劍東又在鄭重其事的向胡蘭成求計了，他問：

「現在，我們就唯有這一點無法解決。依你的看法，究竟應該怎麼辦呢？」

胡蘭成卻欲迎還拒的反問一句：

「什麼事情怎麼辦呀？」

熊劍東誠心求教的再說一遍：

「要怎麼樣殺掉李士群，才不致於像日本人所駭怕的，會引起嚴重的後果？」

胡蘭成輕描淡寫的反問：

「殺一個李士群，會引起什麼嚴重後果呢？」

熊劍東意味深長的說：

「譬如，汪先生那邊？」

胡蘭成當下就回答他道：

「汪先生那邊，即使有什麼後果的話，想來也不會怎麼嚴重吧？」

對於胡蘭成這種模稜兩可的答覆，熊劍東顯然並不滿意，於是他便進一步的追問：

「蘭成，你是汪先生的親信，所以我要問一個明白。假使我們殺了李士群，汪先生會不會大發雷霆，乾脆說他不幹了？」

胡蘭成斬釘截鐵的答道：

「絕對不會！」

只是，熊劍東還不放心，他再追問：

「你憑什麼理由這樣說？」

「你也不想想，」胡蘭成以醍醐灌頂之勢，提醒他說：「一個政府，怎能這樣輕易拆散。」

日本憲兵設下毒筵

「那麼，」熊劍東又問：「我們處置了李士群以後，汪先生又會怎麼樣？」

胡蘭成料事如神般的在說：

「人死不能復生。李士群一死，汪先生對他，充其量不過開個追悼會而已。」

「你敢這樣判斷？」

「我敢。」

「能保險嗎？」

「當然。」

就這麼三言兩語，明白簡單。李士群罪無可逭，他的死刑已經判決了。

當時，熊劍東匆匆忙忙的說了句：

「你在這裡坐坐，我一會就下來。」

言訖，他又格登格登的跑上樓去，胡蘭成卻故作悠閒狀。羅君強的衛士，眼瞧見他在盛放的一盆水仙花畔留片刻，然後也不告辭，便面露喜色的走出了羅家大門，然後登車返去。

胡、熊、李三奸火拚，大局自此急轉直下。五天後，日本駐上海憲兵隊隊長公開出面，調停李士群、熊劍東之間的「糾紛」。他把熊劍東請到日本憲兵隊，再邀李士群來當面談條件。李士群仗著有汪精衛給他撐腰，心想日本人不敢拿他怎麼樣的。為了故示自己膽大氣粗，便坦坦然的去了。

一進日本憲兵隊，果然看到熊劍東業已在座，雙方見面，頗有點尷尬。只有日本憲兵隊長夾在當中笑嘻嘻的，兩方打圓場。

由於氣氛過於僵窘，談話很快的引入正題。日本憲兵隊長首先表明他為雙方「調解」的一腔熱心，滿懷誠意。李士群卻打個哈哈說：

「我跟熊司令是多年的老兄弟了，什麼誤會都輪不到我們頭上來的。」

熊劍東也在一旁假撇清的說：

「我剛到南邊來不久，一切還要仰仗李部長的提拔和指教？」

李士群唱戲的做工十足，他趕忙表示「謙遜」的說：

「不敢當，不敢當，倒是我時時刻刻都在仰仗熊司令的大力。」

唇槍舌劍，虛情假意，日本憲兵隊聽得不耐煩了，便打開天窗說了亮話——

「你們兩位這樣客客氣氣，何不相互攜手，通力合作，為大東亞共榮圈多盡點力呢？」

李士群還在，反穿皮襖——「裝佯」的說：

「咦，劍東兄，我們不是一直都在合作的嗎？」

熊劍東就唯有隨口漫應的道：

「不錯，不錯，我們一直就是合作的呀。」

抓住了這兩名巨奸的話，日本憲兵隊掌面露欣慰之色，頻頻的點著頭說：

三千萬元買條性命

「那很好，那很好，」他在順水推舟：「就從今天此刻起，上海市的治安，就由你們兩位一道負責，目前暫時協議，李部長為正，熊司令為副，好嗎？」

李士群搶先一步，回答他說：

「好的，好的，只不過，這樣的安排，對熊司令來說，未免太委曲了。」

熊劍東的反應，略微慢了一點。所以他只能接上李士群的話說：

「那沒有問題，本來論資歷，論能力，我當李部長的副手，還怕李部長嫌我不夠格呢。」

李士群忙說：

「那裡，那裡，熊司令太謙虛了，你說這個話，真教我愧不敢當。」

日本憲兵隊長正好趁此機會，虛晃一招，代熊劍東提出要求說：

「關於上海治安的維持，目前暫且作這樣的決定。恭喜李部長，得了熊司令這樣一位好幫手。只不過，熊司令那邊，此刻還有一點小小的困難，希望李部長能夠鼎力給他幫忙。」

只要熊劍東肯於捐棄前嫌，跟他通力合作。去此一敵，無論叫李士群付出多大的代價，他都是心甘情願，毫不遲疑的。所以，當他一聽到日本憲兵隊長這麼說時，當下便爽快的一口應允：

「熊司令，如今我們都是自家人了。你有什麼困難，儘管講出來。只要我的能力及得到，我一定會設法替你解決。」

仍還是日本憲兵隊長，權充熊劍東的代言人，他滿臉堆笑的說道：

「其實，也沒有什麼大不了的事。只是熊司令的部下官兵，原先的任務只不過是緝私工作而已，充員較少，裝備也不怎麼充份。現在要他們協同負責上海的治安，就難免有捉襟見肘，應付不暇之感了……」

李士群立刻就聽懂了，他為了表示自己的落門落檻，忙不及的接口說道：

「那當然，那當然，協同維持上海治安，當然要添人添餉，多購辦一些軍械彈藥。凡此種種，都是要花費大筆鈔票的啊……」

日本憲兵隊長打斷了他的話說：

「熊司令現在的困難，就是稅警總團的經費，委實不夠開銷。」

肯伸手要錢，那就好辦。李士群反正是慷他人之慨，他非常爽氣的說：

「熊司令，我想就這樣吧。由我負責，一次撥給你三千萬！」

李士群出手如此大方，反倒使日本憲兵隊長，和熊劍東全都怔住了。日本憲兵隊長一聲驚呼的說：

「啊，三千萬？」

熊劍東也在為之咋舌的道：

「三千萬？太多了。」

「算不了什麼的，」李士群還在趾高氣揚，洋洋得意的說：「這三千萬嘛，一半由江蘇省政府出，一半由特工部撥給。」

熊劍東唯恐李士群起疑，他特地堆上一臉的笑，雙手直搓的道：

「這真是太謝謝了。」

說時，他向日本憲兵隊長，拋了一個眼色。

東洋憲兵隊長會意，一面擠眉弄眼，一面高舉雙手，重重的一拍。

「哈伊！」一名日籍侍役，應聲而入，向日本憲兵隊長俯首致禮。

一杯咖啡一命嗚呼

日本憲兵隊長直樂得手舞足蹈的說：

「快快備酒，今天辦成功了一件大事，我要跟李部長和熊司令，痛飲一番！」

卻是李士群對於東洋人的慣於下毒，早有戒心。他作賊心虛，唯恐東洋人加害於他。因此他在一連好幾年裡，無時無刻不忘記告誡自己，絕對不能接受東洋人的食物和飲料。因此，當日本憲兵隊長說要飲酒祝賀時，他慌忙雙手直搖的說：

「對不起，對不起，這幾天我正傷風，我是萬萬不能喝酒的。」

掃了日本憲兵隊長的酒興，他當下便眉頭一皺，再命侍役說：

「李部長今天又不能喝酒啦。那麼，你不妨去端幾杯咖啡來，我們姑且以咖啡代酒吧。」

侍役應諾而下，不一會兒，便用托盤端上來三杯咖啡，分別奉給日本憲兵隊長、熊劍東和李士群。

李士群望著那杯混濁的咖啡，驚疑不定，遲遲未敢下口。然而，在他的左側和右畔，那日本憲兵隊長與熊劍東，雙雙的喊了聲：「乾杯！」竟在拿他們面前的咖啡作牛飲，端起杯子，仰起頸脖，咕嚕咕嚕的，將一滿杯咖啡喝了個涓滴不存。

乾了「杯」的兩個人，不約而同的，向李士群跟前那杯熱騰騰的咖啡杯望了眼。熊劍東眉頭一皺，撅起嘴唇來連聲嘖嘖。日本憲兵隊長卻故作驚人之筆，他突然仰臉大笑，直笑得聲震屋宇。

又笑得李士群驀的一驚，他臉上紅白不定，訥訥的問那名東洋隊長說：

「隊長，你在笑什麼？」

日本憲兵隊長，絕不容情的指著他說：

「李部長，對不起，我生平說不來誑話，我現在笑的正是你哨。」

李士群問道：

「笑我？我有什麼可笑的？」

日本憲兵隊長直接了當的問：

「李部長，你怕我下毒，因此你就不敢喝這杯咖啡，是不是？」

李士群被他問得臉紅耳熱，格格難吐了。好大半天，他才掙出了一個字，而且再也接不下去——

「這……」

又是一陣刺耳的笑聲，日本憲兵隊長一伸手，抄起了李士群面前的那一杯咖啡。兩眼緊緊的瞅住李士群，他先喝了一大口。然後再眼望著李士群說：

「李部長，這下你總該放心了吧。縱使這杯咖啡裡下得有毒，現在我已經喝下了第一口。請問，你敢不敢再喝這第二口呢？」

日本人縱使慣於下毒，但他們卻決不會以自己的生命開玩笑，作陪葬。當著眾目睽睽，尤其是平生死敵熊劍東的嘲笑神色之下。李士群端起咖啡杯來，骨碌碌的直灌下去。卻是，他自己也是慣用毒藥的專家，咖啡全部喝完了，舌蕾方始泛了味覺。猛一下子他便面目若死灰，神情敗壞。他搖搖晃晃的扶桌站起，兩眼死死的盯住熊劍東，帶一抹冷笑的道：

「高明高明，佩服佩服！」

然後，李士群腳步踉蹌，跌跌撞撞，他衝出日本憲兵隊，衝進自己的座車，下令急馳上海北火車站，再衝進引火待發的火車，毒性發作，肝腸寸斷，他一直衝回自己家裡，掙扎到他老婆葉吉卿的跟前，方始發出一聲淒厲的慘呼，猝然倒地身亡。

事後方知，呷了一口李士群那杯咖啡的日本憲兵隊，他先前所喝的咖啡，其實正是一劑解藥。

汪精衛壓倒周佛海

李士群中毒暴卒，在抗戰時期淪陷區裡，簡直是人人額首稱慶，個個拊掌大快的好消息，所謂作惡多端，罪無可逭，那真是李士群悲慘下場的最佳寫照。自從李士群、吳四寶兩個凶神惡煞，混世魔王，把黃浦灘，乃至江蘇全省鬧得烏煙瘴氣，雞犬不寧以來，殺人放火，明槍暗奪，稀奇古怪，駭人聽聞的事情接案連三的出現。上海淪陷區同胞始終都在暗無天日的恐怖氣氛之中。誰碰上了李士群、吳四寶之流，誰就倒楣。他們敢於明火執仗開了卡車隊去放搶，往往整爿工廠，全部生財會被他們一搶而光。至於敲詐勒索，巧取豪奪，那更是司空見慣，不足為奇。做賊的大喊捉賊，老百姓有冤無處訴，真叫做上天無路，入地無門。

吳四寶、李士群先後一命歸陰，給全上海除去了心腹大患。上海人以為從此將有太平日子過了，殊不知更大的苦難還在後頭。

李士群一旦赴陰曹地府報了到，上海市面上立刻傳出了三種不同的說法。一說是周佛海的親信，偽司法行政部長羅君強為周佛海搶上海地盤，鬥倒了李士群。一說是熊劍東和李士群新仇舊憾，積積不能相容，因而演出了兩隻餓老虎性命相搏的一幕。還有一種說法便是大大的高捧了吳四寶和佘愛珍，以為李士群的死於非命，正是佘愛珍在為夫報仇。

這三種說法都可以說得上事出有因，並非空穴來風。只不過李士群之死，則係三種因素總加起來所獲得的結果。李士群的爪牙林之江、萬里浪等，他們不敢找上羅君強、熊劍東和胡蘭成的門，跟他們硬碰硬，就只好欺負寡婦，口口聲聲的要尋佘愛珍算賬，給李士群報這個血海深仇。最好笑的是林之江曾經被熊劍東收買，給李士群發覺了，一度將他扣押，說要殺他。後來還是熊劍東求計於胡蘭成，利用日本憲兵把他救出來的。詎料林之江出獄以後仍舊投向李士群演出一面倒，他得罪了熊劍東，也使自己成為李士群身邊的紅人，牢牢掌握偽組織特務機關七十六號的行動大隊。

及至李士群一死，林之江便裝模作樣，「義」形於色。他佩帶手槍闖進吳四寶家，氣聲洶洶的要佘愛珍出來「說話」，把吳家上下一個個嚇得心摧膽裂，靈魂出竅，以為他這一來必定是大禍臨頭。到是佘愛珍不失為一名白相人嫂嫂，她若無其事，挺身而出。她跟林之江三對六面，輕飄飄的遞過去幾句話——

「只聽說：『人死無仇』，你們欺負我孤孀寡婦，就算逞了能啦！」

林之江一聽這話，也覺得無從發作，只好搭訕的告辭離去。

吳四寶的家裡，總算暫時得保平安了。

形諸於偽組織方面，李士群既死，汪精衛和周佛海兩奸之間的惡勢力，也就自此一消一長。抗戰時期曾經有人謔而且虐的說：

「汪精衛在南京開偽府，他的政令只能到南京各個城門口為止。」

這的確是不爭的事實。

自從胡蘭成居間穿針引線，使李士群賣身投靠汪精衛。汪精衛的勢力這才漸漸的膨脹起來，他以李士群為鷹犬爪牙，千方百計幫他「打天下」。當李士群極盛時期，他身兼偽特工部長、偽江蘇省政府主席、偽軍總司令數要職，以省會蘇州作根據地，大上海為其外府，全江蘇省供其步步爭取的地盤。除了偽組織的特工人員以外，他還擁有十萬名偽軍。

陳公博攫奪黃浦灘

當李士群在世之日，汪精衛的「館內派」，由於有他的惡勢力作後盾，腰桿子倒還相當的硬，汪精衛有李士群撐腰，他素來垂涎上海這一塊肥肉，於是便派他的副手，「館內派」的第二號人物，偽立法院長陳公博兼任偽上海市長，這一著棋是周佛海所萬萬不能容忍的，當時的汪精衛是偽國府主席，兼偽行政院長，周佛海則為偽行政院副院長，兼偽財政部長，周佛海深知偽財政部長決定沒有偽上海市長來得實惠，因為他曾老起面皮，公開的要求他想兼一兼偽上海市市長，他的話才出口，便引起「公館派」的群相指摘，一片大譁——

「這未免太貪心了吧，你究竟想兼多少要職呢？是不是要把所有的肥缺一概包了？」

周佛海還在涎臉笑著說：

「我只要再兼一兼上海市。」

「公館派」人針鋒相對的道：

「倘使你肯放棄財政部長、行政院副院長，專任上海市長，那還說得過去。」

可是，熊掌周所欲也，魚亦周所欲也，縱使兩者不可得兼，周佛海也斷乎不願捨了財政部，所以他已有廢然而退，眼睜睜的看著政敵陳公博，坐上了偽上海市市長的黃金寶座。

其實，陳公博之得能攫取上海市，一方面是有李士群的「實力」作後盾，汪精衛以偽府主席的大力支持。另一方面，則還是日本人對他印象比較好。日本人之所以垂青陳公博，最主要的原因是陳公博不太要錢，至少日本人對周佛海的窮凶惡極，拚命搜刮是早已領教了的。陳公博走馬上任到上海，上台一鞠躬，看得周佛海眼紅，便牢騷滿腹的說：

「公博當上海市長，就該先把立法院長辭掉。否則的話，他能兼得，為什麼我不能兼，難道今天還是家天下，還是會館政治嗎？」

他所謂的家天下，是汪精衛「改組派」的家天下。所謂「會館政治」，係指汪精衛的左右，全是廣東人。如汪精衛的廣東同鄉陳公博、林柏生、陳春圃等。周佛海其責人也重以周，其責已也輕以約，他似乎忘記了，與他自已有「三位一體」之稱的「館外派」三要角：綽號「財神」的周佛海、綽號「小鬼」的丁默邨、綽號「閻羅王」的羅君強，不也都是湖南人嗎？

陳公博以李士群的惡勢力為恃，又獲得汪精衛及其「公館派」的全力支持，照道理說，他在上海確是應該有所作為的。然而，陳公博本性荏弱糊塗，膽小如鼠，何況他參加偽組織，一向都抱著遊戲人間，仰俯由人的消極態度。對於陳公博的兼任偽上海市市長，日本人和汪精衛的立場是趨於一致的，雙方面都希望他出來安定上海，收拾人心，做幾件事情，使上海的老百姓吐出一口氣，殺殺上海惡勢力的「威風」，卻是陳公博肚皮裡面有數，上海惡勢力之中，首屈一指，罪無可逭，便是他的撐腰後台李士群，他赤手空拳，無兵無勇，也能制服得了李士群嗎？因此，陳公博就只有尸位素飧，唯唯諾諾，坐在偽上海市長寶座上睜一隻眼閉一隻眼，看著李士群之流橫行霸道，無法無天了。

陳公博的消極態度，使日本人和汪精衛同感失望，但他生性如此，這也是無可奈何的事。筆者對陳公博雖有交往（那是在抗戰爆發，上海淪陷以前），卻是並無若何好感。在這裡卻要說幾句公道話：陳公博下水當漢奸，原本是帶幾分勉強的，陳公博是汪精衛最要好的朋友，始終如一的搭擋。民國二十六年七七事變，中日大戰揭開了序幕。陳公博當了幾個月的軍事委員會第五部部長，主管國際宣傳事務，由於時間短暫，談不上什麼建樹。數月後抗戰中樞西遷，軍委會各單位因實際需要而有所更動，陳公博不管第五部部長了，他因為跟義大利外交部長齊亞諾有點淵源，彼此相當的熟，逐被改任為赴歐專使，到歐洲去負責宣傳與聯絡。

齊亞諾點醒老朋友

陳公博和齊亞諾的關係，筆者是很清楚的。那位墨索里尼的女婿，義大利法西斯蒂新貴齊亞諾，抗戰以前任過義大利駐上海總領事，在上海高級社交團中，是一位很活耀的人物。不過這位少年新貴相當的貪玩，聲色犬馬都是他的嗜好，由於在這些方面他和陳公博臭味相投，所以他們成為很親密的朋友。

除了跟齊亞諾的這一層深淵之外，陳公博又復是留美出身，在英美兩國政經各界也有一些熟人，凡此都是他在抗戰初期榮任專使的資本。只不過，陳公博出國前後，歐洲方面的國際間微妙關係，對於我國抗戰前途頗為不利。因為德、義、日三軸心國已經沆瀣一氣，狼狽為奸，打著反共反蘇的招牌，在做窮兵黷武，侵略擴張的勾當。英國外相、首相張伯倫正撐著的洋傘，東奔西跑，到處彌縫，在實行他「頭痛醫頭，腳痛醫腳」的綏靖政策。美國則在外交方面唯約翰牛馬首是瞻，他們是一時不會干涉日本侵華的。

就在這個當兒，陳公博走馬赴歐，他在自我標榜，揚言他此行將分化的德義日三軸心國的聯合陣線，並且加強我國與西方國家的聯繫。言下之意，彷彿他可以影響歐西國家，共同制裁日本侵華之舉。當時有識之士對於他的自負論調，早就知道那是決無實現之望的。

果不其然，當陳公博第一站抵達羅馬，和他的「白相朋友」齊亞諾會晤。齊亞諾便強烈的暗示他說：義大利法西斯蒂黨的大獨裁者墨索里尼，對於中國的態度不太友好，因為墨索里尼已向日本一面倒。談了幾次以後，齊亞諾更露骨的向陳公博表示：中國「唯一的途徑」是跟日本謀和，而且還得請一個第三國出來調停斡旋……這個第三國尤其日本所不敢視的，弦外之音，則第三國非德義兩者之一不可。

時值全國軍民一至奮起抗戰，抗日情緒空前高張，蔣委員長早已宣示了犧牲奮鬥，抗戰到底的最高國策，誰敢倡言，誰就會被國人群起而攻之，指為十惡不赦，喪心病狂的漢奸。在這種情形之下，陳公博焉敢輕易言和，他唯有垂頭喪氣，鎩羽而歸。藉口前往比京布魯塞爾參加九國公約會議，到比利時去打了一轉，便在二十七年春匆匆返國了。

回想當年，顧孟餘和陳公博並稱「改組派」汪精衛的兩員大將，不過這兩員「改組派」大將的作風卻截然不同。顧孟餘寧靜淡泊，不慕名利，他只知腳踏實地的為國家民族做事。陳公博則熱中祿位，愛慕虛榮，大有不可一日不做官之概。這也就是他往後與顧氏分道揚鑣，基本因素之所在。

因此，當陳公博從歐洲回到國內，到達了大本營所在地武漢，旋不久即因武漢會戰我軍失利，武漢三鎮岌岌可危，他先一步離開武漢西上入川，而且很快的獲得了一項新任命，擔任相當重要的一個職務，中國國民黨四川省黨部主任委員。

走馬上任到了蓉城成都，陳公博在成都一住將近一年，在這一段時期他的工作倒還算努力，不過在戰時陪都，卻出現了所謂的「低調俱樂部」對抗戰前途發出了未可樂觀的灰色論調。起先，陳公博不但未曾參加，而且他還一再反對汪精衛出面主和。

民國二十七年十一月底，陳公博在成都收到汪精衛從重慶拍來的電報，請他即日赴渝一晤，陳公博立即自蓉啟程直抵重慶，他見到汪精衛時，汪精衛便開門見山，毫無保留的告訴他說：中日和平已趨成熟，日本首相近衛文麿業已表示了如下的五項和談原則：

一、承認偽滿洲國。

二、內蒙共同防共。

三、華北經濟合作。

四、取消租界及領事裁判權。

五、相互不賠款。

陳璧君決心淌混水

陳公博默默的聽完了以後，再問汪精衛道：

「假如我們答應了這五項條件呢？」

汪精衛斬釘截鐵地回答他說：

「只要我們肯答應，近衛首相保證，日本一定在兩年之內撤兵。」

陳公博接口便問：

「真的呀？」

「真的。」汪精衛又一度作肯定的回答，接著再試探的問：「公博，你對於近衛首相所提的五條件，可有什麼意見？」

略一沉吟，陳公博方始措詞審慎的答道：

「關於第四、第五兩條，我沒有意見。其餘的一二三條，那是絕對行不通的。」

汪精衛偏執的追問：

「你莫管它行不行得通。我只問你，你贊不贊成那第一二三條？」

陳公博只好吐實的說：

「我不贊成。」

至此，汪精衛突如其來，石破天驚的說：

「公博，我還要告訴你一件事。也許，我馬上就要離開重慶了。」

一聽這話，陳公博不覺大吃一驚，他不假思索，脫口而出的說：

「關於這件事，我尤其不贊成！」

汪精衛試探的問：

「公博，你的意思是——？」

「我的意思很簡單，」陳公博打斷了在汪精衛的那一問，侃侃然的說道：「在當前的局勢之下，我們只有抱定主張，堅守一個大原則，那便是我從前說過的：黨不可分，國必統一！這些年來，我們已經受夠了黨之分裂的痛苦，事實上，我們原是為救國而後組黨，如果黨還在不斷的分裂，那麼，救國又將從何談起呢？」

然而，汪精衛猶在大放厥詞的說：

「公博，你要曉得，我們中國的國力，已經不能再戰了。現在已經到了非設法謀和不可的地步，而我在重慶主和，人家一定會誤以為是政府的意思，所以我只有離開重慶，再倡和議，使大家知道這是我汪某人個人的主張，如果我和日方交涉，能有較好的條件，然後由政府接受，這才是可行的途徑。而且，假使敵人再攻打重慶，我們就要亡國。現在我們已經無路可退，再退就只有退到西北，結果必然成為共產黨的俘虜。」

汪精衛的話說到這裡，陳公博覺得他已經辯無可辯，只是在臉上流露出左右兩難的神色，他開始保持緘默，鉗口不語。置身一旁的陳璧君，唯恐他再說出一番大道理來，影響了汪精衛賣身投靠當漢奸的決心，因此她便岔進嘴來說道：

「好了好了，反正我們是一定要走的。公博，你不想走，你就一個人留在這裡好了。」

當日談話，到此為止，雙方並沒有達成共同一致的協議，卻也並沒有破裂到各行其是的地步。陳公博還存有一線希望，但願汪精衛懸崖勒馬，不要走上離渝出走的這一條絕路。在汪精衛的左右，陳公博是一向主張蔣汪合作，從而達成：「黨不可分，國必統一」的大原則的，所以有人稱他為「改組派裡的妥協分子」，他的主張，首先便遭到汪婆陳璧君的激烈反對，於是陳璧君便時時都有和陳公博拆夥分手的表示，甚至不惜當著陳公博的面，公然的說出口來。

羅君強關門做皇帝

至於汪精衛，他素來是以好大喜功，反覆無常著稱的。他的官癮奇大，野心特熾，只要有官可做，便不吝一切代價與犧牲。抗戰初期，他念茲在茲，魂夢難忘的便是行政院院長一席。行政院院長輪得到他，他就可以採納陳公博的建議：蔣汪合作，抗戰到底。否則的話，他就要走偏鋒，唱反調，做出親痛仇快，自毀前程之舉。陳公博也曾針對他這一弱點，聯絡各方，建議中央組織樞密院，作為國家最高決策機構，職權猶在行政院之上，而以汪精衛為院長。不幸的是，他的計劃尚未實現，汪精衛先已拔腳開溜，降敵賣國去了。

陳公博倘若能堅守原則到底，那還有話可說。然而，陳公博卻不過故劍情深，當汪精衛因與日方談判投降條約陷於困境，僅以一電相召，他便貿貿然的由重慶而香港，由香港而上海，參加了投降條約的談判，從而成了遺臭萬年的大漢奸。

儘管他表示消極，一心只想置身事外。然而，他依舊是汪偽組織的第二號人物，陳公博不屑與周佛海之流爭權奪利，分一杯羹。可是，汪精衛照樣要安插他當偽立法院院長，兼偽上海市市長。他得了上海這麼一處最重要的地方，卻始終沒有打定主意好好的幹，一方面固然因為他缺乏與惡勢力鬥爭的勇氣，另一方面，也是看出來了日本人只能用奉命唯謹的奴才，容不了他發揮自己的能力。因此他開始沉緬酒色，極盡聲色之娛，糊裡糊塗的混日子，十足的變成了一個舊官僚，小傀儡。

陳公博糊塗到了什麼程度？他不但任由周佛海在他的地盤裡呼朋引類，搞小組織，從事攆他下台的勾當。而且，他竟連自己的看門狗都管不牢，讓李士群也參加了周佛海的外圍。

周佛海的第一號得力助手羅君強，原本就是搞小組織起家的。他廁身汪偽政權以後，雖然處處都得到周佛海的鼎力支持，但卻深切不為自汪精衛以次的「公館派」人物所喜。當汪精衛組織偽政府之初，就在他自己的家裡召開「分贓會議」，議定偽府各機構的人事。汪精衛首即提出：以陳公博為偽立法院院長，兼任偽軍事委員會政治訓練部部長。

當時，周佛海已詗知陳公博事事表示消極，偽立法院本來是個投閒置散的機關，不妨就讓陳公博去坐坐冷板凳。不過，偽軍委會政治訓練部卻很可能有實權可抓，尺土寸地絕不放過的周佛海，立刻便建議以羅君強為偽政治訓練部「次長」，充作陳公博的「助手」，他的理由是，羅君強對這一個工作相當熟手。

詎料，時刻表示與人無爭的陳公博，居然也會大搖其頭的說：

「君強的那個脾氣，我不敢領教。」

一句話，把周佛海的建議，輕輕的擋了回去。群奸分贓會議繼續往下開，一直開到所有各偽機關都分配完了，就只剩下一個有名無實，沒事可辦的偽邊疆委員會委員長。依汪精衛的意思，該讓汪曼雲做。但是汪曼雲也抱定了「只可幫忙，斷不幫閒」的主張，他當場推辭，拒而不就。於是汪精衛便提名蔡洪田，孰料蔡洪田也不肯幹。

這時候，群奸但見汪婆陳璧君站起身來，一臉鄙夷不屑的說：

「反正邊疆委員會跟其他各部會都沒有關係，就讓羅君強關起門來做他的皇帝吧。」

如此這般，羅君強方始在汪偽組織之中，佔據了一席之地。

十兄弟同搞小組織

由於羅君強自知汪精衛以次的群奸，對他的印象都不太好。同時，更因為他過去不知潔身自好，又曾出過不少次醜，使周佛海也對他失去了信用。他亟於爭取周佛海的好感，建立他自己的力量。於是，便異想天開的向周佛海獻策道：

「部長高高在上，負的責任既重，所要兼顧的方面尤廣，必需與各單位的人做到手臂相連，聲息互通，才能指揮如意。」

周佛海覺得他這個建議很有見地，當下就問他說：

「依你來看，這件事情應該怎樣著手進行呢？」

羅君強受了鼓勵，便頭頭是道的往下說道：

「現在國民政府已經成立了。不過，參加的人選，過去和部長都缺乏深厚的淵源，所以部長應該以人才為重，設法拉攏。」

周佛海點點頭說：

「唔，這話不錯。」

羅君強忙說：

「部長，以我的愚見，是否可以選定十個人，用結拜弟兄的方式，作為部長的核心組織。將來再等機會，把這十個人安插到十個部裡去，都叫他們當次長。那麼，從此以後，部長就部部有耳目，人人肯出力，豈不是以臂使手，指揮裕如了嗎？」

周佛海聽了羅君強的獻策，高興得雙手一拍，喜上眉梢的說：

「好極了！我們就這麼辦，這件事情，由你負責加以完成！」

於是，羅君強便暗中從事，積極籌備，他開了一紙二十個人的名單，送交周佛海，請他在二十人中圈定了十人，再由他分頭拜訪、拉攏，定期歃血為盟，「義」結金蘭，完成了周佛海第一個外圍小組織。

只不過，這個周系外圍小組織，份量顯得太弱，跟周佛海的關係尤嫌不夠。例如：汪曼雲和蔡洪田係上海市黨部委員，與周佛海並無淵源。章正範是周佛海到上海後臨時拉差拉得來，幫他連絡上海新聞界的。戴策是褚民誼的班底。張仲寰和周樂山是羅君強大夏大學的同學。金雄白是羅君強在麻將桌上認識的報界朋友，耿嘉基尤為金雄白所拉攏。十人之中唯有羅君強和易次乾，和周佛海有不太深的關係。

像這樣的一個外圍小組織，既不能取得周佛海的信任，也無從對周佛海產生若何影響，當然也就不能為周佛海所滿意，進而發生什麼作用了。更何況，小組織先天不足，後天失調，其中周樂山因為不堪羅君強和丁默邨的種種壓迫，竟然一怒而去，憤憤然的離開了上海，臨走之前，還發表了一篇宣言，痛詆汪精衛喪心病狂，出賣祖國，險險乎給周佛海捅出一場大禍來。因此，周佛海的第一個小組織，也就在無形之中宣告瓦解。

但是羅君強給周佛海搞小組織的用意，原來是一箭雙鵰，左右逢源的。他一方面利用周佛海，使這個小組織聽從他的指揮。另一方面更挾小組織而自重，增加他自己的份量。有這兩層莫大的好處，羅君強當然是不甘輕易罷手，必需重整旗鼓，再接再厲。又經過相當長的一段時期，直到民國二十九年底，他才組織成了一個陣容較為堅強的十人小組。

這第二次的周佛海外圍十人小組，就由於歸諸汪精衛「公館派」的實力分子李士群秘密參加，因而格外顯得份量頗重，意義不同凡響了。羅君強組成的第二次十人小組班底。在舊有的朋比為奸的「十兄弟」中，幾經淘汰，只剩下羅君強、蔡洪田、汪曼雲、金雄白四人。而添加了的新血，則有正與日本特務部長土肥原賢二，大搞其「和平運動」的李士群。戰前曾任陝西教育廳長，與周佛海原為舊相識的周學昌。群奸小派系之一，丁默邨系的戴英夫，以及傅式說系的沈爾喬。還有「公館派」「屈節」降周的朱樸；梅思平的連襟王敏中。

周佛海來一腳踢開

給羅君強搞成功了的這一個小組織，可謂網羅了汪偽政權所有實力派的代表分子，論陣容不能謂不強，論實力不可謂不厚，只不過，仍然存在得有一些矛盾，若干破綻。諸如丁默邨一小系的戴英夫，和投身「公館派」的李士群，便是針鋒相對，紅中白板對煞的人物。

丁默邨到偽組織特工總部任職，遠比李士群為遲，他可以說是一個趁現成的，當李士群以一名中統局區區的中尉，一手建立了七十六號偽特工總部，丁默邨則以中統局第二處處長之尊，前來賣身投靠，當大漢奸，李士群只有乖乖的把主任一職讓給丁默邨，自己反倒屈為副手。這一口氣他嚥不下，因此丁李之間的明爭暗鬥，也就越來越趨尖銳。

與此同時，丁默邨和周佛海來路不同，各行其是，兩人之間也在經常的鬧意見。周佛海對丁默邨的態度，自然而然會影響到羅君強，於是羅君強對丁默邨也就攻訐備至，不留餘地。丁默邨無疑的是在腹背受敵的。

在這種複雜而又微妙的情形之下，羅君強之拉攏戴英夫，目的是在利用戴英夫探聽丁默邨方面的動靜與消息。但是副作用卻使丁默邨在覺察之後盡量和戴英夫疏遠，而且對羅君強的分化工作大起戒心，再加上十人小組織之內又有丁默邨的冤家對頭李士群，更叫丁默邨深切不滿，認定周佛海和羅君強是在利用李士群施他以打擊。因此之故，羅君強那十人小組織建立伊始，反倒先樹立丁默邨這一不共戴天的死敵，而他所盼望於戴英夫的，卻已經化作鏡花水月了。

在羅君強二度「結義」那一段期間，「十兄弟」之中，他的重點當然是在李士群身上，他為了籠絡羈縻李士群，不惜破費時間，竭力交歡，他幾乎每天晚上都要到李士群的老巢——極司非爾路七十六號去。兩個人不是邀搭子打牌，便是吹牛聊天拉交情，一時之間幾有水乳交融，形影不離之概。所以，十奸結義，歃血為盟，也是在那七十六號魔窟舉行的。周佛海派和汪精衛的「館內派」，原為勢同水火的死敵，連周佛海的副手羅君強都跟李士群拉得這麼近了，燈紅酒綠，胡天胡地的偽上海市長陳公博依舊渾然不覺，若無其事。由此可見，他的昏瞶糊塗，都已經到了什麼程度？

羅君強第二度給周佛海搞的小組織，其結果也是寂寂無聞，未曾受到周佛海的重用，其原因已如上述。小組織裡容納的派系較少，那是不會發生什麼作用的。反之，派系多了呢，那就很難擺得平。此所以，當周佛海發現羅君強第二次搞的小組織盡在給他找麻煩，正好應了一句俗話：「未蒙其利，先見其害」，他也就開始敬鬼神而遠之了。

當陳公博就任偽上海市長之初，他所標榜的兩大「施政目標」，是軟弱無力的安定民生與禁絕煙賭。明眼人一望可知這是他在癡人說夢，妄口白舌。事實證明，陳公博上台以後，上海的民生，只有越來越不安定，內有李士群、吳四寶之流成群結黨，公開放搶。外有李士群的清鄉偽軍，假清鄉之名，而將上海近郊四鄉八鎮騷擾得十室九空，雞犬不寧，李吳惡勢力加上日本人的強橫霸道，魚肉我國同胞，竟然使得上海市的對外交通幾乎宣告斷絕。如所週知，上海人無分吃的用的，原料輸入以及成品輸出一概仰仗對外交通，交通一斷上海就癱瘓了。最受影響的當然還是升斗小民，柴米油鹽醬醋茶外加上葷素小菜，樣樣都靠鄉下運得來。一旦鄉下人不敢進城，城裡人不敢下鄉，對於他們來說，那簡直是死路一條，坐以待斃。因此，在窮途末路，萬般無奈之餘，就有一項新行業出現，活不下去的人乾脆鋌而走險，城裡鄉下來回不斷的跑，隨身攜帶一些貨物用以交換或發賣，這就叫做跑單幫。

熊劍東佔山自為王

隨著生活壓力的逐漸加重，上海跑單幫的人也就越來越多。他們罄其所有，拿出一家一當作本錢，又冒著性命的危險，揮汗如雨，常年奔波，起先還能混個一家溫飽，其後便因為競爭者日漸增加，生意越來越難做。然而他們的辛苦行業，居然會使偽警看得眼紅了。

上海市的偽警，分為偽稅警和偽警兩部分。偽稅警亦即周佛海所建立的嫡系武力。蓋當汪精衛提倡「建軍運動」後，周佛海也自動看齊，急得直追，他以緝私為名成立了偽稅警團，由周佛海自兼團長，而以羅君強副之。由於周羅二人都不懂得帶兵，便請軍校出身的熊劍東來當參謀長，其後即改以熊劍東領軍。

偽稅警隊裝備齊全，武器精良，一旦作起戰來，戰鬥力至少要比偽軍、偽警來得強些。駐上海的偽稅警大概總在三五千人左右，他們的防區是在浦南及金山衛一帶。這一支偽稅警團部隊眼見跑單幫的在他們防區裡穿進穿出，利令智昏，撒手蠻幹，仗著槍桿子開始做起沒本錢的買賣。他們搜劫跑單幫的，用的是攔路打劫的方式。像梁山寨主大王一般，振振有詞地在說：「此山是我開，此樹是我栽，若要從此過，留下買路錢！」誰碰上了他們就算倒霉！

偽稅警團攔路打劫，大發利市。被散佈上海各地的偽警曉得了，馬上就紛起效尤，競相劫掠。起先是見錢就搶，一文不留。後來因為日本人說了話，敵偽報紙天天在公開譴責：「上海市關卡林立，有錢的寸步難行。」在日本人和輿論的巨大壓力之下，偽警的強盜放搶作風就不得不收斂一點了。於是偽稅警團各部隊，和偽公安局各分駐所，便滑天下之大稽的開起了「巡捕公司」。私自規定搜劫的標準是十分之幾，搶到的錢要拿回原單位，照規定的比例朋比瓜分。

第四部　汪精衛之死與日本投降

上海淪陷區血淚史

戰前上海，向來有天堂樂園、遍地黃金之譽，每年也不知道有多少從世界五大洲，全國廿八行省長程跋涉而來上海發洋財的。在上海真發了財的中外人士未必見得有多少，不過，上海的生活水準比內地各省偏高，居民大致都能過得去，則為不爭的事實，那是有目共睹的。

霹靂一聲，抗戰爆發，八一三松滬之役，上海全市飽受現代戰爭的洗禮。但是也只虹口、閘北一帶略見戰爭的痕跡。「化外之區」——公共租界和法租界依然車水馬龍，急管繁絃，繁華熱鬧的程度不減太平年。戰前上海至少有五百萬人口，只有絕少數的達官巨賈逃難逃到了國外、香港或重慶、昆明，以及內地各地。又一小部分人逃到鄉下——結果還是回上海，另一小部分華界居民則逃進了租界。總而言之統而言之，不管上海人怎麼樣逃來逃去，黃浦灘的五百萬人口依然有增無減，大上海每一個角落還是擠滿了人。

第一個階段，從民國二十六年冬上海失陷，到民國三十年十二月八日，日本瘋狂南進，太平洋戰爭爆發，上海日軍開進了租界，實施武力接收。在這一個階段裡，上海人的生活，一般說來，勉強可以說得上是頗少變化，平靜無波。

等到日本皇軍一開進了租界，一百多年以來，上海破題兒第一遭「定於一」，情況可就大大的不同了。這也可以說是：上海人噩運當了頭。

起先，日本佔領當局倡呼「一切維持原狀」的口號，使的是一套障眼法，用多方遮蓋，粉飾太平的手段，使上海市得以保持國際都市的外貌。當其時，上海各大工廠由於失卻了內地的廣大市場，頻年的生產堆積如山，游資更是越聚越多。經濟恐慌尚不嚴重，貨幣貶值猶在初期，所以日本人的障眼法還是行得通的。

另一方面，則政治壓力遠較經濟壓力為嚴重，因為日本人正在耀武揚威，清除異己。持續不斷的搜捕反日分子，實施恐怖演習。上海人幾曾看見過這種架勢，男女老幼都被嚇破了膽。

三十二年是股票年

可是，從民國三十一年起，上海人便彷彿「王小二過年，一年不如一年」，每下愈況，度日如年了。究其因，厥在日本人侈言統制，卻又統制得不夠澈底；揚言配給，結果是流於有名無實。上海人目光敏銳，又愛趁熱鬧，當他們發現了日本人也是拿不出有效辦法來的紙老虎。於是相率起鬨，趕一窩蜂，掀起了一發不可收拾的投機熱與囤積潮。

自三十一年到三十二年間，日本人為了應付太平洋戰爭的迫切需要，開始露出猙獰面目。他們一連串的採取了四項嚴厲措施（一）控制物資。（二）管理物價。（三）沒收「敵產」。（四）取締「敵幣」。明眼人應能看得出來，日本人唯一的著眼點，便在囊括物資而已，其它的三點，無非又是一項障眼法。

上海的物資和「敵產」（亦即英美等國留在上海的資產）都被日本人控制住了。有錢買不到大批的貨物，游資找不到出路，只有盲目的投向證券市場。上海人開始熱中於股票市場上的「搶帽子」、「踢皮球」、「空頭多頭」。直把滬上華股烘托得扶搖而上，逸出雲表。於是，上海人自嘲的說：

「三十二年是股票年。」

轉眼間到了三十三年，上海人發現市場上已在起急劇的變化，由於股票過份吃香了，利之所在，趨之如鶩，舊股票供不應求，新股票層出不窮，一方面是股票越出越多，一方面又眼見物資越來越少。上海人這才憬然覺悟，不能再盲目而瘋狂的玩股票了。於是，上海人握有的游資又轉向於物資，有錢的人見了東西就買，買了東西便囤，報紙上天天在提出警告：「謹防囤虎作祟」，然而囤虎偏在與日俱增，無時或休。

這當兒，吃足苦頭的上海人，又在苦笑自嘲的說：

「三十三年是物資年。」

於是又到了民國三十四年，日軍在太平洋上的攻勢，盛極而衰，顯成強弩之末，盟軍正在節節反攻。淪陷區的上海人已能預知日軍之敗迫在眉睫，最後勝利即將來臨。他們更有切身體驗，光明降臨以前將是最黑暗的時期，他們不能不提高警覺，準備應變。尤其，股票乏人問津，到了青黃不接之際，一不能充飢，二不能禦寒，買來又有甚麼用處呢？物資則不但稀少難求，而且，買了來存在倉庫裡，又怕盟機轟炸，玉石不分，被炸成了灰燼。因此，想來想去，就只有把多餘的錢，儘量買些日本人取締已久的「敵幣」了。

由於上海市民爭相搜購「敵幣」，從而產生了新興的金鈔市場。「敵幣」既在日本人厲行取締之列，就日本人看來，買賣雙方就都是犯法的。於是，黃浦灘上的地下金鈔市場，就出現了許多挺有趣味的暗號，後來便成為了上海人對於外幣的代名詞了。諸如：港幣稱之為「紅」，美鈔稱之為「綠」，法幣稱之為「老」。又稱黃金為「老大」，美鈔為「老二」，港幣為「老三」。

日本人當然曉得上海人搜購「敵幣」成風，地下金鈔市場多如雨後春筍，他們為保持偽中央儲備銀行所發行的偽幣的信用，斷然採取高壓手段，企圖以嚴刑峻法來加以阻遏。當其時，但凡私相授受「敵幣」者，一律捉進敵偽機關去，處以非刑拷打，或予灌水，坐老虎凳種種酷刑。然而，金鈔市場猶在方興未艾，上海人並未被嚴刑峻法所嚇阻，他們仍然在盡其可能的拋出偽幣，換回大量的「敵幣」法幣來。

物價暴漲人心惶惶

上海人大量吸進老法幣，其主要的因素，約有以下所述的三端：

一、愛國觀念。

二、勝利信心。

三、由於偽幣大幅度貶值，了無限制的印發，對它全盤失卻信心。認定了有朝一日，所有的偽幣，都將變成廢紙。

關於第三點，那是一個非常現實的問題。抗戰勝利八個月以前，中華民國三十四年元月，偽中央儲備銀行乘著年關將近，遽然發行五百元，一千元的鉅額偽鈔。上海人拿到了這種鈔票，翻來覆去，找不到鈔票上印有號碼，於是他們搖頭苦笑，喟然嘆息的說道：

「鈔票發得太多，連號碼都沒有辦法印了。」

偏偏，與此同時，市面上又有駭人聽聞的傳說：偽政府即將發行票面額五千元、一萬元的偽鈔。

於是，上海人無分貧富貴賤，男女老少，人人都視偽鈔為糞土。一旦到了手，巴不得立時三刻就花掉，沒有人願意留下偽鈔來過夜，連小孩子都在拿著偽鈔亟於換糖吃。就在這偽組織信用即將宣告破產，上海市場行將陷於大混亂的時候，三十四年二月十八日，上海敵偽報紙，一概發表了偽中央儲備銀行日籍最高經濟顧問木村增太郎，和記者的一番問答——

記者問：「新鈔無號碼，請言其故？」

木村增太郎答：「這不足為異，各國鈔票都是無號碼的，日本也是一樣。」（筆者按：這簡直是漫天撒謊，仗勢唬人。）

問：「百元票有U・S・A・C・四個英文字母，外面人言嘖嘖，請言其故。」（筆者按：當時滬上人語，U・S・A・C・係指中美兩國勝利，係愛國製版工人暗中所為。）

答：「這是鈔票防止偽造的一種暗記，而且還不止這四個字母。」

問：「五千元、一萬元大票將發行嗎？」

答：「無此需要，暫不發行。」

問：「以黃金收回黃金的政策，有無改變。」

答：「放出少量黃金收縮通貨，還在試驗時期。倘有此需要，將大量放出。」

問：「傳有本票將發行，確否？」

答：「中央儲備銀行將發行特別本票，以代替鉅額鈔票的使用。」

問：「現鈔恐慌的情形，可望改善否？」

答：「照平時而論，都市與農村的物資是交流的。近來上海的輕工業，因受電力的限制，生產不足。不能積極將出品輸入農村。而上海人多，需要農產物很大，所以資金不易由農村流回來，現在正在研究對策中。」

語有所謂「理直而氣壯」。觀乎敵偽自動「闢謠」，重施障眼法，木村增太郎答覆記者的話，不但強詞奪理，而且吞吞吐吐，顯見得他是「理不直而氣不壯」了。就在他這番粉飾太平的談話公諸報端以後，上海人所給他的反響是：對於偽幣的信心直線下降，到達零度以下，接著便是金價直線上升，十九日木村的談話見了報，上午的金價開盤每兩一百八十萬，下午便猛跳到二百五十五萬元。連乏人問津，不再被人垂青的華股，也有十九種之多漲停了板。二十日，金價再創二百七十五萬新高峯，二十三日驟升為三百三十萬，那真是令人聽了舌搞不下的新高價。同日，食米打破每石八萬元大關，洋燭一箱昂達七萬元，生油一斤七百。偽上海經濟局被這驚人的漲勢嚇慌了手腳，立即公佈十六種主要商品的新限價。新限價還委曲求全，全部以黑市價格為依據，鮮肉一斤八百，棉花一斤一千，生油一斤六百二……等等，以此類推。可是，黑市價卻不願與新限價等量齊觀，當下就又拔先籌，生油跳到一千元一斤，鮮肉昂達一千四，米價居然喊到了九萬元一石！

胡蘭成被人踢皮球

到了二月上旬，物價還在步步趨向新高峯，在所有物價的漲幅之中，以黃金的漲勢最稱凶猛。黃浦灘上的有錢人，人人搶購黃金，等而次之的便收買外幣、銀元，甚至於銅板，從此可以反映得出日本敗象已徵，偽組織垮台就在眼前。因為大家收購金鈔的原因，除了把偽儲備券視同廢紙，便是預存金鈔準備逃難，或者是應付大變局。不久以後，連供應上海食米的鄉下人也跟進了，他們賣米拒收偽幣，指定要以黃金或外幣易米，這一來更助長了黃金的漲風，同時更擴大了黃金交易的市場。四川路成為了金鈔黑市的大本營，河南路也出現了很多專做銀洋交易的流動攤販。就是三十四年二月十一日，一日之間，黃金漲到了戰前金價的三千倍，黑市價格高達每兩三百三十萬，銀元從戰前的一元飛升到一千三四百元，老港幣每元二百四，美鈔四千。

因此，上海人乃謂：「民國三十四年是貨幣年。」因為人們除了貨幣以外，別無他求。

胡蘭成暗中幫助熊劍東，總算鬥倒了聲勢煊赫，實力雄厚的李士群，當然這裡面還有日本人在撐腰作後台，周佛海、羅君強也有因風煽火，推波助瀾之力，他們才是鬥李士群的發踪指示者，頂有勢力的幕後人物，因為非得把李士群鬥垮，他們才能如願以償的，拿下那寸土寸金的黃浦灘。

被淪陷區民眾比之為太平天國北王韋昌輝的偽特務頭子李士群，他是屬馬的，死時才三十八歲。以他的所作所為來說，確實是死有餘辜。但是他的中毒暴斃，命喪黃泉，卻給共產黨帶來一次相當大的打擊，原來共產黨在李士群身上下功夫，早就歷有年所，頗費周章了。共產黨負責上海地區的特務頭子潘漢年，就住在李士群的家裡，還有共黨特務胡均鶴等等，都被李士群安排在七十六號。李士群自己本來就是一個共產黨，他是在被捕以後才投降國民黨的。因此我們可以想像得到，倘使李士群不死，一旦抗戰勝利，國土重光，他一定會投到共產黨那邊去。以他的十萬偽軍雜牌部隊，和七十六號的邪惡勢力，極可能會把上海乃至東南一帶搞得烏煙瘴氣，天下大亂。這一點觀諸上海被共軍佔領後，潘漢年出任偽上海市副市長，胡均鶴繼任上海共黨特務首腦，即可充份的證明，所以，李士群之被殺，也算給上海人免去了一場浩劫。

由熊劍東出面，解決了獨霸黃浦灘的李士群，事成以後，上海偽市長一職，雖然仍由陳公博兼任，可是，汪精衛「舘內派」的勢力，立即迅速的消退。反之周佛海派的勢力卻已猛一下子抬起頭來。周佛海論功行賞，熊劍東的功勞佔第一，他當然要把李士群在上海的地位，取而代之。只不過，周佛海對胡蘭成始終面和心不和，很耽心他會搞汪精衛、周佛海之外的第三勢力；因此，他嚴厲告誡熊劍東，和胡蘭成的交往與合作，必須到此為止，他要熊劍東漸漸的疏遠胡蘭成。於是，熊劍東對胡蘭成的態度，就開始做一百八十度的轉彎，他開始端起架子，板緊面孔，說話行動都要教訓人，見胡蘭成不受教，他還要仗著老大哥的身分，拉下臉來便是呵責。胡蘭成當然不吃這一套，兩人之間也就越來越不搭訕了。

胡蘭成在這一次的政治鬥爭中，又落了一個駝子跌跟斗，兩頭不著地。周佛海雅不欲見有勇無謀的熊劍東，和有謀無勇的胡蘭成太親近，胡蘭成間接幫了周佛海的大忙，臨了又被周佛海一腳踢出門外去，這原是可以預料得到的事情。然而，另一方面，則汪精衛更不難查出，李士群之死，與胡蘭成直接有關，他表面上不說破，內心裡卻將他恨之入骨。在這種情形之下，胡蘭成的「好運」，又焉能久長？

立功丟官坐冷板凳

工於心計，機智深沉，善於翻手為雲覆手為雨的胡蘭成，當然也能詗知自己夾在兩大之間，處境的危險，因此他私下也有一走了之的打算。但是他的朋友，實在少得可憐。便從熊劍東的身上，聯想起他在杭州第五中學讀書時，紹興兵營之中，還有一位朋友汪如淵，在當下士。自從熊劍東得了胡蘭成的濟助，當了逃兵。胡蘭成便和汪如淵很要好。有一天，他看見汪如淵獨自一人，站在操場上發呆，便去問他：

「你有什麼心事呀？」

汪如淵毫不隱瞞的告訴他說：

「我剛剛收到家裡的信，說我太太得病死了，等我回去埋呢。」

小小的胡蘭成，老三老四的說：

「那你就該請假回去呀。」

「我已經請好了假，」汪如淵愁眉不展的說：「而且我還去領過了餉。可是扣掉了伙食，就只剩下三塊錢了。唉！要是有十塊錢，也還可以呀。」

當時，胡蘭成在五中只讀了一個學期，第二學期還沒開課，學生就鬧起了風潮來。胡蘭成正住在紹興兵營他三哥那裡，等候學校開課，身上還帶得有繳學費的十五元大洋。因此，他便爽氣的說：

「我有。」

胡蘭成從身上取出七元，交給汪如淵。可是，汪如淵卻說：

「不行，我怎麼能用你小孩子的錢呢？」

兩個人推來推去，推了半晌。汪如淵看胡蘭成心誠意堅，便取出自己的一個銀掛錶，硬塞給胡蘭成，並且告訴他說：

「這個錶新買的時候，才五塊錢，不過你還是拿去，要是你家裡的人問起了你，七塊錢到那裡去了，你也可以有個交代。」

後來，五中學潮一鬧便是三個月，胡蘭成無法上課，只好回到家中，他母親見他十五元只剩了八元，果然問起，胡蘭成便掏出掛錶來搪塞：

「我買了這個錶。」

做母親的頓時就罵：

「你有這麼貪？買這買那的。」

胡蘭成一嚇，便照實的說了。二十年後，他想起了這件往事，便向熊劍東打聽的說：

「從前紹興兵營裡還有一個下士汪如淵，他現在在那裡呀？」

熊劍東漫不經心的回答他說：

「汪如淵在處州，他在中央軍裡當師長。」

一聽汪如淵在中央軍裡，胡蘭成不禁倒抽了一口冷氣。不論他的處境是何等的險惡，他也沒有這個膽量，以大漢奸的身分，到國軍中去自投羅網。

危機，正在步步迫近。也不知道是由於誰的策動，偽組織裡居然也鬧起了「風潮」來。淪陷區各省、市首長，以及偽組織各部會「首長」，竟然約齊了在一起，同往請謁汪精衛，向他大訴其苦，攻擊的箭頭，指向胡蘭成一人，他們異口同聲的說：

「自從胡蘭成當了法制局長以後，行政院和各機構，便在無形之中有了一層隔膜。」

群奸請願，猛攻胡蘭成，這又是汪偽組織的怪現象之一。請願的結果，是汪精衛俯允所謂，下一張條子，將行政院法制局取銷，胡蘭成呢，又一度被打入冷宮，派他當偽全國經濟委員會特派委員，除了偶而前去開開會，根本就沒有事情做。

冷板凳一坐好幾個月，越來越不是滋味。胡蘭成又在靜極思動了。民國三十二年十月下旬，汪精衛離京訪日，他將會見昭和天皇，並與日本首相東條英機舉行會談。瀕行之前，胡蘭成忽又上書汪精衛，他指出太平洋戰爭軍事逆轉，日軍已呈現頹勢。因此，日本一定會對「中國」讓步，他建議汪精衛和東條英機辦交涉，應該把價錢開得更足一點。

可是，汪精衛對於胡蘭成的這一項建議，根本就置之不理，不予作答。

走偏鋒結交日本人

直到汪精衛在東京，主動的和東條簽訂「中」日同盟協定，荒乎其唐的對英美「宣戰」，然後離日返國，抵達南京，方始召見了一次胡蘭成，閒閒的向他提起，前次上書，見解很好。

可是，胡蘭成又急於炫弄胸中才學，他不惜批其逆鱗，大言炎炎的說：

「我還是不贊成中國對英美宣戰，因為這是毫無必要之舉。」

果然，汪精衛聽後便怫然色變，端茶送客。這次會晤，又復是不歡而散，匆匆結束，而且也成為汪胡最後一次面面相對了。

既然無法重新打開汪精衛的這一條門路，投閒置散，窮極無聊的胡蘭成，便只好去陳璧君那兒去活動活動。他向陳璧君感慨繫之，大發牢騷的說：

「和平運動初起的時候，我也曾在十二金釵之中，位列第五、第六之間，時至如今，我卻名落孫山之外，又之外了！」

陳璧君卻毫不容情的說：

「那是因為你時刻要造反！」

一而再的到陳璧君那兒去窮磨菇，把陳璧君磨得心煩了，便說：

「汪先生最近常常發祕書室的脾氣。要麼，你就來當機要祕書吧。」

胡蘭成想了想，畢竟還是不敢去。

當陳璧君的胞弟陳耀祖，因為乃姊的關係，沐猴而冠，當上了偽廣東省主席。陳璧君正想繫帶乃弟「赴任」，湊巧胡蘭成又來謀差，陳璧君也突然慷慨大方起來，他跟胡蘭成說：

「你還是跟我到廣東去吧。廣東是我的，你去的話，誰都管不著，你只要給我做事。」

胡蘭成經過考慮以後，唯恐人地不相宜，他仍還是推脫掉了。

此路又不通，胡蘭成只好退而求其次，靦顏懇託「舘內派」的第二號人物陳公博。陳公博寫了封回信給他，問他願不願意當偽南京特別市土地局局長？

以偽府主席汪精衛的偽法制局長，一降而為偽南京市長周學昌的土地局長，胡蘭成左想右想，越想越不是滋味，變回了一封信給陳公博，酸溜溜的說：

「……謀之內人，內人曰不可，你如何去當周學昌的下屬？」

拆閱以後，陳公博很生氣，他再寫一封信給胡蘭成，罵他：

「為何聽婦人之言！」

胡蘭成的後任，偽中宣部次長郭秀峯，同情他的困窘，挑了他一個差使，給偽組織的《中央導報》寫文章，說好一篇五千元。可是，寫了一篇送去以後，稿費拿到手，文章卻始終登不出為來。胡蘭成這下才心裡明白，汪精衛對他實已恩斷義絕，即使他想巴結巴結討討好，也是毫無用處的了。無可奈何，胡蘭成只有痛下決心，從此澈底脫離汪偽組織。

胡蘭成想為自己找出路，就唯有走日本人的路線。他託郭秀峯，帶他參加日本大使館所經常舉行的「中日懇談會」。這個懇談會每星期六召開一次，出席的有日本使館人員，和偽組織的若干相關偽部長。

日奸懇談大露鋒芒

胡蘭成所參加的那一次懇談會，地點在日本「大使館」一等書記官清水董三家裡，出席者日方係青水，和一名乍從華北調來的池田。偽組織方面則有偽司法行政部長羅君強、偽糧食部長顧寶衡、偽駐滿洲國大使陳濟成，偽宣傳部長林柏生，偽次長郭秀峯，和摒諸偽組織門外的胡蘭成，一共是八個人。

八個人開了一桌酒席，起先，胡蘭成只顧埋頭喝酒，但是他卻在密切注意雙方交談的情形，籌思如何出奇制勝，引起清水、池田的注意。

當他聽到清水傲然的在問：

「日本憲兵檢查城門口和火車站的事情，中國人民諒解麼？」

陳濟成連忙諂笑的回答：

「中日既然親善一體，人民當然諒解。」

胡蘭成猜得透日本人的心理，聽慣了大小群奸的諂媚阿諛，討好巴結，反倒大大的看他們不起。尤其時值日軍在太平洋上作戰節節失利，亡國慘禍迫在眉睫，日本人正人心惶惶，莫所適從。他們很需要聽豢養的奴才說幾句真話。泥菩薩過江自身不保，虛偽奉承一概變得沒有用了。說真話的人反倒能引起他們的注意，可以視之為事態緊急時，商量商量的對象。因此，胡蘭成在滿坐漢奸之中唱起了反調說：

「我說中國人民不諒解。」

清水果然面現驚異之色，當下便反問他道：

「為什麼呢？」

胡蘭成理直氣壯的說：

「譬如中國憲兵檢查東京、大阪的交通站，日本人裡，至少清水先生就不喜！」

斯語一出，座上群奸不禁相顧失色，可是清水和池田卻也不慍不惱，寂靜了一會兒，在緊張氣氛之中，清水一聲長歎的說：

「總之，當初中日兩國不該打起來的。」

座上群奸這才長長的吁了一口氣。話題，一轉又轉到戰事上去。羅君強骨頭輕，亟於討好日本人，便在席上大發謬論。他說南京撤退時中國是何等的紊亂，一直撤到武漢時，部署猶未定，那時節日本皇軍不曾「急起直追」，委實是戰略上的一大失策，因而鑄成了大錯。他用彷彿自己是日本人的語調，「慷慨激昂」的說：

「倘使那個時候強大皇軍能夠把握時機，跟蹤追擊，不但武漢立可攻陷，甚至於中國政府想退到重慶也會措手不及，日本皇軍早已一舉結束戰爭了。」

這又給了胡蘭成唱反調的好機會，羅君強使日本人懊惱，他便代日本人出氣的說：

「歷史誠然一筆為定，但卻不像你所說的這麼輕佻。中國不亡自有天意，豈在一時戰略的得失？」

在座的人一片寂然。卻是胡蘭成心裡明白，他又一次的語驚四座了。

吃完了酒飯，清水請群奸到客廳裡去談。郭秀峯受了胡蘭成的鼓舞，誤以為清水、池田是好說話的，趁此機會提出了請求——

「我們中宣部所最希望的事，便是日方解除對中央社的統制。」

這就是與虎謀皮，難怪清水董三要怫然色變了。他聲色俱厲的斥道：

「這種事原沒有約束規定，只是日本人要這麼做，就這麼做了。你卻只會得求情，枉為你還是國民政府的高級長官呢？」

郭秀峯撲一鼻子灰，羞得臉紅耳熱，鉗口不語。於是便有在一旁的顧寶衡代他解圍，「關懷」的問：

「戰時日本，糧食能否自給？」

近衛文麿擊節讚賞

清水當面撒謊，振振有詞的回答：

「日本的食米全部自給，根本就不靠外米！」

胡蘭成便抓住了他的謊，立予反駁的說：

「前些時，我在日本報紙上，看到一篇讚揚日本公教人員克苦奉公的散文，說有一位教授，因為工作過勞而病倒。有一位親戚給他送來了五升米，教授的女兒便煮來給他吃。教授吃了以後，不勝感慨的說道：『今天我才知道，還是日本米的味道好。』由此可見，日本國內已經很不容易吃到日本米了。」

聽完胡蘭成所說的話，清水董三顧左右言他，池田澤脹紅了臉，但是臉上仍然掛著微笑。胡蘭成便趁機在激他一激，質問他道：

「中日戰爭到如今已經打了六年了，不該再這麼說話不誠實。」

這一著攻心，果然奏效，池田對胡蘭成的「亢直敢言」，留下了很深刻的印象，他存心交一交胡蘭成這個朋友，因此，當懇談會結束，群奸相率告辭離去，池田特地走到胡蘭成面前，遞給胡蘭成一張名片，接過來看時，就只有四個字：

「池田篤紀」

翌日，池田便到胡蘭成寓專誠拜訪，兩人一敘年齒。胡蘭成三十八歲，池田篤紀三十六。兩個人歡聲的談了許久，池田請辭。不過，他從此三日兩頭的到胡家來串門子，胡蘭成也不時回拜，兩人走動得很勤，形跡也日漸的親密。胡蘭成便把握住大好良機，安排好一條妙計，引那池田來自動上鉤。

有一天，池田翩然來訪胡蘭成，登堂入室，直進書房，他看見書桌上放著一篇已經寫好的稿子，便順手翻了幾頁，發現胡蘭成寫的這篇稿子有大膽的假設，令人一新耳目的建議，便問胡蘭成道：

「可以拿回去看麼？」

這一問，早在胡蘭成的意料之中，正是他求之不得的事。因此，他便慨然的說：

「可以。」

池田興沖沖的把這篇稿子帶回家去，窮一夜之力，將它翻成了日文，送呈日駐南京谷「大使」，再由谷「大使」轉呈日本外務省，再轉呈日本首相近衛文麿，反對侵華派主角石原莞爾。最後是分印若干，交由駐華日軍校級軍官一體傳閱。

胡蘭成在他這篇文章中曾做膽大的預言：第二次世界大戰日本必敗，南京汪偽組織也勢必覆滅。如若加以挽救，除非日本斷然的從中國撤兵，實行昭和維新，而中國則須實現國父孫中山先生的主張，立即召開國民會議，解決國是。

時值日本面臨覆敗邊緣，有識之士莫不為全國毀滅的噩運愁然以憂，在一團亂麻裡找不出挽救、解決戰禍的端倪。任何可供採行的方針，都被他們視同拱壁，反覆誦讀研究不已。胡蘭成的這一寶算是押中了，不數日，池田便興高采烈的跑來，告訴他說：

「你的大作已經引起敝國朝野一致重視，自首相近衛公以次，到駐華日軍各級將校為止，都在誦讀研究你的大作。尤其是今天，谷大使已經把你的大作送給汪主席，請他也看一下。」

胡蘭成聽說他的文章已經送到汪精衛那裡了，當下便是心臟一沉，暗呼糟糕。卻是不願掃了池田的興，便只有苦笑著答道：

「這篇文章給汪先生看，那可不大妙。不過倒也沒有什麼關係。」

林柏生發下催命符

胡蘭成唯恐汪精衛下他的毒手，很想到上海去避一避風頭，可是又不敢貿然動身，再則，只要性命能夠保得住，他還想跟汪精衛正面交鋒鬥一鬥，有以提高他在日本人跟前的地位。

一拖便是四五天，某日，胡蘭成和池田在傍晚散步，走過林柏生戒備森嚴的住所，池田指指林家的大門，不屑之至的說：

「像這樣巍巍的威嚴，看來只是叫人好笑。我們日本大臣的家裡，都是很簡單的。」

胡蘭成正在忐忑不安，便憂心忡忡的接口說道：

「只是你也不要小看了他們。南京政府要逮捕我，還是有這個力量的。」

然而，池田卻一時無法理會得出，胡蘭成是在向他告急乞援。他唯唯否否，胡蘭成又不便明說。他只好再走近鷹揚宮附近池田家附近，兩人臨分手時，他再鄭重其事的告訴池田說：

「在這一段時間之內，我每天都會來看你。如果我要到上海去，我也會在事先通知你的。萬一有一天你不見我來，那就請你來看我一趟。」

池田點點頭說：

「好。」

兩人就此分道揚鑣。

十二月七日，林柏生派人來邀胡蘭成，請他下午三時到林家去。胡蘭成心知大事不妙，可是不去也不行，他一面換襯衫打領帶，一面叮嚀他的姪女青芸：

「我現在到林柏生家裡去，如果到了晚上還不回來，你就趕緊去通知池田先生。」

青芸應允了，胡蘭成便準時前往林家。他在客廳裡獨坐了五分鐘，不見林柏生出來見面，心裡更嘀咕了，便裝做生了氣的模樣，站起身來就要走。果然，林柏生的副官走過來攔了一攔，很客氣的說：

「胡先生，無論如何請你再等一會兒。」

胡蘭成無奈，只得重新落坐，如坐針氈，又坐了五分鐘，從客廳門外撞進一條彪形大漢，面若冰霜，緊板著臉說：

「胡先生，請你跟我走！」

胡蘭成手無縛雞之力，身陷險地，不得不依。唯有硬起頭皮，跟那大漢走出門外，坐上一部特工部的汽車，開車以前，那條大漢方始再開口說：

「對不起，胡先生。是汪主席親自下的命令，叫我們逮捕你。」

大難臨頭，無計可施，胡蘭成滿腹愁雲，坐在車上一語不發。讓那部特工汽車載著他，風馳電掣的開到一幢洋房的大門口，停下。洋房的兩扇鐵門豁然大開，等汽車開了進去，馬上就緊緊的關閉。

「請胡先生到這裡來！」

彪形大漢彬彬有禮的，把胡蘭成帶進這幢洋房的門衛室——其後方知，這幢洋房正是南京上海路十二號，與上海極司非爾路七十六號相「媲美」的特工機關，由已故特務頭子李士群的部下蘇成德所掌管，和七十六號一樣的殺人如麻，黑暗不見天日。

花的新鮮人的短命

門衛室裡有人欠身略略相迎，淡淡然的向胡蘭成說了一句：

「裡面正在預備胡先生住的地方。」

其實他的意思室說，裡面正在給胡蘭成釘牢房。可是胡蘭成在極度緊張恐怖之中卻會錯了意，以為他在說裡面正在佈置刑場，或是搭絞刑架了。他是個文弱書生，「身入湯火命如雞」，臨到了生死關頭，便忍不住的渾身猛烈地顫抖。

為了避免在人面前出乖露醜，露出貪生怕死的模樣，胡蘭成竭盡可能的抑制自己。他想鎮定情緒，恢復如長的神態，便要取出一根香煙來抽。然而，他的全身業已癱軟，兩隻手猶在簌簌的抖戰，根本就不聽神經中樞的指揮。於是一連好幾次，抽出來的香煙落到了地上，努力去檢，偏又檢不起來。再拿根煙劃火柴，劃來劃去點不燃。情不自禁的一生氣，乾脆不抽了。

在門衛室裡失魂落魄，心跳卜卜的等了一個鐘頭，仍然沒有綁赴刑場，立予處決的消息。倒是看守送上了晚飯來。心裡駭怕，便越發餓得慌。胡蘭成定睛看那送上來的飯菜：一大碗糙米飯，一小碗蘿蔔湯，難道這就是臨終的一餐嗎？

不管三七二十一，把那大小兩碗飯菜，囫圇吞棗，狼吞虎嚥的吃光了。時在嚴寒深冬，肚皮一飽，身上暖和，胡蘭成的心神也略略安定了些，就在這時候，一名看守走進來說：

「胡先生，裡面好了。」

還以為是裡面刑場佈置完竣，就要拉他去執行死刑了呢？胡蘭成的臉孔，一下子便成卡白，他有氣無力，茫茫然的接口說：

「好……好了？」

「嗯。」看守神情肅穆的回答：「請胡先生這就進去了吧！」

兩條腿抖抖索索，整個人搖搖晃晃。胡蘭成在那名看守的攙扶之下，挺費力的站起身來，邁動腳步，很艱難的走出了那間門衛室。

——難怪胡蘭成會嚇成那副模樣，他自己做的事，自己心裡明白。胡蘭成曾是汪精衛的發言人，如今竟由他寫一篇文章，認定日本必敗，偽組織準定垮台，尤已成為日本挽救危急的莫大障礙。這篇文章已經震撼了日本朝野，勢將改變日本人對於汪偽政權的決策。怎叫汪精衛不把他恨之入骨，必欲將之處死而後快！況且，汪胡二人都很瞭解，汪精衛如欲處死胡蘭成，必須快馬加鞭，採取斷然的手段。否則的話，稍一遲緩，即將引起日本人的橫生阻撓，出面干涉。

然而，總算還好，那名看守僅只把胡蘭成押進一間囚室；一桌，一凳，一盞電燈，一個地舖，窗子全釘死了，門上加一把大鐵鎖，門外有一名看守，荷槍實彈，屹立如山。胡蘭成知道今天他是死不成了，可是，有誰知道明天他又將如何呢？湊著慘淡的燈光，他從地上拾起了一根針。用針尖在桌面上，刻了三句訣別詩——

花呀！
以你的新鮮，
補你的短命吧！

得病：大風起於蘋末

汪精衛投靠日本之初，他的那個漢奸班底，曾有「十二金釵」之稱，在所謂的「十二金釵」裡，胡蘭成雖然資歷較淺，但他頗能為汪精衛、陳璧君所信任，在偽組織開張時期，還曾以偽中宣部次長的「官銜」，擔任汪精衛的發言人。即使他一旦走了霉運，從「九霄雲中」栽了下來，也是不久以後便告東山復起，出任官不高而權很大的行政院法制局局長。但凡是要呈給汪精衛看的公文，都得先經過他的加批。像胡蘭成這樣一個相當重要的角色，居然會給汪精衛親自下條子加以逮捕，關進了南京的偽特務機關。在偽組織的漢奸官僚圈子裡，真可以說是駭人聽聞的一件大事。因此，胡蘭成繫獄的第二天，消息已經揚揚沸沸的傳了開去。偽組織中人一致認為：汪精衛這一次多半會在自己人中大開殺戒，胡蘭成的性命必定難保，連胡蘭成本人也以為這一回是死定了。

替胡蘭成管理家務的姪女兒胡青芸，先已經由她的叔叔私下叮嚀，倘有不測，如何營救？因此，她在家裡等到了晚上九點鐘，仍舊不見胡蘭成回來，不由私忖這下凶多吉少了。深更半夜，拋頭露面，便來到胡蘭成頂要好的日本朋友池田篤紀家裡。她一口咬定胡蘭成是因為親近池田他們，才被汪精衛提了去的，眼下就有性命之憂，理直氣壯的要求池田說：

「池田先生，再遲一步就怕來不及了。請你馬上去把我叔叔就出來！」

池田聽完了胡青芸的敘述，也覺得事態嚴重，不容輕忽。他奮袂而起，送走了胡青芸以後，便開始連夜奔走營救。首先，他找到了日本駐南京「大使館」的重要人物：一等書記官清水董三，拖了清水就去求見谷「大使」。谷大使也認為汪精衛這樣的處置實嫌過份，對於日本人的面子很不好看。他當機立斷，採取雙管齊下的手段。叫清水立刻打電話給偽中宣部長，汪精衛的親信林柏生，直接了當的警告他說：

「日本大使館已經知道了貴方非法逮捕胡蘭成，現在最重要的一件事，便是請你負責，保護胡蘭成的生命安全！」

林柏生唯日本人之命是聽，同時他也深知這件事賴不掉也推不脫，他只好之無其詞的答道：

「好，我儘可能的去聯絡聯絡。」

先保住了胡蘭成的一條命，再派池田到汪偽組織最畏懼敬重的兩大後台老闆：日本駐華派遣軍總司令部，和日本駐南京憲兵隊。請他們會同對汪精衛施加壓力，把胡蘭成給放出來。

於是，第二天一早，在日本駐南京「大使館」，便舉行了一個三方救援胡蘭成的緊急小組會議。出席者日本「大使館」方面有清水和池田，日本派遣軍總司令部則為報導部長三品隆，日本憲兵隊是報導課長渡邊。由池田先報告胡蘭成被捕的經過，以及日方有全力營救的必要。因為胡蘭成是偽組織中「諍諍敢言」之士，剛剛寫過一篇汪偽組織必定覆滅無疑，日本帝國主義勢將垮台，唯一挽救之策，厥於立即實行昭和維新，斷然自中國撤兵，而中國則如國父當年之召開國民會議，共商國是。——這篇文章經由日本「大使館」譯呈東京，極獲前首相近衛文麿，軍部反戰派巨子石原莞爾，以及日本外務省的重視。尤曾由日本軍部普遍印發，規定少校以上軍官應一體傳閱——

「所以，」池田義形於色的作了一個結論：「胡蘭成是萬萬殺不得的！」

池田報告既畢，清水董三便繼起發言。他報告日本「大使館」方面，對於胡案所採取的立場和態度。當時清水所表示的意見，一定是事先獲得谷大使的指示的。所以他很肯定的說：

「胡蘭成固然有亟待營救的必要。不過，這件事終究是中國的內政，不能以外交途徑遽加干涉。而且，東條英機首相剛剛說過要尊重南京國民政府，尤須避免對汪先生有所不敬的話。因此，我們必須運用另一種方式，去把胡蘭成救出來。」

預言：日必敗汪必亡

經由外交、軍事、憲兵，三方面一致磋商的結果，終於獲致了一項結論：對於胡蘭成被捕事件，既然林柏生對池田已有保障胡蘭成生命安全得承諾，那麼，就該遵循此一路線，達成援救胡蘭成的目的。換句話說，便是問林柏生要人！

方式既定，接下來的問題便是誰去向林柏生要人了？——清水董三認為他自己一定吃得牢林柏生，便一拍胸脯的說：

「我去！」

營救胡蘭成的這一件事，便如此這般的定了局。

在南京上海路十二號蘇成德的偽特攻機關，渡過了恐怖與漫長一夜的胡蘭成，對於外間的事，當然是一無所知。他提心吊膽，坐立不安，唯一所能寬慰他自己的，只有汪精衛對他的案子可能還要調查清楚一點，他但願能拖過三天。三天之內，汪精衛倘若還不把他殺掉，日本人就可以出面營救了。

然而，日本人方面的行動，卻遠比胡蘭成所預料的要快得多。在胡蘭成繫獄的次日下午，清水董三便去看過了林柏生，提出了日方釋放胡蘭成的要求。因此，當天晚上，胡蘭成便從囚室裡被帶到樓上，步入蘇成德的辦公室，一進門就看見林柏生和陳春圃，兩個人煞有介事的緊板著臉，高高上坐。

這便是「昨為座上客，今為階下囚」的真實寫照了。當場的僵窘和尷尬，著實難以形容。林柏生以法官問案的姿態，啟齒問道：

「蘭成，你要跟我說實話。你究竟有什麼背景，有甚麼組織？」

胡蘭成面對著兩個沆瀣一氣的同僚，一雙吃喝玩樂的朋友，昂昂然的答道：

「我一無背景，二無組織。」

林柏生試探的又問：

「恐怕沒有這麼簡單吧，蘭成，你是不是跟周佛海聯在一起？」

胡蘭成故意嗤之以鼻的說：

「佛海呀，我向來不屑他的為人。這一點，你們二位應該知道。」

汪精衛的祕書長陳春圃，便在這時插嘴進來，向胡蘭成道：

「蘭成，你寫的那篇文章裡說：南京國民政府，不能代表中國？」

胡蘭成和林柏生是冤家對頭，素來不睦。跟陳春圃便比較接近一點，所以他才會有恃無恐，甚且理直氣壯的答覆這一問說：

「中國是整個的，現在重慶方面還在抗戰，南京當然不能代表中國！」

說的是實情，陳春圃也不得不點點頭，卻是他仍還更進一步的問：

「可是，蘭成，你在你那篇文章裡，公然的說日本必敗，南京國民政府必亡？」

胡蘭成明知陳春圃為人比較厚道，平時對他也很不錯。汪精衛派他和林柏生同來審問，這一個生死關頭很可能會有轉機，因此他便率直的答道：「關於這一點，其實我在和陳先生閒談的時候，也是這麼說的。」

陳先生，係指汪偽組織的第二號人物——陳公博。當下，陳春圃聽了，又深深的點了點頭，他是在表示充份同意。

營救：日人忙漢奸慌

審問到了這裡，連林柏生都在做順水人情了。他放鬆胡蘭成一碼，指他一條明路說：

「你不願意告訴春圃和我，也就罷了。汪夫人待你總該很好吧。你不妨寫封信去向汪夫人悔過，這件事就算了結。信你今天便寫，明天我派人來拿，代你把信轉呈給汪夫人。」

一次審問，就此結束。胡蘭成被押回囚室，發現桌上已經擺好了寫信用的紙和筆。這一點使胡蘭成豁然憬悟：林柏生別有用心，他叫他寫的這封悔過書，並不是請陳璧君代他緩頰，在汪精衛跟前說幾句好話，饒了他這一條性命。而是用來拿去給日本人看的：胡蘭成既已親筆作書表示悔意，那麼，汪精衛之下令逮他下獄，也就不是非法無故的了。

曉得了林柏生的用意，胡蘭成一顆懸著的心，就此放了下來。他料得很準，為了他被逮捕，日本人已經由汪精衛提出了抗議，而且還非得釋放他不可。有了這麼硬的後台靠山，胡蘭成益發有恃無恐了。他提起筆，簡簡單單的寫了如下的幾句：

「汪夫人鈞鑒：蘭成承夫人知遇，以為平素之志，可行於今。豈知身陷刑戮，貽夫人憂，所耿耿耳！

仍祝

珍攝

晚　蘭成上

中華民國三十二年十二月九日」

然而，「悔過書」寫好了以後，一連過了兩天，林柏生方始姍姍而來。胡蘭成把那封「悔過書」交給了他，林柏生皺起眉頭來看了一遍，佛然不悅的說：

「蘭成，你這封信，寫了等於沒寫。不行不行，你再寫一遍吧。」

這下該胡蘭成拿蹻了，他搖搖頭，一聲冷笑的道：

「再寫一封，那怎麼成呢？林部長，除了這些個話以外，我實在是無可寫了。」

林柏生拿胡蘭成無可奈何，於是他兜個圈子，先虛晃一招的問：

「三品報導部長，跟你有什麼關係？」

胡蘭成據實以告：

「我跟他連面都沒有見過。」

接著，林柏生又一連提起好幾個日本方面權勢人物的名字，問胡蘭成認不認識？胡蘭成的回答是一個勁兒搖頭，最後方說：

「你所提的那些日本人裡面，我真的只認識大使館的清水和池田。」

林柏生無法置信的再問：

「你說你不認識他們，可是，他們為什麼都在設法營救你呢？」

「這我就不知道了。」胡蘭成推得一乾二淨的說：「我關在這裡，莫說日本朋友，就連家屬也不准接見，怎麼曉得有那些日本人在營救我呢？」

答得林柏生語為之塞，再也問不下去了。他只好順水推舟，自找台階下。神情和語氣，一般兒的驟然一改，對胡蘭成好言相商的說：

「蘭成兄，我們是自家人，這次的事情，汪先生也只不過是要問明白情形。本來你是隨時都可以釋放的，不曾想到現在夾進日本人，反而變得不好辦了。這不是日本人想要救你，反倒使你多上一層危險，我看你最好寫封給三品他們，要他們立刻停止營救行動，免得節外生枝，你看如何呢？」

這不是林柏生在叫胡蘭成自己拆自己的台嗎？胡蘭成怎麼會這麼傻，上林柏生的大當？他唯一的生路，就在於日本人的營救啊。所以，當時他只是淡淡然的回答說：

「對不起，我不能要日本人營救，但是也不能要他們不營救？」

悔過：寫了死不寫活

一計不成，林柏生又軟硬兼施，威脅利誘無所不用其極，對胡蘭成說了一大篇道理。只是說來說去只有一句話，那便是——

「蘭成兄，你一定要把這封悔過書，重新寫一遍。」

胡蘭成覺得很不耐煩了，他跟林柏生打開天窗說亮話，正告他說：

「林部長，我決定不再寫了。因為，寫了我就得死，不寫我才能活！」

話說到這裡，話不投機半句多，也就沒法再繼續下去了。林柏生怏怏的轉身離去，胡蘭成又被押回了囚室。自此以後，他苦苦等候，一直等了一個多禮拜，始終不見有人前來將他釋放。倒是這個特務機關的正主子，偽組織南京特務頭子蘇成德，在胡蘭成的跟前露了面。他對待胡蘭成很客氣，送了他一些罐頭食品，並且主動的關照警衛，每天供給香煙。胡蘭成眼見蘇成德對他的態度相當友好，便趁此機會，跟他坐了如下的一問一答：

「天氣太冷，蓋的墊的都不夠，可不可以准許舍下送些棉被來？」

「可以。」

——胡蘭成想借此機會接見家屬，和外間通通音訊。可是蘇成德比他更精，只讓他的家人送被窩進來，卻攔住了他們跟胡蘭成見面。

「蘇先生，你看我整天悶在屋子裡，可否准我到院子裡散散步呀？」

「可以。」

從此，胡蘭成的小小天地便開闊了許多許多，他獲准在囚室外的草地上自由活動，和上海路十二號的警衛也混得很熟，還時常到他們隊長的房裡去喝茶，寫寫大字。上海路十二號雖然是一座樊籠牢獄，可是，偶然之間他在高大牆垣裡面聽到街上傳來收音機的播唱，他已能覺出外間花花世界的存在了。

在這一段時期，胡蘭成的心裡依然難免焦灼煩躁，可是他總算相當的篤定。他曉得他已自鬼門關，逃了出來，至少暫時可免性命之憂了。

在上海路十二號外面，日本人營救胡蘭成的活動始終並未鬆懈。只是林柏生既然一向都以政敵視胡蘭成，得著這個落井下石的機會，當然不肯放鬆。日本人不是集中目標在他身上，逼牢了他釋放胡蘭成嗎？林柏生就正好利用這個局面，刀切豆腐兩面光，儘可能的拖延時期，不肯把胡蘭成放出來。

對汪精衛那邊，他把日本人怎樣催逼，怎樣要脅，瞞了個一字不提。至於對付日本人呢，他更抬出汪精衛來充擋箭牌。他把汪精衛寫給他的一封私函拿出來，那上面寫得有胡蘭成的諸多罪狀，甚至於林柏生公開的跟日本人說：胡蘭成和抗戰的司令塔——陪都重慶方面有所往來。他說胡蘭成拿重慶中央的津貼，一個月五十萬元。這就未免太抬舉胡蘭成了。

林柏生一味拖延，一直拖到了民國三十二年的陰曆年底。胡蘭成關在牢裡，心裡越來越急。連營救他的主要人物池田篤紀，也日夜不安的焦躁得了不得。有一天，他又從林柏生那兒碰了釘子出來，悲憤交集，氣沖沖的回到家裡，便吩咐他的太太說：

「妳把我的手槍給我。為了胡蘭成的事，我今天非用它不可。」

日本舊派女人是服從成性，柔順慣了的。池田篤紀之妻，聞言便將手槍取出來交給了他。於是池田便帶著手槍，先到憲兵隊去見河邊課長，以破釜沉舟之勢告訴他說：

「胡蘭成的這個案子，我們若是坐視不救，那就是失信於中國人。要救呢，又說是不能用外交交涉的方式。在這種情形之下，在就只有讓我一個人衝進上海路十二號，把胡蘭成給救出來。當然，那邊的警衛一定會阻擋，他們阻擋我就開槍，他們勢必還手。那麼，我就非死即傷。河邊課長，到了那個時候，由於我是日本大使館的館員，你就有理由出動憲兵去包圍，我希望你能趁此機會救出胡蘭成！」

釋胡：日本不惜動武

河邊聽了他一篇慷慨陳詞，覺得十分感動。因為池田是決心用自己的生命，去換取胡蘭成恢復自由，因此河邊當下便說：

「不必你去，池田君，救出一個胡蘭成，我也辦得到的。」

池田接口便問：

「河邊課長，你是不是要請示一下憲兵司令？」

「不用請示了，」河邊慨然的說：原來，日本的校級軍官，倘若做錯了事，他所受的懲處，充其量不過調職，無須乎像池田那樣以一命換一命。所以河邊毫不遲疑的說：「現在我就下命令！」時在上午，河邊下令日本憲兵在下午二時武裝出動，驅車直駛上海路十二號。

池田自日本憲兵隊辭出，匆匆趕回日本「大使館」，向谷大使報告他往訪河邊的經過，以及日本憲兵業已出動的情形。谷大使比較老成持重，起先他釋然於懷，頗為欣慰的說：

「憲兵有這樣的決心，事情就好辦了。只不過，」他接著又說：「你還是先去警告林柏生一聲，最好他們能先釋放胡蘭成。」

正午，池田趕到了林柏生的家裡，見到了林柏生，開門見山的說：

「希望你們立刻釋放胡蘭成，否則的話，日本憲兵將在下午二時出動。」

林柏生一聽這話，立即慌了手腳。他說他要到汪精衛公館去，請汪精衛馬上下手令釋放胡蘭成。他請池田在他家裡坐坐，等他回來。池田便耐心的在林家坐候。

等了好大半天，方見林柏生十萬火急的趕回來，他取出一紙汪精衛墨瀋未乾的手令，遞給池田看。然後當著池田的面，派郭秀峯拿著汪精衛的手令到上海路十二號，保釋胡蘭成。因為汪精衛在手令上清楚明白的寫著：「仰即釋放胡蘭成」的字樣。

眼見胡蘭成獲釋有望，池田高高興興的回到日本「大使館」，他報告谷大使，汪精衛敬酒不吃吃罰酒，已經派人去釋放胡蘭成了。谷大使也了卻一樁心事，於是，池田便乘坐一輛「大使館」的公用小轎車，也到上海路十二號去接人。

下午四時半，郭秀峯和池田一前一後，都到了胡蘭成的羈押之所。兩人同往胡蘭成的囚室，三對六面，郭秀峯取出了汪精衛下的那張條子，胡蘭成是可以無罪獲釋了。只不過，郭秀峯又臨時提出一個條件；據說那是汪精衛親口交代的——還是要胡蘭成寫一份悔過書。胡蘭成眼見恢復自由在即，為了顧全汪精衛他們的顏面，也就不再堅持。他把悔過書寫好，乘坐池田的車子回家去。算了算自被押以迄開釋，一共坐了四十八天的牢。

日本人為了澈底保護胡蘭成，不使他受到汪精衛他們的暗算，特地派了六名憲兵，日夜保護，兩名坐在胡蘭成的家中，四名則在胡家前後的小巷子裡巡邏。同時，池田更警告林柏生，不得再去「打擾」胡蘭成。胡蘭成剛出監牢，寫寫意意，他出獄的第二天，正好是大年初一，胡蘭成穿上了新衣，待著老婆小孩，朋友胡金人和殷萱一對夫婦，遊逛南京城裡最熱鬧繁華的夫子廟。

日本大使館方面，十足不扣的在給胡蘭成面子。其實，汪精衛為胡蘭成事件落得這麼狼狽，給胡蘭成面子就無異摑汪精衛的耳光。日本駐南京「谷大使」擺下了酒席，給胡蘭成壓驚。胡蘭成在酒席上提出了兩項建議：設法開放內河航運封鎖，取消城門口、火車站日本憲兵的檢查。日方果然一口答應。二月一日就貼出了佈告，城門口及火車站，概由偽警維持秩序。

大大的得罪了汪精衛，「是非之地」不可久留。胡蘭成也不願意給日本人添麻煩，他再三再四要求撤回負責保護的日本憲兵。池田說這樣子你還是危險呀，胡蘭成卻說不要緊，「改天我就要到上海去了。」

中彈：一在頰一在背

當時胡蘭成還不知道，那張「仰即釋放胡蘭成」的條子，是汪精衛在病榻上伏枕兒書的。至於林柏生說汪精衛一定要他寫一份悔過書，那也是林柏生在「借刀殺人」，「拿著雞毛當令箭」，有心乘此胡蘭成落難的機會，刁難他一番。

在胡蘭成被扣押在上海路十二號時，汪精衛早就病倒了，而且還病得相當的厲害。汪精衛這一次得病，來勢洶洶，相當突兀。但是推其病因，卻種在將近十年以前——民國二十四年十一月一日，當時汪精衛係任行政院院長，他參加國民黨四中全會第六次會，就在舉行開幕典禮以後，全體中委在中央黨部門前攝影留念。詎料，刺汪兇手孫鳳鳴，就在這個時候出現。他是以南京晨光通訊社記者的身分進入會場的，乘攝影時，向汪精衛拔槍便射，連發兩槍。地點是在中央黨部大門口，由於距離很近，汪精衛坐在許多位中央委員中間，變起倉猝，無從閃避。兩發子彈都直接命中汪精衛，一在面頰，一在背部。往後經多次詳細檢查，那一發子彈是嵌在第五根脊髓骨凸起部分的左邊。

汪精衛遇刺受傷，中央黨部門前一片大亂。警衛人員行動迅捷，當場就把兇手孫鳳鳴逮住。但是孫鳳鳴的主使人非常狡猾，他給孫鳳鳴服下了毒藥，因此孫鳳鳴在被捕以後咬緊牙關，一語不發，過不了多久便毒發身死，一命嗚呼。

當年南京的醫院，以鼓樓醫院的醫師素質較高，醫療設備較好。所以身受重傷，大量流血的汪精衛，立刻就被送到了鼓樓醫院，由權威外科醫師沈鵬飛，親為急救，並任主治醫師。

沈鵬飛為汪精衛止血敷藥後，曾經向汪精衛的家屬說明，有兩顆子彈留在汪精衛的體內。一顆在臉上顴部，也就是頂骨以下那一根扁平形的骨頭，部位在太陽穴之下，面腮之上。另一顆子彈則深深的嵌入脊髓骨。以汪精衛流血如此其多，再加上他在遇刺以前，早有糖尿病。因此，充其量只能把顴部的子彈取出來，脊髓部的那顆子彈，則以汪精衛流血過多身體太弱，只有暫且拖一陣子，等到將來再說。

汪精衛的太太陳璧君，無可奈何的同意了。她在家屬同意書上簽了字，沈鵬飛醫師就開始給汪精衛動手術。這一次手術進行得很順利，顴部的子彈給取了出來。只不過，在復原室休息了相當時間以後的汪精衛。兩隻眼睛卻突然起了紅腫，而且還腫得相當的厲害。

德國醫師腦爾（Dr. Knoll），原是汪精衛的好朋友，兼醫療顧問。汪精衛的毛病，一向都是他在診治。偏巧汪精衛遇刺重傷的時候，腦爾正好整以暇的在西安打獵。陳璧君想想不放心，命人拍急電催她回來。可是，腦爾回到南京，已經在一個星期以後。他趕到鼓樓醫院，為汪精衛檢查一遍，認為汪精衛的傷勢，仍然非常嚴重，並未脫離險危險。因此他極力主張，把汪精衛送到上海，另請高明外科醫師治療。

十一月八日，由汪精衛口授，曾仲鳴筆記，對新聞界發表了一篇書面談話，汪精衛便在陳璧君、家屬、親友、侍從和腦爾醫師的陪同之下，從南京乘坐專車，一路緩緩而行的到了上海。在離京赴滬以前，由腦爾給他注射了破傷風的預防針。

上海有兩為蜚聲中外，醫術極為高明的骨科醫生，牛惠霖和牛惠生兩昆仲，他們是宋子文先生的姨表兄弟。在上海楓林橋開設骨科醫院，是黃浦灘上無人不知，無人不曉的好醫生。汪精衛、陳璧君和腦爾等一到上海，便住進陳璧君娘家的安和寺路滬寓，馬上就派人去請這兩位牛醫師。幾經檢查、診視、會診，商量了再商量，方才決定在十一月二十八日開刀。

療疾：先出國後中輟

兩位牛醫師事前一再表明，以那顆子彈留在汪精衛身上的部位，貿貿然動手術是決無把握將它取出來的。但是腦爾醫師卻堅持非立即開刀不可，而陳璧君也支持德國醫師的意見。牛惠霖、牛惠生迫於無奈，只好姑且一試。這一試險些送掉了汪精衛的一條性命，他在老丈人家裡動手術，受了極大的痛苦，又流了不少的血，子彈還是取不出來。

不但子彈無法取出，兩位牛醫師還在動手術的時候發現：汪精衛有脈搏間隙的現象，這又是很麻煩的一種病症。至此，他方知行政院長一職已不容他繼棧，便在十二月一日辭職。

然後汪精衛又聽腦爾醫師的勸，到青島去療養一段時間，起先，他的病情頗有進步，漸漸的已能吃巧克力糖了。可是，腦爾醫師始終認為像這樣拖下去，總歸不是長久之計。腦爾告訴汪精衛和陳璧君：奧地利嘉爾堡 Carlsberh 地方的礦泉水，對於汪精衛的肝病大有益處。而且，他還可以給汪精衛介紹歐洲治療熱帶病的專家，用徐圖漸進的方法，先治癒他的那些宿疾，增進體力以後，再開刀取出子彈來。

汪精衛、陳璧君都贊成腦爾的建議，於是他們一行又從青島回到上海。二十五年二月十九日，汪精衛啟程赴德國療養，同行的除腦爾醫師外，還有陳璧君、曾仲鳴、陳璧君的胞弟陳耀祖，汪精衛的二女兒汪文彬，也算是一個浩浩蕩蕩的「治病隊伍」了。

從民國二十五年春，到二十五年底，汪精衛住在德國很愜意。他篤篤定定的在德國治病。病況也有很大的進步，倘若他能按部就班，安心靜養下去，腦爾醫師的長期治療計劃多半可能實現。汪精衛往後也不會多受那麼些罪，早死若干年了。然而，野心勃勃，不甘寂寞的汪精衛，卻在民國二十五年十二月十三日，聽到了雙十二西安事變以後，他竟以為國內政局發生變化，又是有機可乘。於是他驟然中止治療，匆匆束裝返國。焉知這一誤，就使他誤攖痼疾了。

這一次付出重大的代價，匆匆回國之行，汪精衛又是撲了一個空的。十二月二十五日，張學良、楊虎城為蔣委員長的偉大人格所感召，幡然悔覺。由張學良親送蔣委員長回南京，自首請罪。舉國歡騰，如癡如狂。汪精衛卻到民國二十六年元月十四日，方從歐洲返抵國門。

在歐洲的有效治療中斷了，那一顆要命的子彈，留在汪精衛的脊髓骨裡，更是為時已達一年多之久。而且，從二十六年元月返國後，他一直都得不著機會，再行開刀根治。拖著拖著，拖到了民國三十二年八月，汪精衛已經在南京組成了偽國民政府，淪為國內天字第一號漢奸。也不知道是天奪其魄呢，還是神明內疚，他開始感到不適。起初還以為是老毛病復發，背部疼痛。然而，疼痛卻越來越劇了。

勉力支撐到年底，疼痛的範圍，漸漸拓廣，已經從背部蔓延到了胸部，程度也越來越為加劇。疼得汪精衛實在沒法忍受了。十二月十九日，當胡蘭成還在被扣押的時候，汪精衛終於接受了家屬和親信們的勸促，進南京日本陸軍醫院開刀。

偽組織群奸，對於日本人的狡獪伎倆，毒辣手段，一向是知之甚稔，瞭然胸中。誠然，就西醫來說，抗戰前後，日本人是比我們略勝一籌的。然而，日本人替外籍人士，尤其是給要人治病，那就很可能不存好心眼。日本人善於下毒舉世聞名，從東洋醫生到特務、警察、憲兵、浪人，莫不是此中高手。吳佩孚給東洋醫生醫牙疼，送掉了一條命，便是活生生的例子。此所以，當汪精衛將入日本陸軍醫院，他的左右，也曾有人持反對意見，認為汪精衛不必冒這個險——日本人對汪精衛究竟懷有什麼鬼胎，誰也無法測知。

但是汪精衛對這些忠告一概置之不理，他仍然決定去求教居心叵測的日本醫生。其實呢，他自己手掌心裡還不是捏著把冷汗，不知道此一去的結果究竟是凶，是吉。汪精衛為什麼要這麼甘冒生命危險？當然有他不得而已的苦衷。不過一般相信，最大的原因還在於他不敢顯露他對日本人的不信任。

雞肋：食無味棄可惜

民國三十二年底胡蘭成事件發生後，汪精衛的處境非常不利，這固然不是區區胡蘭成的竭力反汪所使然，只不過，胡蘭成一連兩次被汪精衛一腳踢開，為什麼他第一次見黜未曾反汪，而在第二次會那麼樣破釜沉舟的幹？這就可見胡蘭成在三十二年被迫辭去行政院法制局長一職時，業已詗知日本人和汪精衛的蜜月快渡完了，汪精衛行將有如秋扇之見捐，說不定還會有鳥盡弓藏，兔死狗烹的悲慘下場。否則的話，胡蘭成又怎敢公然反叛舊主子汪精衛，而去跟汪精衛的後台老闆勾勾搭搭呢？

日本人對汪精衛表示不滿，由來已久，不過以三十二年底為甚而已。最大癥結，在於日本人拖出汪精衛來，是為了向中國求和。可是汪精衛成立了偽組織，反倒為日本人求和的最大障礙，這真是日本人始料未及的事情。八年抗戰爆發之初，日本人揚言三天拿下平津京滬，三個星期解決中國問題。那裡想到在長城南口，和中央軍湯恩伯的兩師人正式交手，日軍以一倍以上的兵力，由名將板垣征四郎（後之陸相）親自指揮，依然吃了大虧。緊接下來淞滬八一三一戰，中央軍堅守淞滬尤達三閱月之久。經過這兩次戰役，日本國內稍為有點頭腦的人，都知道這個仗是打不下去的。所以我嘗說在八年抗戰時期，日本人一直都在求和，蔣委員長就是不和，最後結果是蔣委員長的不和，打敗日本人的求和。由於日方數度求和被拒，近衛文麿老羞成怒，這才悍然的喊出了「不以重慶為交涉對手」的口號。話一出口，收不回來，而「和」又是非求不可的。這才由日本陸軍省的幾個特務，如影佐偵昭、今井武夫、犬養健等等之流，跟汪精衛、周佛海搭線，促成汪精衛在南京成立偽組織，用意就是想藉此影響重慶中央，打開中日和談之門。距料汪偽組織一開鑼，日本人的如意算盤反倒收了反效果。於是汪精衛就成了日本人的「雞肋」，食之無味，而棄之可惜了。

等到太平洋戰爭中期，盟軍大舉反攻，日軍節節失利。當時的情勢正如胡蘭成在他那篇文章裡所說的，日本帝國主義將敗，南京偽組織必垮。日本要免卻亡國滅種之禍，就唯有斷然的從中國撤兵，然後日本實行昭和維新。也就是像明治維新對廢幕府、改藩設縣，定憲法，立國會一樣，將窮兵黷武的昭和軍閥，一舉推翻。這個主張在當時的日本和淪陷區裡，沒有人不這樣想，就是在日本軍閥的高壓之下，並無一人敢於公開的提出來。當胡蘭成居然敢寫出文章來了，怎叫池田、清水、谷大使之流，不驚喜交集，把胡蘭成像隻鳳凰般的捧出來呢？

池田、清水和胡蘭成交往密切，胡蘭成提出日本革命主張的文章，居然也普遍印發，規定日軍少佐以上軍官一體閱讀，這就表示沉默的大多數日本人的願望，已經不是軍部所能遏制壓抑的了。日本一定會走上向蔣委員長乞和，從中國撤兵，國內澈底剷除軍閥，建立新政權的這一條自救圖存之路。這是胡蘭成對汪精衛最辣手的一記，同時，也是潮流大勢之所趨。如箭在弦上，不得不發，連日本軍閥在闖下亡國滅種奇禍之餘，也唯有俯首無言的承認現實之可怕。換言之，他們已不能阻止讓日本老百姓革他們的命。對昭和軍閥而言，這確實是一項殘酷的事實。

所以汪精衛才會這樣緊張，親下手令誘捕胡蘭成，必欲置之於死地。而日本人在胡蘭成下獄以後，又是那麼樣的著急，不惜出動憲兵部隊，衝進汪精衛的特務機關，把胡蘭成硬搶出來。

汪精衛和偽府群奸，心裡非常明白。日本人要在國外求和，國內革命，就非得把他們先清除掉不可。此所以，胡蘭成事件前後的汪精衛，確已到了日暮途窮，危機四伏的地步。三十二年秋，汪精衛訪日，自告奮勇的要對同盟國宣戰，東條英機首相的反應，是既冷淡而又不屑。反過來勸他多考慮考慮，言下之意，就是大可不必。汪精衛會碰這個大釘子，早在胡蘭成的意料之中，所以他才會在汪精衛去東京以前，先放一枚煙幕彈。上書汪精衛，指出太平洋軍勢逆轉，日本一定會對汪讓步，叫汪精衛向東條要足價錢，強硬一點。實則汪精衛正愁後台老闆不再支持，就快樹倒猢猻散了。他向東條討好巴結還嫌來不及呢，他那有膽子向東條討價還價呢？

眼看末日即將屆臨，被自己踢開的奴才胡蘭成，又在加速拆他的台，叫他早早的死無葬身之地。汪精衛的焦急、驚慌、愧恨、氣忿，全都到了極點。心身交疲，滿懷絕望，多年纏身的肝病，糖尿病，還有脊髓骨上的子彈，也就變本加厲的惡化起來。如果在那個生既不能，死亦不得的時候，還不發作，加劇，那他就成了鋼筋鐵骨水牛皮了。

入院：動手術取子彈

三十二年八月，日軍連連受挫，敗象已徵。汪精衛開始背痛。十一月間，誘捕了胡蘭成，日方竟然公開出面營救，汪精衛一驚，背痛就越來越凶了。十二月中旬，日方營救胡蘭成，態度更硬。汪精衛的背痛，也就到了不能忍受的地步。末日已到，死罪難逃，汪精衛怎顧得了日本人會不會對他下毒手呢？

十二月十九日，汪精衛在南京日本陸軍醫院動手術，他脊髓骨上的那顆子彈，是被東洋醫生取出來了。經過情形，也還良好。只不過，恍如注射了強力麻醉劑的病人一樣，方只過了十天左右，到了民國三十三年元旦，汪精衛從北極閣回到他的私寓，突然覺得兩條腿一致麻痺了起來，趕緊睡上床去休息，又毫無來由的發了高燒。由於新年例假，汪精衛沒有再去麻煩日本陸軍醫院，常川在他身邊的腦爾醫師，也乘著新年例假出門遊玩去了。好在高燒發後不久便退，因此，汪精衛只是臥床休息，並未延醫診治。

及至元月四日傍晚，腦爾醫師倦遊歸來，聽說汪精衛方始痊癒出院，又告病倒，連忙到汪精衛的臥床室裡去探視。當時陳璧君和汪精衛的女兒女婿都在場。腦爾醫師向陳璧君問明白了汪精衛的病況，兩道眉毛立刻就緊緊的皺起，他走到床前，給汪精衛診視了一下，便神情凝重的問道：

「汪先生，你的腿現在覺得怎麼樣？」

一聲苦笑，汪精衛回答他道：「還是覺得有點麻痺。」

腦爾又突如其來的問：「能不能起床呢？」

汪精衛伸動了一下兩條腿說：「也許可以。」

「那麼，」腦爾在向汪精衛鼓勵的說：「你下床來走走，好不好？」

陳璧君在一旁不安的問：「一定要汪先生下床來走走麼？」

腦爾沒有回答她的話，只是若有深意的向她點點頭。於是陳璧君便喊兩名侍衛，攙扶著汪精衛，把他攙下了床。當時，腦爾面容肅穆，兩眼定定的注視著他的兩條腿，整個屋子裡鴉雀無聲。

汪精衛很吃力的邁動他的兩條腿，舉止緩慢，步履維艱，看上去每邁開一步，都在忍受著莫大的痛苦。陳璧君和女兒、女婿的臉上，不自覺的流露出驚異惶亂的神色。神情之間，彷彿是駭然曾幾何時，汪精衛的雙腳麻痺，竟會嚴重到了這個地步。就在這時，與汪精衛私交彌篤，始終相隨，給他看了好幾十年病的腦爾醫師，居然當著汪精衛和他的家屬、部下，雙手掩面，號啕痛哭了起來。他這一哭，使得滿屋子的人，全都神情大變，面面相覷。他們當能意會得到，腦爾醫師的失聲痛哭，豈只是不祥之兆，而且由於他是給汪精衛看了幾十年病的外國醫生，汪精衛自遇刺受傷，子彈留在體內，前後十一年裡，腦爾一直在為他診治，密切注意他的健康情形。汪精衛的病況，也唯有腦爾瞭若指掌，他這一哭委實是太蹊蹺，太離奇，太不尋常了。

當下，汪精衛一臉愁慘，搖頭苦笑。陳璧君如中雷殛，面色白裡發青。一室之間就只聽見腦爾醫生的哀切哭聲。須臾，汪精衛的兩腿實在無法支撐了，他環顧左右，低低的說：「我還是躺到床上去吧。」

一語方出，陳璧君、腦爾、汪精衛的女兒、女婿，一齊快步向前，四個人伸出了八條手臂，不約而同的都要來攙扶汪精衛。只是，她們所表現的親情，不但不能給予汪精衛安慰，反倒使他更為淒愴悲酸。腦爾醫師的痛哭，等於當著眾人宣告，他已經沒救了，他將永離他的親人，和這個世界。所以，親人們和好友們都想在他垂死以前，多盡一些心。

人人心中懷著極大的疑團，只是沒有人敢於啟齒問腦爾。汪精衛的病為什麼突然惡化到這個地步？是他悲悼一雙老友的即將幽冥永隔，不復相見？還是自恨不曾及時勸阻汪精衛，讓他住進東洋軍醫院動手術，果然遭了東洋醫生的毒手。

病重：痤瘡癢渾身痛

汪宅中人對外絕對保密，人人抱了個悶葫蘆，不敢細問究竟，只是看著汪精衛的病勢越來越重，痛苦與日俱增。南京汪公館整日罩在愁雲慘霧之中，聽不到有人歡笑，聽不到高聲說話的聲音。沉重的心情越發覺得日子漫長得難以渡過。

在這一段時間，汪家上下沒有人再提請日本醫生看病的事了。只靠一個腦爾醫師，成天守在汪精衛的旁邊，給他做治標不治本的治療，用藥物減少他的痛苦。試行各種不同的物理療法，竭力使他的雙腿恢復知覺，或者消除麻痺。事實證明這一切努力全歸無效。因為，到了一月下旬，汪精衛顯得越來越不行了。發高熱的次數在急劇增多，熱度還越升越高，遂而使他在呻吟之外，又不時的在作譫語，整個人陷於昏迷和虛脫的狀態。腦爾費盡心力，也查不出他發高燒的原因。

緊接下來，汪精衛忽然發現麻痺在沿著大腿往上蔓延，他的兩條腿已完全不能動彈，此外，腦爾又駭然的診察出來，汪精衛的膀胱和直腸，全都有著明顯的障礙，汪精衛連他的大小便都無法控制了。纏綿床第過久；下半部幾成癱瘓，又使汪精衛的尾閭骨兩旁，聲滿了密密麻麻的痤瘡，劇痛與奇癢，也不知道他是怎麼熬過去的？

陳璧君眼看著汪精衛生命垂危，她只好找一個機會，跟腦爾醫師攤了牌。她一再追詰真情實況，並且言明由她負一切嚴重後果。但是腦爾對汪精衛夫婦的處境太瞭解了，「泥菩薩過江，自身難保」。陳璧君有什麼力量，能夠保護洩露日方重大陰謀的一名外籍醫師呢？再說，陳璧君的毛焦火辣脾氣，他是久已領教的。設若他說出了自己的懷疑和猜測，陳璧君很可能會找東洋醫生拚命。到那時候，城門失火，殃及池魚。日本人查問來由，腦爾還能夠活著離開中國嗎？

所以，腦爾為自身安全計，他堅不吐實。僅只告訴陳璧君說：「我看汪先生有癌症現象。」

癌症在當年還是絕症，腦爾的這個話已經說得很明瞭了。陳璧君憂急攻心，既愧且悲，她再也支撐不下去了，於是她的胃病復發，而且來勢洶洶。

陳璧君一病，日方馬上就得到了消息。而且擺出貓哭老鼠假慈悲的姿態，派日本內科權威，偽滿帝國大學教授日人黑川利雄，專程來華給陳璧君治療，順便也探視一下汪精衛「病」得怎麼樣了？

果然，黑川利雄到了南京，為陳璧君診治過後，便提出了也給汪精衛看看的請求。在這種情形之下，陳璧君再凶悍潑辣，她也沒有辦法峻然拒絕。於是，汪精衛便又給加上了一到催命符。

黑川煞有介事的給汪精衛檢查過後，裝模作樣的對陳璧君說：「汪先生的病況極為嚴重，絕對不能再拖下去。」

陳璧君惶惶無計的問：「那又怎麼辦呢？」

黑川按照日方的預定計劃，走馬薦將，回答陳璧君的這一問說：「汪先生的病源在脊髓骨神經，齋籐真教授不但是神經科的權威，尚且是外科泰斗。如果能請他來給汪先生治療，或許還有一線之望。」

依允呢，還是婉謝？陳璧君正在不知如何是好？黑川便自說自話，代作主張的道：「我馬上回東京去，代汪夫人去見齋籐教授，請他到南京來一趟。」

陳璧君終於發覺，她自己根本就沒有婉謝或是推托的餘地。

二月底，齋籐「應邀」抵達南京，經過檢查，加以診斷，對陳璧君斬釘截鐵的說：「汪先生的脊髓神經發生嚴重障礙，有立即施行手術的必要。我將在名古屋帝國大學附屬醫院，親自為汪先生施行此項手術。」

至此，不但給汪精衛行刑的劊子手已經決定，而且日方更安排好了他的死所。

名古屋是汪精衛死所

民國三十三年三月三日，汪精衛踏上他的最後一段死亡旅程。他從南京乘坐專機，直飛名古屋。除了他的太太陳璧君，隨行者還有他的兒女汪文惺、汪文彬、汪文悌，以及女婿何文傑、隨員楊紹芬、韋東年、程島遠。侍從醫師黎福，侍衛凌啟榮、梁汝芳。司機潘寧，傭人周有和阿文。

名古屋是日本的重工業區，由而成為盟機持續轟炸的一大目標。日本當局為什麼要選擇這麼一個危險的地方，給汪精衛動手術呢？實在令人費解。只不過，日本政府為了掩人耳目，準備工作總算做得不錯。汪精衛的病房，被指定在名古屋帝國大學附屬醫院四樓，最後的一間特別室裡。那是一個套房，總算相當寬敞。汪精衛一行所佔住的地方，包括一間臥室、一間日室起坐間、一間日光室，以及廚房、浴室、廁所各一間。此外，則四樓全部撥歸汪精衛的家屬和隨員住用。後來，又應陳璧君的要求，在三樓給她闢了一間專用會客室。在陳璧君專用會客室得左右兩側，各有一間房，供日方「有關人員」辦公之用。

名古屋最高軍事當局：師團司令部先已奉令，在汪精衛病室樓下的南面空地上，淺淺的挖了一個防空壕，充作汪精衛的私用避彈所。同時，在整座名古屋帝國大學裡裡外外，尤其是汪精衛住處的周圍，日本政府更派出了大批的便衣憲兵，和特高警察，往返巡邏，嚴密戒備。以使汪精衛一行，與外界完全隔絕。

汪精衛到日本動手術，被日本軍部列為最高機密。對內諱莫如深，對外隻字不提。連汪精衛的病房，都特地起了一個代名詞稱之為「梅號」。汪精衛的賣身投靠，甘為漢奸，當年正是由日本軍部設立「梅機關」，負責主其事。可知「梅號」之由來，正在表示汪精衛由梅機關始，而由梅機關終，這正是日式的笨拙幽默。

日本軍部指定以齋籐真教授，為執行此一計劃的最高負責人。在齋籐之下，又網羅了全日本外科、整形外科、內科、放射線科的知名醫生，組成了一個陣容堅強的「汪精衛醫療團」。這一個特定的醫療團組織成員，包括了下列的日本名醫——

名古屋帝國大學教授　齋籐真
偽滿帝國大學教授　黑川利雄
東京帝國大學教授　高木憲次
名古屋帝國大學教授　明倉重雄

名古屋帝國大學　　整形外科全部人員
名古屋帝國大學教授兼附屬醫院院長　　勝治精藏（內科）
名古屋帝國大學教授兼醫學部長　　田村春吉（放射線科）
名古屋帝國大學教授　　三矢辰雄（放射線科）

「醫療團」之外，又有如下的「助手團」：

名古屋帝國大學助教　　戶田博
名古屋帝國大學附屬醫學專門部教授　　上田文男
陸軍軍醫少佐　　中澤由也
陸軍軍醫大尉　　太田元次

汪精衛一行抵達名古屋後，從機場直駛名古屋大學附屬醫院，住進了「梅號」各房間。齋籐奉日本軍部之命，負責為汪精衛「治療」，他大權在握，趾高氣揚，動輒大發雷霆。名古屋大學醫務局長三澤，以主人的身分辦理事務，還有一位看護長森島，都是日本醫學界很有名望的人士，往往給齋籐罵得狗血噴頭。但是他們都能默默的忍受，反倒使他們的屬員，私下大為不平，紛紛議論，都說齋籐教授未免太過份了。

名古屋大學附屬醫院，驟然來臨了汪精衛這麼一位「貴賓」，顯得有點手忙腳亂，措手不及。首先便是人手不足，其次則施用手術所需的器材也嫌不夠。連齋籐教授指定要用的某一種橡膠手套也付諸闕如，而且在名古屋市面上也沒法買到。凡此種種困難，俱由名大醫學部長田中、院長勝治，和事務長衫元，竭盡一切努力，用最快速度一一加以解決。

會診之期如臨大敵

齋籐在汪精衛抵達以後，一連下了幾道命令。他用極嚴肅的態度，最嚴峻的語氣，告誡全體工作人員：不得對外洩露任何消息，否則軍部必予嚴懲。由於他一天到晚把軍部掛在口上。不免使人懷疑，他究竟是為汪精衛治病的權威醫師，抑或是軍部所派，執行重大任務的特工人員。

醫院裡還住有不少的病人，以及前往探視他們的家屬與親友。因此，嚴禁消息外洩的煌煌嚴令，仍還是不能達成。齋籐的氣燄雖高，權力也大，但是陳璧君是汪偽組織的第一夫人，她一向目高於頂，盛氣凌人，她當然不賣區區齋籐的賬。齋籐尤其欺軟怕硬，他不敢叫陳璧君改穿東洋和服。於是汪精衛的子女女婿、隨從侍衛，便也依然本色。醫院裡的病人訪客，不時可以看到神情倨傲，派頭奇大的陳璧君，帶著一隊子女隨從，旁若無人的來來往往。詫異好奇加之以多方探聽，汪精衛抵日療疾的消息，自然而然的便傳了開來。

齋籐在汪精衛抵達之日，召開全體工作人員會議。會議中只聽得他一個人說話的聲音。他規定診療團分成若干小組，每天輪流給汪精衛診察三次。並且指定由黑川教授會同汪精衛的侍從醫師黎福，不斷的給汪精衛檢查尿液，密切注意他糖尿病的發展。此外，更規定診察團團員晚間一律住在醫院附近的一家觀光旅社，隨時待命，不准輕離。助手團則必須助在醫院裡，日夜輪流值班。

三月四日，東洋群醫會診之期，名古屋大學醫院嚴密戒備，如臨大敵。名古屋大學內外，尤其是手術室的附近，更是五步一崗，十步一哨，還有大批的便衣特務、憲警、特高人員，往返逡巡，沒有任務的人，一律嚴禁在禁區之內活動。

會診還沒開始，齋籐便因細故大發脾氣，把三澤醫務局長以次的醫務人員，罵得一佛出世，二佛涅槃。勝治精藏是日本醫界極負盛望的人物，又復為名古屋大學附屬醫院院長。他怕貿然入內，逢彼之怒自取其辱，只好一個勁兒的在門外搖頭嘆氣，嚇得不敢進去。

第一次會診就作了肯定的結論，日本名醫們「一致同意」齋籐的診斷。汪精衛是因為十一年前所中子彈留存體內過久，誘發而成多發性的骨髓腫症。胸骨自第四到第七節之間，因腫脹而由背部向胸部擴展，以致壓迫到脊髓神經。總而言之一句話，汪精衛致命之病是十一年前受傷所引起，與兩個多月前在南京日本陸軍醫院所動的手術私毫無關。至於那一次動手術時為什麼沒有發現此一病因，則是隻字不提。

至於治療方式，也由齋籐決定，割除汪精衛由背部向前壓迫的腫脹骨殖，有以減輕其壓力。齋籐指定他的助手：名古屋帝國大學助教戶田博。慣於挨罵，全無脾氣的醫務局長三澤。陸軍大尉軍醫太田元次，則負責隨時注意手術進行的情形，向汪精衛的家屬，和軍部派來的高級「臨場人員」提出報告。

汪精衛很受罪，動這麼大的手術，東洋醫生只肯給他局部麻醉。手術是在三月四日傍晚開始的，麻醉以後由齋籐操刀，從汪精衛的背部一刀劃下去，深度直達他的前胸。利刃攪捥，鮮血迸濺，前後經過了一個多小時。齋籐用的是椎弓切除術，把汪精衛的第四到第七根胸骨全部切除。在手術進行之中，汪精衛還有知覺，他首先說：

「我覺得腳部有點溫和了。」

齋籐馬上就伸手撫摸他的大腿和腳部，一面漸次加重，一面在問：

「有感覺嗎？有感覺嗎？」

終於，汪精衛有了回答：

「嗯，有點知覺了。」

多發性的脊髓腫症

太田次元馬上歡天喜地的奔出去，將這個好消息報告苦候中的汪精衛家屬，以及軍部派來的高級「臨場」人員。

好不容易熬到手術完畢，業已失去知覺一個多月的兩條腿，居然在一個小時餘的手術後恢復了知覺。汪精衛很開心，他彬彬有禮的向醫師們道謝，同時還在發出弦外之音——間接的向日本主子表示：

「本人倘能幸而康復，今後將更為東亞和平而努力！」

手術進行得很順利，齋籐以次的醫療團，卻在手術完成以後，還有更重要的工作。他們詳細檢查汪精衛在開刀時所流出來的血液，以及切下來的骨片，然後商議定了一個病名：「多發性脊髓腫症。」

汪精衛和他的家屬，隨從們高興萬分，相互的在道著賀，笑容開始湧上每一個人的臉。那一夜他們都沒有睡，汪精衛則躺在恢復室裡。直到翌晨方始出來。和家屬隨員相見時，他的神情顯得非常興奮愉悅。可是汪精衛一行的快樂時光前後僅只有三天。因為第四天上他的病況又告惡化，這時候汪精衛的醫療團業已解散，他只能像普通病人一樣，接受名古屋醫院一般性的治療。醫療團的任務完成了，煙消雲散，消逝無蹤。在汪精衛和他的家屬、隨員看來，彷彿是一場春夢。在日本軍部和參與此項工作的人眼裡，那也許是一齣戲呢。

汪精衛醫療團裡有一位幸運兒，那便是日本陸軍大尉軍醫太田元次。當年的他還很年輕。他在接奉參與汪精衛醫療團工作的命令之前，原已被派到塞班島上的「玉碎步隊」去服役，所謂玉碎部隊，便是日本自殺飛機「神風特攻隊」的別稱。那是要連人帶飛機衝向盟國軍艦同歸於盡的。凡是被派到玉碎部隊的日本官兵，幾乎可以斷定其必無生理，勢將血肉橫飛而後已。拿到赴玉碎部隊的報到命令，就像是接到了催命符。可是，幸運兒太田元次大尉卻在奉調玉碎部隊以後，又被緊急命令調赴名古屋，參加汪精衛的醫療團。因此，他撿回了一條性命。

當汪精衛病況好轉，看來頗有希望的那三四天裡，汪精衛的隨員們，人人興高采烈，笑逐顏開。便嬲著那為最年輕的東洋醫生太田元次，陪他們遊逛名古屋。他們蕩漾街頭，買買東西，玩玩女人。

那時候日本國內人工缺乏，生產停頓，軍部搜刮羅掘俱空，在加上盟機轟炸越來越烈。日本人的前途是一片灰黯，生活困苦得更是不堪想像。為了苟延殘喘，維持生命，連小小的孩子都在公園裡兜售春宮畫。汪精衛的隨員們在太田元次的嚮導下，很買了不少東洋妖精打架圖。

然而，好景不常，樂極生悲，汪精衛開刀後病情迅即惡化。這幫隨員們乃又愁容滿面，奉令杜門不出，乾等汪精衛受完了罪一命嗚呼。只不過，他們不曾想到，這一等，便是七八個月。

汪精衛的病已經絕望了，偽組織方面，他的親信林柏生和陳春圃，曾經專程赴日探視，目的便在取得汪精衛的遺囑。汪精衛本人對他們之來，用意何在，心中自也明白。他曾向林柏生表示，他的文章沒有保留的價值，所可留者唯有詩詞。可是，誰也沒有想到，病勢危殆的汪精衛，居然一拖又是好幾個月。直到八月間，曾有一次，太田元次進入他的病房，形銷骨立，奄奄一息的汪精衛，四望無人，方把太田召到床前，用低微的聲音問道：

「太田先生，請你務必老實告訴我，我還能夠活多少天呀？」

太田奉過軍部命令，嚴禁將汪精衛的病況究竟如何，告訴汪精衛本人。因而他覺得非常之為難，只好顧左右而言它。實在給汪精衛逼不過了，方說：

「汪先生，你現在的情形，不是很有進步嗎？」

曉得這個答覆是言不由衷的，汪精衛一聲長歎，再懇摯要求的說：

「太田先生，請你不必瞞我。因為，在我未死以前，還有很多事需要料理呢。」

幸運軍醫太田元次

太田元次因參加汪精衛醫療團而保住了性命，他的幸運還不止於此。他在那次任務完成以後，即曾以他的工作經驗，難忘經歷，提出了一篇名為「多發性骨髓腫症」的論文，由而獲得了醫學博士的學位，山田在他那篇論文中有謂：

「……汪氏的病源，確為彈傷所誘發，漸漸成為多發性骨髓腫症。這種病是世界上稀有的病，不僅骨髓與肌肉到處發腫，而且有極度之疼痛，為任何人所不能忍受。而汪氏病中，卻從不發出呻吟之聲，忍耐力之堅強，在病人中亦屬稀有。……」

語云：「哀莫大於心死」。汪精衛的一生，聰明反被聰明誤，躺在日本名古屋醫院裡，等待死神的來臨。回想他一生的孽緣與罪愆，那該是何等深沉的悲哀。經年累月肉體上的疼痛，和內心的痛苦比起來，也許就顯得渺不足道了。

再說，即使他要喊痛，又能喊給誰聽呢？

民國三十三年八月間，汪精衛的病勢更趨嚴重，而且一連幾次極度貧血，生命垂危。他的大兒子汪孟晉，二公子汪文悌，還有隨員程西遠、程島遠、韋東年、凌啟榮等，都曾為他輸過五百西西的血。可是，輸一次血也只能維持一段很短的時期。

終於到了三十三年十一月九日，那一天，美國飛機大舉轟炸日本各地，名古屋也發出了空襲警報。名古屋醫院的醫護人員，匆匆忙忙的把汪精衛給抬了出來，抬到室外的防空壕裡。時值寒冬，防空壕裡沒有暖氣設備，以致汪精衛又受了寒。晚間警報解除，再抬回「梅號」病房，汪精衛就開始發高燒，迅即轉為肺炎。入夜，呼吸益發困難，再拖到十一月十日下午四時二十分，這一代巨奸，終告不治身死。

汪精衛病逝名古屋兩天後，三十三年十一月十二日，日本人將他的屍體運回南京。十一月二十三日，偽府將他的屍體埋在南京明孝陵前的梅花山上。他那一座漢奸之墓，修築得至為恢閎壯麗，甚且凌駕乎明太祖的明孝陵，和國父的中山陵之上，這實在是汪精衛死後，陳璧君的又一不智之舉。

因此，當民國三十四年八月日本宣告無條件投降，我青年軍新六軍接收南京。新六軍當局便派了一個工兵營，將汪精衛的墳墓澈底炸燬。這便是大漢奸的最後下場，果真落了個死無葬身之地，連屍骸都化為一縷黑煙，不知去向了。

在汪精衛赴日就醫時期，胡蘭成是最爽心愜意，得其所哉的。因為他已經更上層樓，攀上了日本軍中主和派的關係，成為日本軍中無人不知，無人不曉的大膽敢言人物。他在汪精衛赴日就醫以前，跑了一趟上海，和當代名女作家張愛玲女士大談其戀愛。三十八歲的胡蘭成，和二十三歲的張愛玲還寫下婚書結了婚。三十三年七月，當汪精衛在名古屋醫院等死，胡蘭成卻被日本華中派遣軍司令部請到漢口去，禮為上賓。遊漢三日，又匆匆趕返上海，會見日本的宇垣一成大將。

宇垣一成是日本的元老重臣之一，民國二十五年以前，曾任朝鮮總督。民國二十六年元月十四日，日本廣田弘毅內閣被陸軍主戰派逼垮。負責向日皇推薦首相人選的元老西園寺公，便打出宇垣這最後一張王牌。事前曾徵得陸軍方面的同意。可是，當日皇召見宇垣，陸軍的主戰派又極力的加以阻撓，只是宇垣仍然昂然無懼，他決心掃除一切阻礙，完成組閣，有以抑制陸軍主戰派的跋扈囂張。所以，當日本軍人三巨頭之一，教育總監杉山大將（另二人為陸相與海相）公然出面阻止他出任閣揆時，杉山元傲然的說：

「軍部內部意見，不易統一，所以必須請閣下放棄組閣。」

當下，宇垣便立予駁斥的說：

「杉山君，你說出這種話來，自己不覺得可笑嗎？軍部意見的統一，是你和寺內（當時陸相）的責任，現在將此推在我的身上，未免太不合理！如謂軍部意見不統一，就該你們引咎辭職。要我放棄組閣，那不是太可笑了嗎？」

一席話，義正詞嚴，說得杉山啞口無言。雖然往後軍部仍以「在宇垣首相之下，陸相無法對部內實施統制」為詞，拒不提出陸相人選，卒使宇垣內閣流產。不過，宇垣的力抗軍部，威武不屈。以上的那一番對話，卻已給他贏得了：「了不起的人物」的盛譽。

宇垣一成和胡蘭成

宇垣親赴上海，約見被汪精衛一腳踢出偽組織的胡蘭成，在當時淪陷區裡，當然是一件惹人注目的事。宇垣在上海下榻於華懋飯店，他接見胡蘭成時，和他從下午六時談到十二時足足六個鐘頭。由日本書記官清水，擔任翻譯。當宇垣向胡蘭成徵詢意見，日本究竟該向誰求和，胡蘭成千言萬語，要點不過已下兩端：

一、不論日本以任何條件，乃至無條件向重慶國民政府乞和，必定遭到拒絕。

二、日本對延安的共產黨，或可與之取得某種軍事上的默契，但於大局卻完全無益。

宇垣對胡蘭成的見解，頗表首肯。他翌日即返回東京覆命。

見過了一次宇垣一成，胡蘭成的「和平論調」，也就越唱越高。他在報章上公開發表文章，一再高唱日本必須立即從中國撤兵。使日本駐華派遣軍總司令岡村寧次大將，頭痛之至。岡村寧次乃在報端發表談話，指出日本即使有意撤兵，以當時船舶運輸條件而言，也是無法辦到的事。這等於是公然的向胡蘭成提出警告，胡蘭成焉敢跟岡村寧次鬥。從此他又噤若寒蟬了。

但是日本駐南京「大使館」方面，對於胡蘭成的興趣，卻依然很高。在池田、清水的掇促之下，居然想起給胡蘭成弄一個「根據地」。那位谷「大使」，竟也會表示贊成。於是幾經研擬，決定在長江流域為日軍佔據的各省之內，擇一處尚未轉移給汪偽組織的地點，劃為胡蘭成的勢力範圍區。日本駐南京「大使館」之所以肯這樣做，當然是有他們的陰謀詭計，特別打算的。

最後決定了由日本皇軍佔據了較大部分的湖北。湖北省的偽主席是漢奸楊揆一，日本駐南京「大使館」唯恐發表胡蘭成為偽湖北省主席，必定會遭到南京汪組織的竭力反對。因此，又想出了一條李代桃僵之計，以偽軍政部部長葉蓬，帶著他的部隊，開到湖北去，權攝偽湖北省主席一職。但是日、胡、葉三方面言明在先，葉蓬要聽胡蘭成的指揮。

這葉蓬，也是神奸巨惡，怪物之一。早在抗戰爆發以前，他即已擔任武漢警備司令。當時他還裝做一個強烈的反日分子，就在他的司令部大操場上，將所有的槍靶，一概畫上日本昭和天皇的肖像，作為部下官兵打靶的目標。這件事情被日本人曉得了，還曾向我國政府提出抗議。當時正值汪精衛任行政院院長兼外交部部長。汪精衛膽小如鼠，一接到日方的抗議，立即就下令將葉蓬免職。葉蓬一氣之下，乃將他的名字改成葉哀一，其後又改為葉一衷。然而，抗戰爆發後他竟靦顏事敵，當上了大漢奸。由汪偽組織的軍政部長而日方委派的偽湖北省主席。抗戰勝利，他在南京接受軍法審判，為南北群奸中伏法最早之一人。所以，當他在南京雨花台被槍斃時，曾有人言：葉蓬由一哀而一衷，他兩度改名，正好應了他在一哀之後，又兜心挨了一槍。

胡蘭成頗有小聰明，他深知握權之道，唯在輿論與幹部。因此，他情願捧出葉蓬來當偽湖北省主席，兼且掌握偽軍。而他自己卻只要接收一家《大楚報》，再辦一所政治軍事學校。

到漢口後，胡蘭成順順當當的把《大楚報》接收了過來。這一次胡蘭成到漢口，日本人有日本人的陰謀詭計，胡蘭成有胡蘭成的如意算盤。日本人想利用胡蘭成的善於造反，阻止中國抗戰勝利後，國軍順流而下，指日收京。希望胡蘭成打一場濫仗，給必敗的日軍，必亡的日本，爭取一點苟延殘喘，緊急應變的時間。而胡蘭成呢，則只想到竊據武漢天下之中，足可以左右逢源，漁翁得利。重慶肯赦免他的漢奸罪，他便倒向重慶。否則，就乾脆死裡求生，抗上一場大亂子。說不定，也還會有百分之幾的僥倖成功機會。

風流成性不甘寂寞

此所以，胡蘭成一旦接收了《大楚報》，先就擇出了爭取民心，兼向重慶送秋波的架勢。利用給他撐腰的日本主子，譁眾取寵，故示「清高」。他順利接受《大楚報》以後，便發表了他自己執筆的第一篇社論，措詞嚴峻的正告日本人說：「你們要曉得，你們的傲慢，其實正足以顯示你們的渺小。你們應該知道，這裡是中華民國的地界。而且，戰爭的全面情勢，對於日本來說，已經到了天命不可兒戲的地步！」

斯語一出，足使淪陷已達六七年，處於水深火熱之中的武漢民眾，三楚同胞，為之擊節讚賞，拊掌稱快。但是，另一方面，在武漢、湖北乃至華中，作威作福，予取予求的日本「皇軍」與「皇民」，卻又老羞成怒，憤慨莫名。就在胡蘭成這一篇社論刊出的那一天，武漢區的日本在鄉軍人群情激憤，怒不可抑，集合了一支浩浩蕩蕩的隊伍，決定奔向《大楚報》去，將報館全部搗毀，置社論作者於死地。

就在這間不容髮之際，幸由華中憲兵隊本部的指揮官福本准將，曉得胡蘭成的來龍去脈，瞭然胡蘭成的此行任務。連夜緊急出動所部憲兵，總算把一場大風暴，應給壓了下去。

這一位福本准將隊長很賣胡蘭成的賬，對胡蘭成多方支持，不遺餘力。在漢口有很不少新聞記者和教員學生，由於涉嫌抗日而被長期羈押。經由胡蘭成跟福本準將略略一提，這許多「政治犯」迅即獲得釋放。而且，自胡蘭成接收《大楚報》已後，日本人雷厲風行的新聞檢查，也由報導部長三品隆下令取銷了。

胡蘭成在漢口一住半年多，由於風流成性，不甘寂莫，他又搭上了漢陽醫院裡的一名女護士，名叫周順德，只有十七歲。胡蘭成也跟著醫院的那些女護士們，叫她小周。兩人相差二十二歲之多，雙飛雙宿，根本就不避人。三十四年三月，胡蘭成曾有一次京滬行，和偽國民政府代理主席陳公博會晤，陳公博首先問起胡蘭成說：

「蘭成，你對當前時局的看法如何？」

胡蘭成審慎的回答他說：

「戰事是已經接近末梢了，國事呢？似乎還在草創的時期。」

他的言外之意是說：偽政府在政治上還得多下點功夫。然而，陳公博卻還在東拉西扯的道：

「我的意思，當今的重點應該在於建軍，我們常說什麼七分政治，三分軍事。我覺得應該倒轉來，七分軍事三分政治才對！」

太平洋戰爭已近尾聲，數百萬日本皇軍已瀕崩潰。而陳公博身為傀儡，眼見末日即將來臨，還在侈言「七分軍事，三分政治」，從一片廢墟之上建起軍來，這豈不是痴人說夢？因此，胡蘭成深深感到，陳公博迷惘糊塗，不足與論大事。再與偽組織裡其他的要員相接觸，胡蘭成更其感到，如周佛海、梅思平、陳群等等之流，都像已知大限將至，引頸就戮的命運無法逃過，一個個彷彿看破了紅塵。他心知偽組織的這一批人已經完結了，沒有什麼可資利用的。於是便又到上海去走了一趟，和張愛玲同在一起，過了一個多月。

三十四年五月，胡蘭成回到漢口。不久，池田來到，幫他籌備開辦「軍事政治學校」，打算在十一月間成立。其後他又一病一月有餘。緊接著便到了八月十五日，當時胡蘭成業已病癒，他正在江漢路人叢之中，驟然聽見日本昭和天皇在無線電裡宣告無條件投降。他忙赴大楚報館，果然又收到了日軍報導班送來的電訊，八年抗戰獲得最後勝利，這個消息，已是千真萬確的了。

日本正式投降，盟軍終獲光榮勝利。就在這個時候，胡蘭成勾結日本將校，所預定的一項陰謀計劃，馬上就開始著手進行。這是我國抗戰勝利以來，新聞報導，史家記述中所疏忽遺漏了的一頁秘史。就當年而言，關係委實非常的重大。倘若胡蘭成他們的陰謀得逞，那麼，抗戰後中國的歷史都將為之改寫。這件大事雖然並不是在上海發生，但是，筆者為提供歷史家研究起見，仍願根據確鑿史料，一一補記起來。

竊據武漢悍然「獨立」

原來，胡蘭成在漢口部署將近一年，他們的那一項驚人陰謀是，當日本戰敗，抗戰勝利來臨之期，由胡蘭成出頭造反，竊據武漢，截斷長江交通要塞，阻止國軍南下接收，再在華中地帶，掀起一場大動亂。胡蘭成他們的如意算盤，係由日軍供給軍械彈藥，以胡蘭成指揮湖北境內的偽軍，竊據武漢作為根據地，使國軍不能順利東下接收東南半壁江山。

他們準備據武漢死守，當來自重慶的國軍前來攻打，只要能夠支撐兩三個月，便可以在東南半壁，煽動若干野心分子，以日軍充份供給軍火為餌，引誘他們做叛國殘民的勾當。東南一有「響應」，胡蘭成他們便準備放棄武漢，退守到湖北、江西、湖南三省接壤的三角地帶。那一帶向來是盜匪滋生，易守難攻之地。明末流寇李自成，共匪頭目毛澤東等，都曾在那個三角地帶盤踞過。而且，胡蘭成他們料準了國軍攻克武漢後，一定會急於光復南京、上海，所以他們退出武漢，便等於讓開一條路來，由國軍通過。只要國軍不以主力跟蹤追擊，把他們澈底消滅，胡蘭成他們便有把握在鄂湘贛三角地帶站住五個月。利用這五個月的時間來擴充實力，裹脅民眾，他們就「再也不會被消滅了」。

此一陰謀的可虞之處，除了這一支造反部隊將在華中掀起動亂，阻撓接收，鬧得華中、東南半壁兵連禍結，萑符遍地以外。尤在於分駐華中、東南、華南各地數達二百餘萬束手待降的日軍，是否會利用混亂捲入其中，繼續留在中國成為莫大的禍害。果然如此，半壁江山俱將陷於糜爛，陷於萬劫不復之境。由此可見，他們的秘密計劃，是多麼的凶狠毒辣！

胡蘭成他們在抗戰勝利來臨，舉國歡欣若狂的時候，立刻就在全國心臟之地的武漢三鎮，按照計劃，開始進行造反的行動。第一步，胡蘭成勾串偽軍第二十九軍軍長鄒平凡，宣稱武漢獨立。偽湖北省政府主席葉蓬，由於在葉、胡赴湖北就偽職時期，漸次的顯得不太與胡蘭成合作。胡蘭成便趁他到南京去有事，命鄒平凡派一支偽軍，夤夜把葉蓬的特務營繳了械。葉蓬部下的兩個師，偽師長李太平及汪步青，於是一致表示願意接受胡蘭成、鄒平凡的指揮參加這個禍國殃民的陰謀。

胡蘭成造反，竊據武漢，「宣告獨立」，本錢是向日本人拿的。胡蘭成跟駐武漢日軍，一開口就要到了足夠裝備一萬人的武器和輜重。很顯然的，倘若他再需要，駐武漢日軍一定會如數撥給。在日軍報導班裡，胡蘭成曾經看到一名熟悉的日軍大尉，大病方癒，坐著和胡蘭成談天，是那麼樣的心神交瘁，有氣無力。他無意中抬起頭來，望了一瞥牆上懸掛的太平洋形勢圖，遲滯的目光又迅速的移開，臉上閃過了悲哀與感慨。野心勃勃，洋洋自得的胡蘭成，便在安慰他說：

「表面上雖然敗了。但是日本皇軍遺跡之所在，將有許多新的國家出來！」

可見得他當時對於自己的造反計劃，是多麼的自負，多麼的有把握。胡蘭成原先計劃在武漢成立「軍政府」，但卻只設立了一個偽武漢警備司令部，以鄒平凡為偽司令，胡蘭成則在幕後策劃指揮。武漢「獨立」的消息，首先傳到偽府所在的南京。時在南京的葉蓬聽說了，不覺大吃一驚，跌足的說：

「胡蘭成這傢伙，他果真做出來了！」

葉蓬正想帶著他的一軍偽軍，搶先回重慶中央輸誠、自首，企圖可以僥倖減罪。胡蘭成一下子把他的老巢抄了，又將他手下的偽軍全部挖了過去，叫他怎不著急？因此他獲悉武漢有變，立刻便向南京偽組織要了一架飛機，慌忙趕回武漢，打算跟胡蘭成拚個死活。

可是，葉蓬離京返漢，這個消息很快的便為胡蘭成所偵知。他聞訊後即派偽警備司令鄒平凡，趕赴漢口機場，將葉蓬拿下。

一病七天星移斗換

鄒平凡和葉蓬共事以久，逮捕葉蓬，下他的毒手，這種絕情的事他做不出來。因此，胡蘭成的「皇皇嚴令」固已下達，葉蓬飛抵漢口後卻並沒有被捕。他悠哉遊哉的在機場附近的青山住了一夜，眼看武漢的局面一時扳不轉來，方才於翌日怏怏的飛返南京。葉蓬安然無恙的來而復去，當然是鄒平凡念在舊日交情放了水，胡蘭成雖然氣得暴跳如雷，只是他拿鄒平凡依然無計可施，因為槍桿子都在鄒平凡的手裡。胡蘭成正密鑼緊鼓的在武漢陰謀遮阻國軍，一場儻來浩劫迫在眉睫。可是，正在興頭上的胡蘭成，突然之間生起病來了。當年武漢三鎮，真是多災多難。起先是美機日夜轟炸，老百姓一天到晚躲警報。好不容易盼到抗戰勝利，以為馬上就是國土重光，迎我漢家旌旗了。詎料，斜刺裡殺出個程咬金來：胡蘭成要盤踞武漢造反，說不定又會起一場刀兵陣仗。便在這風聲鶴唳，草木皆兵，人心惶惶不安之際，又不知從何處傳來了一種稀奇古怪的傳染病，叫做登革熱，又名戰壕熱的。患者發高燒，週身疼痛難當。此一登革熱傳染病來勢凶猛，蔓延迅速，武漢三鎮民眾，居然有三分之一以上給傳染上了，胡蘭成不知怎的也成為其中之一。

胡蘭成罹患登革熱，昏昏沉沉，迷迷糊糊，一躺就是一星期。在這一星期之中，他始終昏迷不醒，尤且滴水粒米不能進口。他那個小姘頭周順德則衣不解帶的服侍他。只不過等到他漸漸退燒，慢慢的恢復了神志，欠身起床，開口一問，這才霍然驚覺，一週昏睡，武漢三鎮的局勢業已大變。

奉胡蘭成之委的偽武漢警備司令鄒平凡，居然良心發現，畏罪愧疚，他已經到重慶去向最高當局自首。湖北偽軍一日脫離了胡蘭成的羈絆，也紛紛的向國軍部隊投誠。胡蘭成他們企圖阻止國軍光復武漢，可是，重慶中央派到武漢接收的中央委員袁雍，早就在好幾天以前抵達武漢，執行任務了。郭懺將軍所統率的國軍，也在兼程向武漢推進之中。

大病一場，胡蘭成的幻夢全部破碎。他所謂的「武漢獨立」，至此前後只有十三天。方慶勝利的中華民國免卻了一次浩劫，反倒是天生反骨的胡蘭成，不能不設法逃命了。他在逃離漢口之前，還留下了一封信給中央派來的接收大員袁雍，靦顏的說：

「……國步方艱，天命不易，我且暫避，到要看看國府是否果如蔣主席所廣播的不嗜殺人。而我是否回返，亦即在今後三五個月內可見分曉。士固有不可得而臣，不可得而辱，不可得而殺者。……」

把信交給他的小姘頭小周，囑她在三天以後寄出。胡蘭成悄然渡江到了漢口。船到江心，將他的手槍，偷偷的沉入水裡。胡蘭成在漢口找到了日本駐漢口總領事館的祕書富岡，這才知道，同盟國中國戰區統帥部總參謀長何應欽將軍，早已下令：武漢所有的飛機、火車、汽車、船舶一律集中，聽候調用，不得擅自行動。正在走投無路，倉皇不知所措，還是日本人給他想了辦法：改裝易服，冒充日本傷兵，混上當日啟碇的一艘傷兵船，一路悶聲不響的裝啞巴，逃過了檢查，抵達南京。

這一個亡命之徒胡蘭成，是在九月五日抵達南京的。他到南京的時候，還趕得上偽組織捲堂大散前的那一幕。周佛海自說自話，掛羊頭賣狗肉，偽稱他已取得重慶中央軍的寬赦，戴罪立功，自任偽京滬衛戍總部總指揮。陳公博則坐飛機逃到了日本。在陳公博拔腳開溜以前，曾經裝模作樣的開過一次緊急會議。會議席上，偽軍政部長蕭叔宣，和偽江蘇省主席陳群，居然大放厥詞，極力主張盡起偽軍反抗中央。然而，蕭叔宣甫出大門口，便被周佛海派人開槍擊斃。陳群陳老八一看苗頭不對，嚇得回到家裡自殺身死。

日本人安排胡蘭成在傷兵醫院裡住了兩天，再偽裝日本少佐，由日本憲兵隊的三名佐級將校陪同，乘坐火車到上海。

他日相見何殊平生

在上海，胡蘭成被日方人員送到虹口，還是化裝日本人，住進一個日本人家，由清水等人多方設法讓他離開上海到日本去。可是一連幾次不得成功。在這一段時期，他又異想天開，煽惑日本駐南京谷「大使」，上書建議他促使駐華日軍拒絕投降，而與南京偽組織的偽軍合編，在中國民間建立部隊，使之成為造反的「中國革命軍」。在加以政治上的運用，可使重慶中央「不致放鬆一步」，同時也能叫延安共黨不致乘虛而入。而美國見日本在國外還有並未投降的一支部隊，亦不敢「欺壓日本太甚」。照胡蘭成天真的想法：日軍與偽軍同流合污，這便成了中國的內部問題，無論如何，美國也不至於搬出原子彈來轟炸的。

這封建議書送給日本谷「大使」，猶如石沉大海，久久不得回音。一星期後，胡蘭成再次上書，建議谷「大使」，請他徵得日本軍方的同意，將日軍所掌握的金銀物資，隱匿起來，留作日後「東山再起」的政治資金。

兩次上書提出賣國的奸計，都不為日方所置理。胡蘭成便曉得他在當時不能再指望業已戰敗投降的日本人了。他必須趕緊自己設法逃命。然而他對他的日本「同志」朋友，仍還想再拋一次秋波，為自己的將來留個餘地。所以他又寫了一篇：〈寄語日本人〉，交給池田篤紀，而在文章中，大言不慚的說：

「我今出亡，此後歲月，與君等一般生於憂患。太平洋戰爭，與汪先生的和平運動，多有值得反省之處。但亦有其陽氣之一面，歷史不在於悔罪，而在於荊棘中檢善拾福，莫以今日之故，遂忘夙所親也。自茲中國將內亂，此身不死，尚得重論。國際間美俄亦將衝突，東南亞將出現許多新獨立國。五年後日本可擺脫戰敗的束縛，十五年後，國勢可以恢復。不必報仇雪恨，恢復亦非戀舊。固知天命唯新，又海水自然無宿穢，大則能淨耳。人事有可量有不可量，仍期各愛體素，他日相見，何殊平生！」

他這一篇〈寄語日本人〉，後來曾由池田譯為日文，帶到日本，印發給許多人傳閱。

胡蘭成旋不久便離開上海，潛回浙江家鄉，東藏西躲的渡過了一段艱苦歲月。值到民國三十九八年紅流泛濫，大陸淪陷，他依舊匿身鄉間，逍遙法外。其後他又流亡到上海，遇見了曾在湖北共事的鄒平凡，便噓鄒平凡出旅費，和他一齊逃到了香港，困處五月。結果還是由熊劍東之妻出資，偷渡到日本，找到了他的東洋朋友清水董三、池田篤紀，就此在日本住下。

住到民國四十三年，始終是寄人籬下，一籌莫展。值到四十三年三月，那個吳四寶的老婆佘愛珍，自勝利後因漢奸罪入獄，關了三四年。共產黨攻陷上海，她花了一筆錢，給保釋了出來。「有錢能使鬼推磨」，居然還能從上海坐飛機到香港，當了兩年的寓婆。再坐飛機到日本，投入了胡蘭成的懷抱。佘愛珍在再嫁胡蘭成之前，還曾不大服氣的說過：

「你有你的地位，我有我的地位，我們兩個仍舊只當是異姓姊弟吧。」

當時，胡蘭成卻在涎著臉說：

「原來有緣的，就是有緣。」

言詞便給尖利的佘愛珍，立刻便反唇相譏的道：

「我與你不是緣，是冤！」

在汪偽組織的大小漢奸之中，胡蘭成並不是大出臭名的人物。但是汪偽組織許多驚天動地的大事，他都居於核心地位。或則代人劃策，或則挺身一試。

因此上述的這許多軼聞掌故，只有借這一個小人物，加以前後貫串起來。若論其本人，則僅只是大時代中的一個泡沫，一點渣滓而已。委實是不足傳的。

陳公博忍痛讓肥缺

汪精衛病逝名古屋，帶給南京汪偽組織的，不是兔死狐悲，物傷其類的悲傷哀悼，而是另一場勾心鬥角，爭權奪利的大風暴。

原來，當汪精衛赴日就醫，南京偽府，按照偽政府的組織法，汪精衛既然是偽國民政府主席，兼偽行政院院長。那麼，他的兩項偽職，原該由偽行政院副院長周佛海一體兼代。可是，汪精衛和他那大權在握的老婆陳璧君，都雅不欲「舘外派」的首腦周佛海，藉此機會竄上來，李代桃僵，將汪偽組織一把抓過去，因此，這兩夫妻煞費苦心，硬壓周佛海一壓，將偽國府主席一職委由偽立法院院長陳公博代理，偽行政院院長一職則由偽副院長周佛海權攝。此一偽職人事安排一發佈，等於是給周佛海當頭一棒，彰明昭著的正告內外，偽組織依舊是汪精衛「公舘派」的江山，挨不到周佛海的頭上。

周佛海滿懷熱望落了空，當頭一悶棍，打得他滿腔怒火，幾乎為之氣結。他把一肚皮悶氣全都出到陳公博身上，對他冷譏熱嘲，嬉笑怒罵，無所不用其極。一見陳公博的面，就尖酸刻薄的說：

「老兄，你真是天字第一號大忙人啊。一會兒在上海市政府躬親庶政，日理萬機。一會兒又要僕僕風塵，回南京主持國府會議。」

他為什麼這樣說呢？因為，偽國民政府主席，兼偽立法院院長陳公博，手裡還捏牢了一個偽組織最肥的缺——上海市偽市長不放。

儘管周佛海的話講得那麼難聽，可是，陳公博偽官大量也大。「宰相肚裡好撐船」，何況他還受汪精衛、陳璧君的重託，替他們保住這最後一處巢穴。因此陳公博裝聾作啞，聽後不過打個哈哈，然後再顧左右而言它，根本就不當他一回事。「好曲子不唱三遍」，周佛海激動，陳公博冷靜，一個眼睛裡噴出了火，一個好官我自為之，笑罵由他。於是周佛海又是徒呼負負，無可奈何。只是他心中仍舊不服氣，遇到機會便給陳公博難堪，他又故作倨傲無禮狀，處處表示他和陳公博是分庭抗禮，一字並肩的。在「廟堂公廨」，稠人廣眾間，其他人對陳公博「代座」、「鈞座」的喊得好不奉承親熱，周佛海則必定直呼其名，「公博，公博」的叫個不停。公文私箋，充其量也只用個吾兄勛鑒，周佛海在陳公博跟前架子之大，比汪精衛更勝三分。

直到汪精衛一死，周佛海機會來臨，大喜過望。陳公博身兼三偽職也就越來越尷尬了。魚陳所欲也，熊掌亦陳所欲，何況還要饒上油水特多，大有可為的偽上海市市長一席。首先，陳公博為抵制周佛海往上竄，自封自為官。他把偽立法院院長一席讓出來。發表自己為偽行政院院長，再在周佛海偽副院長頭上加一道緊匝咒。於是陳公博成了偽國府主席，兼偽行政院院長，兼偽上海市市長，周佛海則為偽行政院副院長，兼偽財政部部長，兼偽中央儲備銀行總裁，在在矮陳一截，處處居了下風。一人之下，眾人之上的周佛海，他那個頂頭上司比汪精衛更心狠手辣，不留餘地。這一下陳公博算是把周佛海湖南騾子的倔脾氣給惹翻了，周佛海氣沖牛斗，怒不可遏，他直接了當的跟陳公博攤牌，跑去單刀直入的問：

「公博，我問你，一國元首可不可以兼任地方首長？」

陳公博一聽就明白，周佛海意在偽府第一肥缺偽上海市長。這分明是梁山泊忠義堂上，林沖火拼王倫的火爆場面，一個應付不好，那是要當場就會翻臉的。於是他只好忍痛割愛，苦笑的說：

「上海市長這一席，我早就要讓出來了，只是一時還沒有適當的人選……。」

反正臉皮已經拉破了，揑住陳公博這一句話，周佛海便一指自己的鼻尖說：

「難道連我都不夠資格？」

氣沖牛斗蠻勁大發

陳公博不曾想到，周佛海竟會圖窮匕見，毛遂自薦。他不禁怔了怔，漫聲應道：

「佛海，難道你真有意思……」

周佛海卻大不願陳公博說出質疑詰難的話，當下就一聲冷笑，充滿譏誚口吻的回答他道：

「公博，這個上海市長你兼了這麼久，也該輪到我了吧？」

斯語一出，底牌攤開，陳公博在也沒有討價還價的餘地了。他唯有乾笑的說：

「讓我再研究研究看。」

這是偽府高階層之間的一句暗話，研究研究看，意指去向後台老板日本主子做最後的請示。至此，周佛海自以為勝券在握，可以坐上偽上海市市長的寶座了，他欣欣然色喜的辭出。

陳公博即將辭去兼偽上海市長，消息迅即傳出。偌大一塊肥肉跌落塵埃，偽府群奸誰不眼紅心熱。大家的目光焦點咸集於此，有力之士當然要削尖了腦殼去鑽。鑽得最厲害的是褚民誼，他是陳璧君的誼妹婿，汪精衛的奴才兼出氣筒，就憑這一點唯唯喏喏，鞠躬如也的能耐，在汪偽組織由偽駐日大使、偽外交部長而偽廣東省長。他久以垂涎上海市，央求陳公博在日本主子跟前鼎力推薦。褚民誼靠山已倒，自不量力。因此撲了一鼻子灰，日本主子的答覆是「不敢領教」。

另一個用盡心機，誓在必得的偽府巨奸，是偽宣傳部部長林柏生，他是汪精衛、陳璧君的親信，廣東人，尤為汪精衛率部賣身投日的十二金釵之一。從南華日報社長到偽宣傳部長，其後便一直盯死在這個位子上。既然下水，總想找個機會撈上一票。偽上海市長出缺是他唯一的可乘之機，也可以說是最後的一次撈錢機會。所以林柏生拚命走汪精衛未亡人陳璧君的路線，陳璧君也很肯幫他講話，天天催促陳公博向東洋主子關說，把偽上海市市長一席就賞了林柏生吧。

也不知道是陳公博不曾盡力呢，還是東洋人對林柏生果亦不喜。陳璧君所施加於陳公博的壓力竟然完全失效。林柏生汲汲於搞一個偽上海市長調劑調劑，其結果是成了畫餅充飢，鏡花水月。為這一件事陳璧君還曾動了氣，她把陳公博召來厲聲責罵：

「你怎麼對得起死去的汪先生?!」

公館派中活動最力的褚民誼和林柏生，由於東洋人那一關通不過，難兄難弟相繼鎩羽，自此安分守己，銷聲匿跡，將他們原來的偽官職一路做到底，不數日後，東洋人對陳公博推薦周佛海繼「兼」

偽上海市事長的答覆也到了，東洋人說：

「周佛海對上海市市長一職感興趣，可以。只要他把財政部部長，和中央儲備銀行兩個職位讓出來，我們不妨加以考慮。」

這一個答覆，對於當年氣燄萬丈，目高於頂的周佛海來說，誠然是「分開頂心一片骨，潑下一盆冷水來」。日本人不講情面，返倒抽他的後腿，叫他面上無光。周佛海的蠻勁是出了名的。他在三尸暴跳，七竅生煙之餘，拍桌打凳的吼出了炎炎大言：

「幹不幹這個上海市長，其實跟我有個屁相干！可是，日本人跟陳公博他們死命的不叫我幹，我就偏幹給他們看看！」

湖南人是有這種不信邪，不服輸的脾氣。周佛海一怒之下，非幹一任偽上海市長不可，他便不惜一切犧牲與代價，祭起了他的兩宗法寶！

頭一宗法寶，對付陳公博、陳璧君以次的「公館派」，他使出了一記殺手鐧，假傳聖旨，瞞天過海，公然大言不慚的說：

「奉重慶中央指示，上海市是全國精華之所在。目前勝利即將來臨，上海行將光復，為保全上海計，偽市長以周佛海繼任為宜。」

群奸問周佛海，重慶中央的電報指示從何而來？周佛海就漫天撒謊，天花亂墜的說：

「電報是重慶中央直接拍給蔣伯誠先生，而由蔣伯誠先生那邊的同志暗中知會我的。」

像這樣信口開河，漫天撒謊，連三尺童子都會啞然失笑。而陳公博以次的偽府群奸，居然就會深信不疑，心甘情願的將偽上海市長一席，雙手讓給了周佛海。

由於周佛海此一瞞天過海的陰謀詭計，與筆者頗有密切關係，也可以說，只有筆者諗知其內幕經過，因此，不妨在此從頭說來。

蔣伯誠與筆者被捕

蔣伯誠先生，浙江諸暨人，早年在日本參加同盟會，自此奔走革命，席不暇煖。國民政府定都南京後，伯誠先生曾經兩度出任浙江省政府代理主席。後來韓復渠當山東省主席時，伯誠先生便奉派為蔣委員長駐濟南的代表。抗戰爆發，淞滬淪陷，中央下令組織上海統一委員會，杜月笙先生即為其中主要人物之一。統一委員會在上海傳達中央政令，連絡各方，任務非常重大。駐上海的負責人，即為蔣伯誠先生與刻在台灣的吳開先先生。首都南京陷敵後，伯誠先生又奉令駐滬指揮敵後工作，時在台灣的王先青先生和已故曹俊先生等即為其重要助手。筆者亦曾啣杜月笙先生之命，經常追隨蔣伯誠先生左右，不時照料一切，兼負通訊連絡之責。

民國二十八年汪精衛等赴滬入京，籌備成立偽國民政府，周佛海等即以七十六號偽特工總部為鷹犬爪牙，配合日本特務、皇軍，對上海地下工作同志，盡情摧殘荼毒。上海市黨部的杜剛、張山通、莊鶴初、王維君等，或囚或殺。我亦於二十九年十二月二十一日被捕，嚴刑拷打，幾瀕於危，拘禁凡一百九十日，始因腹部刑傷加劇，保外就醫。利用這一個機會，我仍力疾從事地下工作如故。就在這一段時間，伯誠先生因患高血壓症，半身麻痺，纏綿病榻。太平洋戰爭爆發，日軍進佔租界，伯誠先生失卻掩護，處境十分危險。但是我滬上地下工作同志，仍舊極力設法，多方隱匿，方使伯誠先生在敵偽軍警遍城大索，不斷搜查之餘，平安無事的渡過了兩三年。直到三十三年初夏，伯誠先生血壓高達二百四十度，業已陷入昏迷狀態。蔣伯誠夫人杜麗雲女士，係平劇名票，伴他住在福履里路曲園。當時我已買通敵偽，從南洋醫院遷往西蒲西路療傷，王先青先生等，也和我住在一起。

三十三年五月五日，王先青先生和我同赴福履里路探疾，並與杜麗雲夫人籌商，怎樣給蔣伯誠先生延醫急救。其後，杜麗雲夫人便冒險前往延請以前給伯誠先生診治過的某醫師，殊不知道這位醫師早在敵偽特工的監視之下。杜夫人既去請他，敵偽特工立刻就跟蹤前往，發現了伯誠先生的匿居處，但因陷於昏迷不醒，驟然移動，可能有性命之虞。敵偽特工乃將蔣氏住處嚴密監視，同時也安排好了一個陷阱。尤且查出，正在保外就醫的我，仍與蔣伯誠先生保持聯繫。

在敵偽特工終於發覺伯誠先生住所時，還有一段頗有趣的插曲，具見吉人天相，每每會化險為夷。那便是給蔣伯誠先生診療的那位醫師，眼見伯誠先生血壓過高，生命垂危，為有效的加以挽救計，聲稱必需抽血一百ＣＣ。但是杜夫人則以蔣氏患病已久，身體太弱，堅持最多只能抽出五十ＣＣ的血，就在雙方各持己見，爭論不決的時候，敵圍大隊軍警，紛紛趕到，將蔣氏住所，圍了個水洩不通。及至撬門而入，直抵床前。蔣伯誠先生已是生死間不容髮了。於是日本軍官，連忙打電話，召來一位日本醫生。日本醫生根本就不徵求杜夫人的同意，猛一下子就給伯誠先生抽血達兩百ＣＣ之多。杜夫人在一旁聲淚俱下，高聲抗議，以為伯誠先生經此大量失血，必定性命難保。然而，伯誠先生卻因禍得福，反倒死而復甦，又悠悠的清醒了過來。

敵偽特工軍警，大舉包圍蔣伯誠先生住所，外間卻毫無所悉，以致王先青先生在五月十五日前往探視，一進門便被日本憲兵補去，當夜他不曾回返西蒲石路，我自不免有點擔心。只是再也沒有想到，他已經被捕繫獄，於是，五月十一日清晨，大雨傾盆，我正睡得香甜，便有大批日本憲兵，化裝平民百姓，把我再度捉進監牢去。這一次用刑，比前次被捕，更勝十倍。當時，日本憲兵嚴詞追詰我的，共有下列六事：

一、我左右共有若干同志？
二、我平時是如何協助蔣伯誠、吳紹樹二先生從事地下工作？
三、地下工作的經費來源為何？
四、我地下工作同志平時如何聚會，如何共商工作之進行？
五、蔣伯誠先生以下之地下工作組織、系統，及人數若干？
六、平時如何與重慶取得聯繫？

周佛海詭計救出來

關於上列六項問題，日本憲兵反覆審問，日夜不休，持續達兩個星期之久，方始改由滬南日本憲兵隊特高科長花田主審。花田科長和我一席長談，為時計三小時，談古論今，臧否人物，頗有惺惺相惜，相見恨晚之概。藉由花田之力，我方得暫時脫離日本憲兵隊，進入附近的大華醫院，延醫療傷，然後住院休養。後來又轉入日軍管轄的宏恩醫院治療。端午節那一天，滬南日本憲兵隊長杉田，攜帶食物，來院慰問，我則極力請他准我返回西蒲石路寓所養病。更進一步，我又設法使得同時被羈押的蔣伯誠先生、杜麗雲夫人，暨男女公子各一，還有王先青、曹俊、毛子佩三先生，連同我和內子，同案一共是九個人，都從日本憲兵隊搬到西蒲石路私寓來了。

我們九個人，共在西蒲石路舍下被軟禁五個月，融融洩洩，儼然一個地下工作者的大家庭。除了門外有日本憲兵監視，行動不得自由。那五閱月的共同生活，可以稱之為世間最受優待的監獄。

易地被求五閱月後，到了三十三年十一月二十一日，徐采丞先生忽然來看我們，告訴我們一個大好消息，他方才在貝當路口日本滬南縣兵隊辦好了保釋手續，我們已經恢復自由了。只不過，我們必須答應日方一個條件，今後不在從事地下工作。

回想當年，獲釋喜訊之來，實在是大出意外。因而同難親友九人，人人興高采烈，歡欣若狂。大家都從鬼門關口過了一遍，結果居然是安然無恙，重新恢復自由之身。以我為例，則自被捕以至保釋，前後歷時一百九十五天。

獲釋後，在蔣伯誠先生親自領導之下，我們仍還是繼續進行地下工作。不過主要的工作卻在於營救被捕的地下工作同志，總計到抗戰勝利之日，我們一共營救了四五百位，並且還千方百計的籌款，供給他們的生活費用，直到勝利來臨為止。勝利後，中樞論功行賞，我們都獲得了勛獎。蔣伯誠先生則奉拜為蔣委員長駐滬代表，在大西路設立公署。曾有一度，以蔣伯誠先生出任上海市市長的呼聲甚囂塵上。只以他舊病時癒時發，體力無法擔任艱鉅，中樞乃改任他為浙江監察使，三十八年大陸陷匪，蔣伯誠先生病勢正篤，不克撤離，四十年春在上海病歿。

我之所以要追記這一樁往事，目的正在於揭發周佛海的陰謀詭計，無恥讕言。因為直到我們九人獲釋以後過了很久，方始獲悉營救、保釋我們的是周佛海，而非徐采丞。周佛海為了營救我們出獄，他曾親自往見日本駐滬陸軍部長山本少將，利用日本人在大戰末期，亟圖與我國謀和的迫切心理，力陳蔣伯誠先生和我們的重要性。他甚至向山本保證，我們獲釋後一定可以成為日本向重慶乞和的橋樑。杉本聽信了他的花言巧語，信以為真，但卻由我們的「案情重大」，其後還曾由山本轉呈日本參謀本部獲得同意，方始把我們放了的。

杉本少將那裡想到周佛海老奸巨猾，別有用心。他要營救我們，主要目的在製造一道煙幕，嚇唬陳公博和偽府群奸。周佛海鬼話連篇，自欺欺人，說什麼中樞發電蔣伯誠先生，為保全上海精華之區，偽上海市長以周佛海出任為宜。其實明眼人一望可知，倘使中樞對汪偽組織的上海市長誰屬的問題都會垂注，都要有所指示，那豈不成了天大的笑話，事實上，周佛海利用保釋我們的這一件事，不但唬住了陳公博等人，讓他堂而皇之，如願以償的做上了偽上海市長的寶座。而且還花樣翻新，變本加厲，在日本無條件投降，抗戰勝利之日，搖身數變，一手遮盡東南耳目。當汪偽組織樹倒猢猻散，就此宣告結束。那時候東南半壁，就只剩下周佛海一個人在唱獨腳戲。周佛海一變而為「治安委員會委員長」，再變則為「軍事委員會行動總隊總指揮」，變到後來，則是國法難逃，罪加一等，鋃鐺入獄而終至慘死獄中了。

周佛海這一邊唬住了陳公博，那一頭還得打動日本主子的心。否則的話，偽上海市長還是輪不到他幹的。周佛海小有才，真不愧為一代權奸，他抓得住陳公博等人凜懼中央的心理弱點，更瞭然日本人當時最頭疼的問題在何——筆者一向在上海經米糧業。戰後曾任全國米糧同業公會和上海米糧同業公會的理事長，兼上海總農會理事長。上海淪陷時期，封鎖食米來源，迫使日軍軍糧無從徵購，也是地下工作者的主要任務之一。尤其是太平洋戰爭爆發以後，我們的忠義救國軍活躍異常，使得日軍、偽軍防不勝防。忠義救國軍將江浙兩省各地食米輸往上海的通道全部切斷。上海近郊的農胞尤且有計劃的組織了起來，他們能採用各式各樣的辦法，將所收成的米糧藏匿起來根本不賣。因而使駐在上海的日軍無米可吃，即會有錢也買不到米。至於上海市民，則由神通廣大，組織嚴密的米販，很容易從農胞手中買進現貨，再水路並進，源源不絕的運到上海發賣。

院部行府局兼到底

中國軍民聯合組成的米糧陣線，發揮了莫大的威力，迫使日本駐軍絕糧斷炊。日酋迫於無奈，唯有責成偽府或保甲長徵收軍米。但事偽府官吏、保甲長們從此便成了眾矢之的，他們不但徵收不到米糧，反而被米糧陣線打擊得抬不起頭來。

就在這日本軍方焦頭爛額，惶惶然無以為計的時候，周佛海利用時機，向日本軍方拍胸脯說：「只要你們肯讓我當偽上海市長，我就可以負責用集中採辦的方式，使日軍食米供應無缺。」至此，日本軍方就不能不支持周佛海了。

民國三十三年十一月十日，汪精衛在名古屋逝世，蔣伯誠先生和我們一群難友，則是在同年十一月二十一日恢復自由的。兩個月另二十五天後，周佛海買空賣空，他當上了偽上海市長，三十四年元月十五日通告就「職」。由這三個日期加以聯想，即可獲知周佛海攫奪偽上海市長一席，是何等的積極而有效。

周佛海沐猴而冠，入據上海，他儘可以嚇唬得住陳公博，但是對日本軍方所開出的支票，卻不敢不兌現。要兌現就得拿出軍米來，讓駐滬日軍不再餓肚皮。因此，周佛海一上台，就要跟我們的米糧陣線打硬仗。這一層，乃使他在人事安排上就煞費周章。

「館外派」有所謂三位一體之說，是即為綽號「財神」的周佛海，綽號「閻羅王」的羅君強，與乎綽號「小鬼」的丁默邨。這三名湖南同鄉是誼同一體，分割不開的。當周佛海已偽行政院副院長，兼偽財政部長，兼偽中央儲備銀行總裁，再兼偽上海市長的時候。羅君強正自偽司法部長轉任安徽省政府主席，丁默邨則早自七十六號大頭頭，而被二頭頭李士群一腳踢了出去，改任聊備一格的偽社會福利部長。所以，周佛海決定「重用」羅君強，叫他到上海來替自己「當家」。

周佛海決定重用羅君強，而不徵調丁默邨。除了丁在上海栽過跟斗以外，還有另一層作用，那便是周佛海深明槍桿子比刀筆硬，尤較三寸不爛之舌更凶。周佛海在汪偽組織成立未幾時，曾經建立過一支「準私人」的武力，他在偽財政部之下設了一個偽稅警團，由他自兼為團長，羅君強則派為偽教育長。這一個偽稅警團由於偽財政部有的是錢，所以兵員充分，裝備精良，火力在一般偽軍之上。但因周佛海、羅君強都不知兵，乃由羅君強挽來熊劍東以「參謀長」的名義加以統率。熊劍東飲水思源，頗聽命於羅君強，羅君強跟偽警團的關係，也就比較「大老闆」周佛海更為密切，由他直接指揮稅警團，頗有臂之使手，從容裕如之概。

周佛海當偽上海市長，羅君強任市府偽祕書長，在汪偽組織的其他偽官看來，自然豔羨萬分，眼紅之至。但是瞭解當年真情實況的，卻明曉得「館外派首腦」周佛海，這一次做的是吃力不討好的事。甚至於可以說是周佛海一系人物，乃至偽民國政府群奸，在五年四個月又半的期間之內，破題兒第一遭在為淪陷區老百姓做點事情。當然，這並不是說周佛海一系人物在勝利來臨前夕知所悔悟，冀望真正為民服務一番，俾便來日將功折罪。而是他們——其實是周佛海一人，「氣」令智昏，為了賭一口氣，非當這個偽上海市長不可，方才一腳踏進了泥淖裡，和上海忠貞分子構成的米糧陣線正面交鋒。

為了達成周佛海對日本人所作的承諾，實行集中採辦制，使米糧供應無缺，周佛海施盡渾身解數，將他所有的力量全部集中。羅君強當上海偽市府祕書長，由方面大吏、安徽省主席屈就了特別市的幕僚長，放棄了安徽的地盤，偽官階也從「特任」一降而為「簡任」。他的安徽省主席偽職，只好眼睜睜的讓給「館內派」林柏生，林柏生的偽宣傳部長則白白的送給了趙尊嶽。除此以外，周佛海為全力打通米糧運輸路線，他又命丁默邨自動捨棄偽社會福利部，改任偽浙江省主席。

最妙的一著，尤為周佛海擺出一副披掛上陣，與我米糧陣線交兵接仗的姿態。荒忽其唐的自兼偽上海市公安局局長，三十四年初的周佛海，倘若要把他的偽官銜印在名片上，那真是「新官場現形記」裡最堪令人噴飯的一章，計為：「偽行政院副院長，兼偽財政部長，兼偽中央儲被銀行總裁，兼偽上海市市長，兼偽上海市公安局局長」，院部行府局，一路兼到底。這便是周佛海一生之中最高、最後的官銜了。

米糧陣線交鋒接仗

抗戰八年上海淪陷時期，五百萬上海市民，幾乎一直都在為「白金」、「黑金」問題發愁。所謂「黑金」是燃煤，「白金」則指食米。在此以前，上海人的確是從未想到食米也會發生問題的。當民國三十年十二月，日軍進入上海租界，上海名實相符的成為了孤島，自安南輸入的食米來源宣告斷絕，上海人吃米就只有依靠江、浙兩省產米地區供給。同時，由於我忠義救國軍游擊健兒，和上海地下工作同志的通力合作，嚴密封鎖上海市區，上海人果真臨到巧婦難為無米之炊的地步了。民以食為天，災情嚴重已極，日據當局迫不得已，只好宣佈開放米禁，恢復自由市場。然而，日軍強行徵收的軍米依然毫無著落，另一方面，則以食米來源不易，米價節節盤高，漲到了空前未有的高位。到民國三十四年元月上旬，周佛海上台以前，上海米價已經漲到每石四萬元。不但升斗小民，叫苦連天，連有身價的富商巨賈，也都在高聲大叫，再這樣下去誰都吃不消了。

周佛海、羅君強雙雙登台亮相，在偽上海市府首先大做宣傳，處處表示周佛海的脾氣很辣，羅君強更是殺人不眨眼的閻羅王。意思是正告上海糧商，你們是要錢，還是要命，然後再由周佛海出面公開宣戰，周佛海說：他當偽上海市市長一定要做到「最起碼的兩件事」。第一，他不惜採取最嚴厲的手段，抑低米價，使上海市民吃飽肚皮。第二，他將澈底革除偽警當接放搶，強收「行商買路錢」的惡風。同一天，市面上便有各種不同的傳聞之詞，說是周佛海、羅君強這兩個湖南老鄉已經下定決心要蠻幹了，他們將派出陸續開到上海來的三五千偽稅警團官兵，全面澈底清查公私倉庫，抓到了囤積居奇米糧者，一律槍決。

新「官」上任三把火，上海米商對周佛海的答覆則是，稍稍買他一點「面子」。米價果然下跌了，從每石四萬元，跌到三萬八九千。

米價才跌了百分之五不到，周佛海已經很開心了。但是他馬上又開空頭支票，洋洋得意，躊躇滿志的說：不行，米價非再降低不可。他信口雌黃，硬性規定，食米零售價格，每石不得超過兩萬元。

然而，米商立刻就展開了反擊。一聲請問，正中周佛海的要害。米商請教周「市長」，你要不要代日本人統一收購軍米呀？

周佛海迫於無奈，只好多方遮蓋，強詞奪理的回答：「我要出面統一收購軍米的機構，代日本人收購食米，那是因為日軍在各地搜購軍米時，往往驚擾地方，鬧得四鄉不寧。還有不法之徒從中漁利，興風作浪。長此以往，勢將迫使農村騷亂，農民破產而後已。」言下之意，彷彿由他出面，就可以一舉清除類此弊害。米商認為這個答覆純粹是欺人之談，連三歲小孩都騙不到。於是他們配合盟國反攻，國軍捷報頻傳，在經濟上先拖垮上海，在擴而及於整個淪陷區，造成普遍的動亂與不安，迫使日本皇軍窮於應付，疲於奔命。在陰曆大年三十，上海米價一步登天，突然漲到每石七萬元。周佛海慌了手腳，連忙改口，說是他將使米價跌到四萬元以下。

米商們不再吭聲，只以事實答覆，周佛海的話剛一出口，米價馬上從七萬漲到七萬五。同時，由於米價飛昇，百物跟進，使五百萬上海市民，過了一個從所未有的最淒涼、最悲慘的舊曆年。也許，這便是黎明之前的黑暗，勝利來臨之前的苦難吧。法租界電車停駛，大年夜電燈失明，家家都鬧米荒，到處唉聲嘆氣。「你們還有米吧？」「吃過飯了沒有？」「開了年怎麼樣過關呢？」……，代替了「恭喜，恭喜！」「恭喜發財！」人人都在咀咒，人人都在焦急。

這一下真叫「騾子脾氣」的周佛海，急得雙腳直跳，簡直就要上吊。他開始蠻幹，下令偽警捉拿米商，於是從此以後，米店裡就再也找不出一粒米來。米商投桃報李，報之於罷市，原已飛漲的米價，又出現了更高的黑市價格。隨著米價一日千里，市上百物一概飛躍超升。三十四年二月十五日，周佛海就偽職一個月，黃金價格在一日之間，從一百九十萬漲到二百六十四萬，創戰前乃至戰後空前未有的新紀錄，那才真正叫做「漲風」。米價近八萬大關，一箱洋燭七萬元，生油每斤七百，大白菜一斤一千二，肉每斤在七八百之間。

鈔票奇談絕無僅有

周佛海、羅君強面臨此一狂風巨浪，竭力掙扎。周佛海靦顏發表談話說：

「我本人就職後，米價一時安定下來，有人歸功於我，其實這是偶然巧合的事。現在米又貴了，大家也不能苛責我呀！」

真是鳥之將死，其鳴也哀，充分顯示他的顢頇與無能。另一方面，則他和羅君強又根據當時的黑市價格，公佈限價，要求各類物價的風，到此止步。可是上海商人聯合一致，再給他們迎頭痛擊。食米從八萬漲到九萬，生油由七百跳到一千，猪肉由八百躍至一千四。至此，周、羅老羞成怒，把心一橫，派出大批偽稅警團便衣，和經濟偽警，全市搜捕違反限價商人。人是捉了一些，但是以豬肉為例，又從一千四跳到一千八了。

由於這一次米商發動於前，其他行業繼起於後，施周佛海以慘重打擊的空前漲風，導致了上海金融市場一片大亂。市面上現鈔枯竭，偽中央儲備銀行（以下簡稱偽中儲）發行的鈔票，已經無法應付市面的需要。於是敵偽更拚命的趕印偽鈔，二月十八日發行了五百元、一千元的大額票子，居然連號碼都來不及編印。頂滑稽的是偽中儲最高經濟顧問木村增太郎，答覆上海各報記者詢問，當面撒謊，居然也一字不易的登了出來。

以下便是上海報載的那一篇滑天下大稽的新聞稿原文：

記者問：「新鈔無號碼，請言其故？」

木村答：「這不足為奇，各國鈔票都是無號碼的。日本也是一樣。」

記者問：「百元券有U、S、A、C、四個英文字母，外面人言嘖嘖，請言其故？」（筆者註：其實，當年發行的偽鈔中，尚不止有此數字。尤有「中山」、「中正」、「勝利」、「日亡」等字樣，暗嵌在鏤刻花紋之間，這是愛國工人人心思漢的表現，曾經收到很大的宣傳作用。）

木村答：「這是鈔票防止偽造的一種暗記，而且不止這四個字母。」

記者問：「五千元、萬元大票將發行嗎？」

木村答：「無此需要，暫不發行。」（筆者註：實則是言猶在耳，在市面上已見流通了。）

記者問：「以黃金收回通貨的政策，有無變更？」

木村答：「放出少量黃金，收縮通貨，還在試驗階段。倘若有此需要，或將大量放出。」（筆者註：問者固然是明知故問，答者尤為極明顯的謊話連篇。）

記者問：「傳有本票將發行，確否？」

木村答：「中儲將發行特別本票，以代替巨額鈔票之使用。」

記者問：「現鈔恐慌情形，可望改善否？」

木村答：「照平時而論，都市與農村的物資是交流的。近來上海的輕工業，因受電力限制，生產普遍不足。未能積極的將產品輸入農村。而上海人口太多，需要農產物數量太大。所以資金不易由農村流回來。不過，現在正研究對策之中。」

上列的這一個消息一見報，恍似在其亂如麻，如鼎之沸的上海市面，投下一枚威力無比的原子彈。五百萬上海居民，人人竭盡所有，竭盡所能的去賺偽鈔，找偽鈔，而在偽鈔到手以後，卻又分秒必爭，迫不及待的去買東西，換現貨。搶購風潮，蔓延神速，似決堤之怒潮，如脫韁之野馬。物價猛漲，一發不可收拾。這是陷後上海忠貞愛國的新聞記者，在為上海商民打垮周佛海，杯葛日本人而拔刀助陣，加予敵偽致命的一擊。

緊接著，米商在來一次「錦上添花」，制敵於死之舉；不收偽鈔，改以金銀外幣購米。從而又導致了偽鈔慘跌，金鈔齊揚。二月二十一日那一天，被老上海稱之為「老大」或曰「黃」的黃金，漲到了每兩三百三十萬，恰是戰前的三千倍，比前一天（二十日）的行情，一漲便是六十萬元。老上海稱之為「老二」或曰「綠」的美鈔，則漲到一元兌四千。稱為「老三」或曰「紅」的港幣也漲到了一元兌二百四十。各色銀洋尤其一馬當先，從每塊四五百元漲到了一千三四。

身心交疲敗陣病倒

就在這一天，飛揚浮躁，體健如牛，一向以橫蠻不講理，凡事行得通的周佛海，居然也身心交瘁，心勞日絀，硬是被打垮，憂急交併，因而病倒了。距他就任偽上海市長職，不過一個月又七天而已，總共是五個星期。這就是周佛海費盡心血，用盡心機，千方百計奪來偽上海市長一席，拚老命，賣氣力，所到手的唯一收獲。

周佛海大年初九得了病，心力交瘁，臥倒在床，好勝心強，通常都是「死人弗關，蠻幹到底」的周佛海，業已一連多日，眠食皆廢。他雙頰發赤，兩眼火紅，氣喘咻咻的躺在病床之上。綽號「小鬼」的偽浙江省主席丁默邨，自杭州蒙羞的西子湖畔，趕來上海探疾。周佛海面對這一名心腹知己，方始盡情傾吐了他的滿腹牢騷，不盡悔恨。周佛海心情激動，熱淚盈眶的在說著：

「都怪我自己，都怪我自己，我為什麼要貿貿然的上這個台！」

周佛海聲淚俱下，斷斷續續的告訴了丁默邨說：他在決心出任偽上海市長之初，曾經和日本駐滬特務機關長岡田有過祕密協議。他向岡田提出保證，負責解決上海日軍的食米問題。岡田則當著周佛海的面拍胸脯，他說他可以擔保日軍從此以後決不會再在四鄉八鎮搜劫食米，並在搜劫足額以前，還要強使各地食米不得運往上海發賣。

在丁默邨面前，周佛海激動不已，淚下沾襟的說：「我那裡曉得，日本人的諾言根本就是靠不住的，岡田的話說了等於放屁。我上了台以後，岡田就扯我的後腿。照舊派日本皇軍下鄉去搜劫米糧，照舊阻難食米流入市區。你看，這下叫我怎麼辦？」

丁默邨唯有默默無語，讓周佛海的滿腹怨恚，盡情發洩一下。

周佛海便又提起他就任偽上海市長後，亦曾盡心盡力，全力以赴，亟欲達成的第二樁「最起碼的事」：革除偽警當街強收買路錢的陋規。他說他曾在就職後的第十天，以偽公安局局長的名義，召集全體幹部人員訓話，開門見山，毫無保留的說：「本人這次出任上海市長，對於整飭警察風紀，早已抱有最大的信心，而且視之為唯一的任務。二月一日起，我先改善員警待遇，除調整薪給外，每人每月至少免費配給食米三斗。同時設法擴充警察消費合作社，增加資本一億元。舉凡日用必須品，一律加強配給。至於本局各處長，分局長，科長尤將發給機密費及辦公費，予以調劑。……但是，從今天起，你們不得再有留難、索賄情事。各分局為人詬病的『巡捕公司』不法組織，今後絕不容許出現。」

三十四年二月一日起，周佛海劍及履及，實踐諾言，偽軍偽警提高待遇，每人每月加發三斗食米。只不過，他又訂定一項新規定，偽軍偽警倘有貪污勒索行為，一概槍決。

然而他這個先施小惠，後加嚴刑峻法的辦法仍舊行不通，三斗米解決不了生活問題，偽軍偽警素質本差，知「法」犯「法」，鋌而走險者依然如故，周佛海抓不勝抓，殺不勝殺。曾有一度，他想使用偽稅警團，將上海偽警強迫繳械，全部驅散，但他猶未付諸行動，消息業已外洩。上海偽警和偽稅警團，竟因細故在老共舞台釀成槍戰。上海偽警視稅警團為死敵。日本人唯恐雙方火拼，影響上海治安，嚴詞告誡周佛海，不可輕舉妄動。因此，他這一件頂起碼事，又做不成了。他只好聊以解嘲的說：「吃不飽而叫他們（暗指偽警）奉公守法是不可能的，我將一面提高待遇，一面整頓風紀。」

這一次，更是輪到他自己說話等於放屁了。

財神垮台日鬨發瘋

周佛海到上海，被整得焦頭爛額，全盤失敗，他在臥病期間越想越氣，越想越不甘心。分明是他自己的大言炎炎，舉措失當，偏還要將一筆丟人現世的賬，記到「公舘派」首腦陳公博，和日本主子皇軍當局的身上。發表了一篇「窩裡反」的公開談話，把陳公博和日本人的「毛病」統統揭發出來，再往自家的臉上貼金。其中妙文妙事，有如下列：「過去市府（除陳公博的偽市府）責任不清，權限不明，有利互爭，有害互諉的種種弊竇，今因合併若干機構一掃而空。」又如：「裁汰冗員，已減去三分之一。」又如：「剔除中飽，過去人民已出錢，而政府未收到的數目至足驚人，今後務求其涓滴歸公。」又如：「米貴了市民要怪市府，物品不能按期配給也怪市府，電力不足也怪市府。不知市府乃赤手空拳。凡物資之收買、支配、運輸，保管均不歸我們（這是明明在罵日本人只知搜刮，不恤民命。）我們所能為力的，只有很可憐的向各物資統制機關（都是日本人主持的），作揖打拱，請他們疏通來源，按期供給，不過份提高價格。而他們又申述種種困難，不能俯允我們的要求。」再如：「過去市府（指陳公博任內）措施失當，使物價暴漲，而對於配給物品之留難、尅扣也是有的，我自有矯正的責任。」又如：「第一要健全物價評議會，過去該會不僅不能阻止物價上漲，反而推波助浪，商人與主管人員互相勾結，即可提高評價。經濟局新舊交替時，舊官放起身砲。有些物品，提高評價到商人所希望的以上。」又如：「其次為調查囤積，過去囤戶予經濟局員司，及經濟警察以謀利之機，今後與、受同科，一律予以槍決處分。」又如：「過去人民怕盜匪，更怕軍警，出了苦不敢控訴，怕他們懷恨報復。」又如：「還有一件事就是改良封鎖管理處，過去該處對人民的百般勒索，過於往日之蠹金。本人想取銷封鎖，因關係方面（日方也）未允，今後當嚴密監察其工作。」

信手錄下上列各段，實堪作奇文共賞。只怕怕古今中外，世界列國，為政者從來不曾作過這般坦率赤裸的供述。由以上片斷，一葉落而知天下秋，亦可以覘知上海陷敵，汪偽組織成立五年四月又半期間，漢奸官員幹的都是些什麼勾當，淪陷區同胞過的是些什麼樣的日子？周佛海暴人之短，揚己之「長」，就當時環境而論，尚不失為一錚錚敢言之士。倒是給千秋萬世，留下了一些敵偽醜史的可信史料了。

周佛海生了一場病，到了三十四年五月下旬，八年抗戰勝利來臨的前夕，上海物資重又掀起一片新的漲風。究其因仍舊是米糧為始作俑者，由於日軍計劃退守黃河以北，華北部產食米，他們便瘋狂搜購，半買半搶，有多少米糧便「買」多少。甚至不擇手段，拿出了偽中儲尚未公告發行的萬元大鈔。上海四鄉八鎮農民的唯一對策，就只有儘量的把米價板高。希望多少撈到些本錢。米價一升，百物隨之而高。七日之內米價從每石十萬另八千，猛跳到二十五萬，於是三十萬，四十萬乃至於破九十萬大關，食米在一個月間猛漲九倍，尚且有方興未艾之勢，這一下可把上海市場整個拖垮了。

周佛海、羅君強在狂風駭浪之中竭力掙扎，使出了發行金證券收縮通貨的辦法，企圖用釜底抽薪的方式，壓抑金價戢止物價漲風。起先倒還頗能生效於一時，但是到了後來。日本軍方傾盡所有拚命搶購食米。農民拒收偽鈔，要求以黃金付值，日本人也無可奈何的將他們所搜刮的黃金統統吐出來。黃金易白米，日本人就逼迫周佛海硬把金價抬高，發行證券所作的努力於焉全部報銷。周佛海的金證券原規定在一個月後兌現，按票面額實兌黃金。當日本人逼他逐日提高黃金牌價，買到第一、二期金證券的人還真以為自己賺到了一筆呢。然而，臨到即將兌現之日，我們潛伏在偽中儲的一位同志，洩漏了周佛海買空賣空的空城計，兌現黃金是從黑市高價買來應急的。金價立刻猛漲。從八百多萬漲到一千三百萬。往後更暴起暴落，一天之內，金價上下三五百萬元，是稀鬆平常之事。日本人和周佛海的胡整和烏搞，使得黃金價格更加無法穩定了。這時候喜上眉梢，笑口常開的反倒是米商和農民，只要有米可賣，黃金元寶自會滾滾而來。

日軍在我國淪陷區搜括七八年，到頭來又向米商和農民繳了械。這是抗戰勝利以前，米糧陣線打的漂亮的一仗，白米構成的原子彈，早在日本宣告無條件投降的前夜，先就打垮了周佛海，癱瘓了黃浦灘，逼瘋了日本人！

鼻運・顛峯・諷刺・趣聞

早年陳公博在北平讀書。曾有一天，和幾個要好同學一道去看相，那位算命先生在當年北平很有點名氣。他見了陳公博等幾個大學生，單單對陳公博做出一副興致盎然，頗為驚奇的模樣，神祕的說：

「當代要人、名人的相，我差不多看遍了。可是，我從來沒有看過像你這樣的相。」

其實，陳公博其貌不揚，不但並無靈秀之氣，反而有點俗與陋，他自小愛出鋒頭，卻是從來不敢以美男子自居。比起民初三大美男子之一的汪精衛，更是相去不可以道里計。所以，當陳公博聽到那位著名相命先生如此這般的一說以後，立刻笑顏逐開，喜上眉梢，一個勁兒的盯牢了他問：

「請你說說看，在下的相貌，有甚麼與眾不同之點？」

「鼻子。」相命先生一語道破的回答他說：「你的鼻子主貴。」

同去的同學好奇的問：

「貴到什麼程度呢？」

時在民國十一、二年間，正在曹錕、吳佩孚等直系軍閥把持中央，氣燄薰天之際，雖不至於偶語棄市，可是街頭巷尾、酒樓茶館遍處貼有：「休談時事」的警告牌示。因此這位算命先生擺出一副天機不可洩漏的架勢，悄聲附耳只告訴陳公博說：

「你一定要從政，走這一條路，總有一天會爬得到最高峯。」

這一件事，陳公博絕少對人提起，但是他心中確曾為此竊竊自喜，很高興了一段時間。陳公博本來就是學政治的，他由廣東公立法政學堂，考入北京大學法科。畢業後，始終追隨汪精衛，終至成為汪精衛改組系的第二號人物，不過，由於汪精衛唯利是圖，反覆成性，在政治舞台上屢仆屢起，時紅時黑，陳公博縱有大的能耐，渾身的解數，也很難有所作為。所以，在抗戰以前，他是黨的中央委員，實際從政，也只在一二八事變前汪精衛出任一個短時期的行政院長時，當過一任實業部長。到抗戰爆發後，軍事委員會改組，下設六個部，陳公博始一任主管國際宣傳的第五部部長，方只幾月，便改任赴歐特使，到歐洲去和莫索尼里的女婿齊亞諾搭線，搭線不成，回到國內，始任四川省黨部主委。

北平的那位名星相家，還真沒有看走眼，陳公博後來跟汪精衛賣身投靠東洋人，成立偽組織，當上了大漢奸。居然漢奸官場一帆風順，青雲直上，由偽立法院長，兼偽上海市市長，而偽行政院院長，偽國民政府代主席，他果然爬到了政治上的最高峯。只不過，那是國人唾罵，貽羞萬年的大漢奸，這對也曾喊過愛國口號的陳公博來說，真是莫大的諷刺。

據說，陳公博那根主貴的鼻子，在相書上有個名目，叫做「通天鼻」。

陳公博的這一根通天鼻子，在他生命的終結時期，曾經害得他賠了夫人又折兵，蝕盡顏面更送命，則是一件漢奸趣聞。

抗戰末期，日皇裕仁宣布無條件投降以前，淪陷區，尤其是京滬地帶，出現了一種令人啼笑皆非，不勝感慨的怪現象，那便是日本官兵，大小漢奸，自知末日將臨，內心惶懼無主，紛紛改絃易轍，前倨後恭，不但對我淪陷區同胞非常之客氣，而且，更發瘋似的向八年抗戰的精神堡壘——陪都重慶送秋波，拉關係，妄圖將來國軍賁臨，淪陷區重光，可以藉這一陣子的卑躬屈膝，奴顏婢色，而免於伏法一死。

主戰砍指主和切腹

在那一段時期，日本皇軍拚命的在鑽門路，想向我重慶中央乞和，甚至於為了求和而不惜犧牲性命。法租界十三層樓的屋頂上，怕死的日本人把集中營裡的英美俘虜請了來住，用以避免盟國飛機丟炸彈。然後，再在敵國戰俘陣下召開高級軍官會議，討論他們一廂情願的和戰問題，主戰主和兩派展開一場激辯，慷慨激昂時，一名日本軍官霍的站了起來，拔出腰上的武士刀，當眾砍下一根手指頭，高聲說道：

「大日本皇軍一定要作戰到底，誓死不屈，主和者有如此指！」

這一個場面夠「驚人」、「壯烈」了吧？然而卻有一位主和的軍官站起身來，滿臉熱淚縱橫，揮舞拳頭，聲與淚俱的吼：

「今天敢主和的才能算是英雄！主和不是怕死，而是本諸良心作主張！」

然後，他更當場拔出軍刀，切腹自殺，表演了一幕「屍諫」，嚇得在場者頭皮發麻，舌撟不下。

「主和不是怕死」，這一說法也只有日本人說得出來，做得出來。

上海淪陷時期，黃浦灘上最有權威的人物，是日本特務頭子之一。方由大佐升任少將的川本，以及他的助手岡田。當太平洋戰爭爆發，日本人越俎代庖，強佔英法兩租界。日本陸軍當局即曾倣效英國統治香港的伎倆，設立一個「上海武官府」，兼管日本陸海二軍，上海軍民二政，等於是英國人的香港總督，首任「武官長」係陸軍的永津中將。

但是當時正值日本海軍大舉南進時期，海軍的氣燄極高，日本海軍根本不買日本陸軍的帳，陸軍的「上海武官府」一成立，海軍立刻就另設一個「海軍武官府」。然後，逼迫陸軍把「上海武官府」改為「陸軍武官府」了事。可是，「陸軍武官府」一開張，日本人的「上海防務司令」，首即公開表示，絕不「合作」。日本陸軍當局迫於無奈，只好三度更改，一再縮小編制的改成「上海陸軍部」，這麼一來，永津中將一怒拂袖而去，「部長」一職乃由方升少將的川本繼任。

川本和他的得力助手岡田，都是精明強幹夠厲害的角色，他們一開始便採取兩副面孔，「雙邊政策」，川本、岡田扮笑臉，日本憲兵隊則充任打手和殺手。憑川本和岡田的一紙便條或者一個電話，憲兵隊照辦放人，那是稀鬆平常的事。

因此之故，多年以來，川本和岡田對我方地下工作人員和上海地方領袖兩方面，確曾建立了不少交情。一到日本戰敗在即，亟於求和時期，這許多交情便成為他們乞和的路線和本錢。

根據上海地下工作同志陸陸續續的報告，總結起來，日本乞和的讓步條件，約略可以分作下列數端：

一、取消偽滿洲國和南京偽組織。

二、劃上海為不設防城市。

三、日軍逐步自我淪陷區撤退。

但是他們也有相對的要求，概略如下：

一、日本保留在東北的經濟權。

二、中日經濟共存共榮。

三、日軍退出中國，華軍不得追擊，美軍不得登陸。

四、上海由市民選舉無黨派的市長，權充過渡時期的維持者。

表現於實際行動方面呢，則為日本釋放「非軍事犯的重慶分子」。

日本人已經決定以取消偽滿洲國和南京偽組織，為其向重慶乞和的第一次讓步了。消息傳出，偽組織粥粥群奸更加恐慌，人人都削尖了腦袋，拚命的拉關係，找門路，只求與重慶方面稍稍有關的人士搭一根線，拉一個關係，在這一段時期，唯一「匕鬯無驚」、「按兵不動」的，就唯有自以為有「通天鼻子」可恃的陳公博，是為南京偽組織的「館內派」頭子，而鑽門路鑽得最起勁的，厥推「館外派頭子」周佛海。因此，淪陷區裡的同胞都在討論勝利以後陳公博和周佛海的命運，結論是周佛海有救，陳公博必死。

春雷驟發勝利來臨

於是到了勝利來臨前的一個月，民國三十四年七月份，上海業已淪為一座地獄，冶爐。大批盟機，晝夜不停的輪番轟炸，對外交通幾於全盤停頓，米糧菜蔬，來源一概斷絕，於是百物飛漲，百貨齊缺，偽儲備銀行發行一萬元面額的大鈔，工廠日以繼夜的印製鈔票，仍不足以應付需要。迫不得已時，各銀行只好規定存戶每週提款，不得超過存額的百分之二十，使得用銀行本票兌換現鈔的貼水，高達十分之四之鉅，這真是亙古未有，駭人聽聞的金融怪現狀。

在那一段光明來臨前的大黑暗時期，淪陷區裡，以上海為例，物價的飛漲，達到了古今中外從所未有的程度。有人做過統計，當時一萬元偽鈔的幣值，僅值抗戰以前的一毛錢，換句話說，就是勝利前夕，物價比戰前漲了十萬倍以上。這破紀錄的物價紀錄，是豬肉每斤一萬六千，雞蛋一斤一千六百元，柴一百斤六萬。唯一漲得慢的是食米，每石約在八十八萬元上下。為什麼食米的漲幅反而小，那是因為米商公議，食米必須用現鈔買，而偽儲備銀行又在大鬧偽鈔荒。

七月二十八日，上海盛傳蔣總統、英國首相邱吉爾、法國總統戴高樂，聯名警告日本，應勿自趨毀滅。消息傳到上海，大家都以為日本人放下武器，俯首投降的日期已經到了，日本人不會不遵從的。因此，黃浦灘上物價陡降，又締造了一項史無前例的暴跌紀錄，黃金由每兩一億二千七百萬跌到六千四百萬，一跌就是一年多，在一漲一跌間，可以看得出陳公博、周佛海的「治績」，偽組織已經形同虛設了。

民國三十四年八月六日，是一部亞洲近代史上的一大轉捩點，美國造的第一顆原子彈投擲於日本廣島，一彈一城，剎那間盡成廢墟。廣島毀滅之日，影響所及，上海、南京亂成一團，上海的電話全部打不出去，但是淪陷區報紙仍然登出了這條驚天動地的大新聞。在此以前，日方業已偵知美國正在製造一種威力奇大的炸彈，只是不悉其真相如何。在日本人之間，通常都稱之為「火柴盒」。殊不知，「火柴盒」一投下來，日本軍民的精神意志，居然崩潰無遺了。

然而，坐在南京偽國民政府辦公室裡的陳公博，卻在八月八日接獲日方通知，日本大本營舉行軍事會議，即席議決日本作戰到底，決不作無條件之投降。與此同時，和陳公博相熟的日本軍方人員私下告訴他說：日本自天皇以至平民無人不想乞和，只有少數陸軍強硬分子，堅持繼續作戰，必要的時候，可能放棄日本本土，把日本政府和人民全部搬到中國來，因為，日本陸軍認定，美國不會在中國投擲原子彈。

那時候，束手待斃的陳公博，還在私下慶幸。真以為他的通天鼻子可以使他逢凶化吉，化險為夷，逃脫依法伏誅的噩運。陳公博安慰他的左右親信，日本全部搬來中國，繼續作戰下去，那他們這批漢奸，仍可在日本人卵翼之下維持生存。

八月十日，霹靂一聲，宛似春雷驟發，日本宣告無條件投降了。當天晚上，大好消息便傳遍了黃浦灘的每一個角落，彷彿自一潭死水中激起了滔天巨浪，全上海五百萬同胞熱淚迸流，歡欣若狂。街頭巷尾的歡呼聲浪響澈雲霄，識與不識者一見了面便打躬作揖，連道恭喜，全上海的居民，都從家裡跑到馬路上來了，人人手舞足蹈，興奮雀躍。大上海金吾不禁，城開不夜，老上海都不曾見過這麼樣的熱鬧。

上海日軍忽要拚命

第二天，八月十一日，儘管日本軍方和偽組織竭盡全力封鎖消息，但是上海人仍將珍藏已久的青天白日滿地紅國旗懸掛起來，清風過處，國旗飄揚，使黃浦灘成為一片旗海。即使大小報章隻字不見，也沒有任何一人懷疑日本投降的消息是假的。大上海歡聲雷動，到處是洶湧的人潮，各色車輛被人潮堵住了無法通行，日本人一出門，就有人用西瓜皮往他們身上砸，嚇得日本人閉門不出，躲在家裡提心吊膽，日夜不安。在那一天上海商場出現真空狀態，百業無行無市，店舖全都關上了大門。往後幾天稍稍有了點市面，可是又掀起驚人的漲風，一日之間，一石白米從三百萬跳到六百萬，一斤食油由一萬元漲到四餘萬元。

在日本宣告無條件投降以前，我已經從西摩路搬回了華格路杜月笙先生公館。從八月十一日起，華格路杜公館所有的電話響個不停，都是至親好友，各界人士來探問杜先生幾時回上海的。八月十二日電話更多，因為有人言之鑿鑿的說：八月十一日上海江灣機場有三架飛機抵達，載來了杜月笙先生，前上海警備司令楊虎先生，還有第三戰區司令長官顧祝同將軍。我一次又一次的力辯絕無此事；

——那時候杜先生正在浙江淳安，他是在勝利來臨後搭船經滬杭甬路回上海的。

日本軍方和偽組織正在多方設法，企圖作最後的掙扎，上海方面由日本陸軍武官部出面，貼出告示，嚴令下列三事：

一、取締未經檢查之出版物。

二、禁懸「敵旗」國旗。

三、禁呼一切口號。

佈告貼出，倒使上海居民吃了一驚，以為說不定日本無條件投降一說，又只是傳聞而已。同日，周佛海發表談話，要求上海市民守紀律，切勿因興奮過度，「致招致莫測之禍」，大有威脅意味。上海偽市政府祕書長羅君強發表文章說：

「十一日下午六時，我會見松井司令官。他說他未接奉東京政府及駐華總司令部的停戰命令，市民應知此時戰爭狀態並未停止，此地仍為日軍的佔領區，因而切勿自誤誤人。……」

緊接著，便是日軍和偽警採取行動，虛聲恫嚇，百計掩蓋，企圖以所謂「鐵的事實」，來粉碎上海市民的歡欣鼓舞事情。日軍全副武裝，荷槍實彈，放哨的放哨，站崗的站崗，偽警大舉出動，挨家挨戶命上海市民取下懸掛的國旗。日軍和偽警的舉措，確曾使上海市民驚疑不定，又起恐慌。於是物價又有如脫線風箏般扶搖直上，豬肉一斤賣到五萬餘元，相反的黃金和華商股票竟成一瀉千里之勢，黃金由二億元一兩驟然跌到八千萬，更怪的是銀行不願意接受存款了。

其實，八月十三日敵偽的態度陡變，確是其來有自的，很少人知道，上海人在那一天僥倖的渡過了一道關口。就在那一天，有一群日本軍官，到日軍司令部請願，悍然的說：

「上海人仇日情緒之高漲，連日間對日軍、日僑之百般侮辱，已使吾人忍無可忍。如今時局如此，降也是死，戰也是死，與其投降以後任人宰割，何如戰死為榮。我們對上海人的仇日行為，應該加以報復，大大的燒殺一次，叫上海人死在我們之前。」

當時，如果日本高級軍官一時衝動，點下頭來，淪陷上海的同胞便要遭到一次浩劫了。幸虧日軍當局在官兵瘋狂鼓譟聲中力持鎮靜，他沉思片刻，決定應加勸阻，因此他說：

「目前我軍尚未奉到東京大本營，和南京總部的命令，戰與降猶在未定之天，你們稍安毋躁，等到上級命令下達再作計較！」

周佛海奇襲陳公博

只是日本官兵依然堅持拚一拚，高級軍官無奈，方才提出一個折衷方案，日軍偽警一致出動，澆上海人一盆冷水，殺一殺我們的威風。這才有八月十三日的種種駭人場面出現，讓上海人飽受一場虛驚，同一天，由日軍總部發表了如下的聲明：

「最近流言風行，無知之徒隨聲附和，殊深遺憾。本軍不論戰局如何轉變，決以嚴明之軍紀，向擊滅驕傲之途邁進。如有不良行為，或冒瀆日本軍威者，當予以斷然之處置。」

這就是所謂大日本皇軍，在上海所逞的最後一次威風了。上海人從這一個聲明的字裡行間反覆玩味，誤信了一點。認為日本確已投降，但是駐華日軍卻仍將負隅頑抗，拼戰到底。

光明來臨前夕，又給五百萬上海人心頭投下了一道恐怖陰影。

八年前，八一三是淞滬之戰爆發之日，八年後，八一三又復使上海成為黑暗世界，街道之中警備森嚴，日軍強行搜身，並且查驗市民證。有一群白俄因為慶祝勝利而被捕，槍斃了四個。

京滬一帶，日偽壓制戰敗新聞，遲遲不肯發佈，反應了日本陸軍當局猶在極力阻撓停戰言和，陸相阿南在日本內閣會議上一力堅持作戰，反覆陳詞不已。最後在面臨絕望時，方始起立十分沉痛的說：

「我日本共有陸軍七百萬，駐防本土與派遣在外者，各居其半。自開戰以迄於今，從來沒有打過一次敗仗，以百戰百勝之師，反向戰敗者無條件乞降，這是何等不可思議的事！」

阿南作此狂妄讕言後，旋即返家，切腹自殺。他一死，日本投降始成定局。

上海人一直苦等到八月十六日正午十二點鐘，方始從廣播中收聽到蔣委員長宣佈同盟國接受日本無條件投降，播詞未竟，上海人便轟雷般的發出熱烈歡呼的聲浪，這一回日本無條件投降終於獲得證實，成為鐵一般的事實了。上海所有的國旗全部懸掛了起來，黃浦灘鑼鼓喧天，鞭炮不絕於耳，商店住戶也不知道從那兒捧出來蔣委員長的巨幅戎裝照片。有人用鑼鼓聲綴成了一副對聯，以誌當日盛況：

普天同慶，當慶當慶當當慶；

舉國若狂，且狂且狂且且狂！

日本無條件投降的消息一證實，日軍停戰已成鐵的事實，通天鼻子陳公博的噩運立即來臨。八月十七日，偽江蘇省長陳群在蘇州服毒自殺，這是偽府漢奸身死之第一人。八月十六日，陳公博正在偽國民政府處理善後，忽然槍聲大作，人聲喧譁，偽國民政府一片大亂，陳公博派人出去一看，據報是有一支武裝部隊正在有計劃的進攻偽國民政府。陳公博嚇得倒在椅子裡動彈不得。衛士一會兒來報，偽軍事參議院院長蕭叔萱慘遭擊斃，一會兒又報偽府要員趙尊嶽、吳頌皋已被逮去。陳公博正急得六神無主，走投無路，更壞的消息傳來了，偽國府衛士說：來攻者係偽財政部所屬的武裝部隊，因為周佛海要生擒陳公博，解交重慶，建立一功。

陳公博一急，拿起電話聽筒，直接打給猶在上海的周佛海，劈頭就說：

「你們財政部的警衛部隊正在攻打國民政府，這是怎麼一回事？」

周佛海同時也在電話裡聽到了槍聲，但他卻在極表驚詫的說：

「怎麼會有這種事呢？我確實是毫無所知呀！」

陳公博又急切無奈的說：

「不管怎麼樣，請你立刻回南京，我就坐在這裡等你。如果我被打死了，也請你來收我的屍！」

自殺是假潛逃屬實

槍戰持續未幾，偽財政部的警衛終被陳公博的衛士擊退。陳公博一直等到下午五點鐘，周佛海方自上海翩翩然飛來，陳公博質問周佛海，但是問不出一個結果。兩大巨奸將此一事件暫且擱下：由陳公博建議，周佛海同意，陳周聯名上電蔣委員長，請求速派大員飛京維持秩序。次日，周佛海匆匆返滬。

從八月十八日起，陳公博每天上電蔣委員長，蔣委員長當然不理，不覆。陳公博便口口聲聲的說，他要留在南京待罪，聽候蔣委員長處分。這時候，又有偽軍政部長任援道討好拍馬，他力勸陳公博離京，以免蔣委員長處置「為難」。

陳公博始終以為他那根通天鼻子足可以保他倖脫法網，大難不死，他對任援道的逢迎之說信以為真，從而鬧出了天大的笑話。八月二十四日，日軍今井少將奉派飛赴湖南芷江，晉謁我陸軍總司令何應欽上將，請示日軍投降事宜，今井回到南京，告訴陳公博說：國軍副參謀長冷欣將於二十六日抵達南京部署受降，第一批國軍亦將於二十七日抵達。何應欽將軍尤將於三十日蒞臨。陳公博一聽大為心慌，他決定畏罪潛逃了。

當天下午，任援道和偽軍將領張海帆往訪陳公博，張海帆開門見山的說：

「主席，事到如今，你應該趕緊放手了。」

陳公博一臉苦笑的回答他道：

「我還有什麼可以放的啊！」

任張二人辭出後，陳公博便召集偽憲兵首腦，和偽治安當局，舉行會議，冠冕堂皇的說：

「重慶大員和大批國軍不日即將抵京，此後負責有人，我也可以暫時離京了。當茲中華民國大統一的千載一時之機，我怎可以留在此地，使蔣委員長為難呢？希望各位可以努力維持治安，也許還有將功折罪的機會。」

然後，陳公博再分電屬於南京偽組織系統的各地偽軍將領，包括龐炳勛、嚴曉峯、孫良誠、吳化文、孫殿英和郝鵬峯，一以告別，一則勸勉他們接受中央命令，維持地方，同時，他又發表廣播詞，要求各偽軍將領：「凡是接奉蔣委員長命令的，應立即接受，絕對服從。尚未接獲者，可逕自上電請示。」

把這一齣齣哀哀上告，處處留情的戲都演完了以後，林柏生和陳君慧匆匆往訪，告訴他說，他們兩家的看門狗，當天中午不知怎的被人毒死了，此事過於離奇，使林陳二人心生恐懼，他們要求陳公博帶著他們一齊逃，陳公博無可無不可的答應了下來。

二十四日下午五時，陳公博打電話通知日本的使館，說明他將搭乘一架偽中國航空公司的客機，次日離開南京。目的地是日本，如果去不成，那就先飛青島再搭船去。八月二十五日，臨行之前，陳公博再上電蔣委員長，縷陳他當時的處境和心情，電文中尤謂：

「鈞座一有命令，公博當出面自首。」

最妙的是，陳公博在動身以前，派人送一億日幣到日本偽使館，充作他匿藏時期的生活費用保證金。陳公博率同林柏生、陳君慧、姘頭兼祕書莫國康、何炳賢、岑德廣、周隆庠，自南京明故宮機場起飛，直航日本米子，旋即移居京都金閣寺。然後，在八月二十九日，由日本同盟通信社發表一條消息，偽稱：

「陳公博自殺，傷重逝世。」

至於何時何地何以故，則隻字不提。因此消息發佈之日，即引起國人一致懷疑。其實，我地下工作人員，對於陳公博的一舉一動，早以瞭若指掌了。於是，九月三日，何應欽將軍飛抵南京，立刻便正告日軍駐華總司令官岡村寧次大將，嚴正表示要把陳公博緝獲歸案，並且提出一份備忘錄。

一聯絕筆一槍畢命

九月三十日，我方指派專機一架，直飛日本米子。日方於十月一日將陳公博等從京都搭乘火車解交我方人員，提解逃犯的專機於十月二日起飛返國，由於氣候惡劣，在福岡停留了一夜，十月三日押抵南京，陳公博一行鋃鐺入獄。

開庭審判陳公博之日，旁聽者相當之多。三十五年四月十二日，陳公博被宣判死刑，他的臉上漠然毫無表情，尤且自知罪大惡極，已無可逭，當庭聲明他將不再上訴，於是一審定讞。

民國三十五年六月三日上午七時許，陳公博在蘇州高等法院監獄，運筆寫了如下的一聯：

大海有其容人之量；
明月不以常滿為心。

他剛寫完上聯，獄吏前來相告：執行在即。陳公博倒還能勉持鎮靜，從容自在的把下聯寫好。然後入室更衣，跟在法警身後步出囚室。當他經過大漢奸褚民誼的囚處，他昂首而過，輕輕的說了聲：

「再會。」

再通過女監，向汪精衛之妻陳璧君訣別，陳璧君放聲大哭，她那個丫頭也淒然落淚，陳公博則唯有苦笑而已。辭別陳璧君被押解到行刑臨時法庭，執行檢察官李曙東照例問道：

「有沒有遺言？」

陳公博恭謹答道：

「我準備上書蔣先生，才寫了三分之一。」

李曙東告訴他說：

「現在你還可以寫下去。」

陳公博馬上就改口說道：

「現在大可不必了。」

李曙東再問：

「你還有別的話嗎？」

陳公博苦笑的回答：

「我只要求兩件事。第一，不要上綁。第二，用我心愛的那只銀托玻璃杯陪葬。」

李曙東答應了，隨即下令押下行刑。臨行之前，陳公博還曾與李檢察官、書記官、典獄官三位一一握手。舉步走到刑場，他又回過頭來問一句：

「請問，是那位法警先生動手？」

負責行刑的法警周宏範挺身而出，高聲答道：

「本人！」

於是，陳公博又和周宏範握手為禮，要求的說：

「只希望槍法準些，不要讓我多吃苦頭！」

這便是陳公博在人世間的最後遺言，槍聲響處，他果然一槍畢命。

讀歷史33 PC0329

諜戰上海灘（下）

作　　者 / 萬墨林
主　　編 / 蔡登山
責任編輯 / 蔡曉雯
圖文排版 / 陳姿廷
封面設計 / 陳佩蓉

發 行 人 / 宋政坤
法律顧問 / 毛國樑　律師
出版發行 / 秀威資訊科技股份有限公司
114台北市內湖區瑞光路76巷65號1樓
電話：+886-2-2796-3638　傳真：+886-2-2796-1377
http://www.showwe.com.tw
劃撥帳號 / 19563868　戶名：秀威資訊科技股份有限公司
讀者服務信箱：service@showwe.com.tw
展售門市 / 國家書店（松江門市）
104台北市中山區松江路209號1樓
電話：+886-2-2518-0207　傳真：+886-2-2518-0778
網路訂購 / 秀威網路書店：http://www.bodbooks.com.tw
國家網路書店：http://www.govbooks.com.tw

2013年8月　BOD一版
定價：360元

國家圖書館出版品預行編目

諜戰上海灘 / 萬墨林著. -- 一版. -- 臺北市 : 秀威資訊科技, 2013.08
冊； 公分. -- (讀歷史 ; PC0302,PC0329)
BOD版
ISBN 978-986-326-121-6 (上冊 ; 平裝)
ISBN 978-986-326-125-4 (下冊 ; 平裝)

857.85 102009559

讀者回函卡

感謝您購買本書，為提升服務品質，請填妥以下資料，將讀者回函卡直接寄回或傳真本公司，收到您的寶貴意見後，我們會收藏記錄及檢討，謝謝！如您需要了解本公司最新出版書目、購書優惠或企劃活動，歡迎您上網查詢或下載相關資料：http:// www.showwe.com.tw

您購買的書名：________________________________

出生日期：________年________月________日

學歷：□高中（含）以下　□大專　□研究所（含）以上

職業：□製造業　□金融業　□資訊業　□軍警　□傳播業　□自由業

□服務業　□公務員　□教職　□學生　□家管　□其它_____

購書地點：□網路書店　□實體書店　□書展　□郵購　□贈閱　□其他

您從何得知本書的消息？

□網路書店　□實體書店　□網路搜尋　□電子報　□書訊　□雜誌

□傳播媒體　□親友推薦　□網站推薦　□部落格　□其他__________

您對本書的評價：（請填代號　1.非常滿意　2.滿意　3.尚可　4.再改進）

封面設計____　版面編排____　內容____　文／譯筆____　價格____

讀完書後您覺得：

□很有收穫　□有收穫　□收穫不多　□沒收穫

對我們的建議：________________________________

____

____

____

請貼
郵票

11466
台北市内湖區瑞光路 76 巷 65 號 1 樓
秀威資訊科技股份有限公司 收
BOD 數位出版事業部

（請沿線對折寄回，謝謝！）

姓　　名：＿＿＿＿＿＿＿＿　年齡：＿＿＿＿　性別：□女　□男

郵遞區號：□□□□□

地　　址：＿＿＿＿＿＿＿＿＿＿＿＿＿＿＿＿

聯絡電話：(日)＿＿＿＿＿＿＿＿　(夜)＿＿＿＿＿＿＿＿

E-mail：＿＿＿＿＿＿＿＿＿＿＿＿＿＿＿＿